瑠璃色の一室

明利英司

瑠璃色の一室＊もくじ

鈴木真里《すずきまり》 1　6
竹内秋人《たけうちあきひと》 1　30
桃井沙奈《ももいさな》 1　42
鈴木真里 2　54
竹内秋人 2　72
桃井沙奈 2　104
鈴木真里 3　122
竹内秋人 3　144
桃井沙奈 3　168

鈴木真里 4 226
竹内秋人 4 246
桃井沙奈 4 268
鈴木真里 5 276
竹内秋人 5 296
桃井沙奈 5 326
鈴木真里 6 348
竹内秋人 6 358

装画　げみ

瑠璃色の一室

鈴木真里《すずきまり》　1

1

さめたブラック・コーヒーは、喫茶店の窓からのぞく外の景色と同じ色をしていた。

ゆっくりカップをゆらしてみると、うっすらと映っていた私の顔が黒い液体の中にくずれた。

復讐の色とはこんなものではないだろうか、と私は思っている。どこまで続くかわからない闇の中に、鏡のような光沢。それは漆黒でありながら、醜い自分を映しだす不気味で妖艶な色。

いや――今はそんなことどうでもいい。私は机に肘をついて頭を抱えた。そして、困ったことになってしまった、とあらためて思った。綺麗な木目のテーブルにおかれたくしゃくしゃの千円札を見て、小さな吐息をつく。この、最小の四桁からコーヒー代とチキンドリア代を引くと、もう僅かしか残らないのだ。何度か計算してみても、百五十円しか残らない。千円札をここまで恋しく思ったことはひさしくない、そんなことを考えながら自分の手もとをそろそろはなれかけている紙幣をそっと手に取った。

ちょうどその時、この喫茶店の店長と思われる女性店員と目が合った。目を向けると、女性はわざとらしく壁にかかっている時計を見上げた。つられてそれを見ると、十一時をまわっていることに気づく。メニュー表に閉店は十一時と記載されていたことを思い出し、私はすぐに残りのコーヒーを喉に流してから席を立った。

待っていましたといわんばかりに、「お会計ですか」と声がかかる。いいえコーヒーのおかわりを、といえばどんな顔をするだろうと思いながら小さくあごをひく。

レジのまえに立つと、八百五十円ですと女性がいった。さっきから何回も計算していた足し算の解だった。この千円札を手放すことはひどくためらわれたが、女性店員の視線に気づいたのであろう数人の客がうしろにならんだので、すぐに紙幣を差し出す。まもなくお釣りの百五十円が返ってくると、それを丁寧な手つきで財布に入れた。店員が不思議そうに私の財布を見ていたので、財布もすぐに床においていた鞄にしまった。

小旅行にも使える、その大きな鞄を持ち上げて、出入口に歩いた。きれいな音を鳴らす鈴がついた扉は鏡の役割もしていて、重そうに鞄を持つ私の姿を映している。今日は風のある野外を長く歩いたが、まだメイクはくずれていなかった。かるくパーマのかかった茶髪のロングヘアーも、少し痛んではいるものの乱れてはいない。短いバルーンスカートからのびる細い足は、今日もたくさんの男の視線を集めていた。

私は長い睫毛をゆらしながら、にこりとほほえんでみた。いい女なんだけどなあ私、と小首をかしげる。

外が寒いことはわかっていたので、全身を暖めるように力をいれて扉をくぐった。店内には、まるで季節が変わってしまったかのようなつめたい空気が吸いこまれていく。申し訳ないが、これで外の気温を知り、帰るのが面倒になった客が長居をはじめるかもしれない。

身を小さくして寒空の下を歩き出す。喫茶店が見えなくなるまで歩いてから、さてどうしようか、と思った。駅のほうまで行けば朝まで快適にすごせる漫画喫茶やファミリーレストランがあるのだろうが、百五十円しか持ち合わせていない私には入る資格がないだろう。だからといって、どこかで野宿、というわけにもいかない。十一月後半の夜は、じっとしてなどいられない冷気が張り詰めている。今年は特に寒かった。短いスカートが仇となり、現在も身体をふるわせているのだ。

深呼吸をすると胃がひんやりとした。夕方、公園で見かけたホームレスも身体を抱えて小刻みにゆれていることだろう。――いや、あのホームレスにいたっては大丈夫かもしれない。帰るところのない今の私としては、うらやましいくらいの立派な造りの家だった。石油ストーブでも買えば、この寒さでも快適にすごせるだろう。今ならば、その経済力があの人にはあるかもしれないのだ。

一度立ち止まって鞄を下ろし、財布を取り出した。折目がかろうじてつながっている、古くて汚れた長財布だ。もともとは緑色をしていた片鱗はあるが、今では黒と名乗っても違和感がない。喫茶店の女性がこれを見て、不思議な顔をしたのもわかる。

小銭入れをのぞくと、百五十円が入っている。何度計算してみても合計は変わらない。一応、札入れものぞいたが、もちろんなにも入っていなかった。認めたくはないが、残金が百五十円だという現実は変わりそうもない。

小さな吐息を吐くと、それだけで大袈裟なほど白い息が舞った。よいしょというかけ声で鞄を持ち上げて、また歩き出す。路地を突きあたりまで歩いて、ふと、私は足を止めた。明かりのついた民家を見て、急に思ったのだ。

――泊めてくれないだろうか。

普段ならこんな現実味のないことは考えもしないだろう。もし考えても、実行できるはずもない。しかし先日、民家に飛び込みで宿泊させてもらうテレビ番組を見た。そして現在の私のひどく侘しい状況は、羞恥を麻痺させ、無駄な度胸を生んでいる。そもそも、そうでもしないと、この気温では羞恥どころか、心臓まで麻痺してしまいそうなのだ。

それでも少しの間は躊躇していたが、いよいよ一歩を踏み出した。

2

「だめでしょうか」

玄関の向こうで不審顔を浮かべているであろう住人にいった。精一杯困っている声を出しているつもりだ。

相手は少し黙っていた。それはそうだろう。急に若い女性が、「泊めてください」と訪ねてきたのだ。相手からすれば、疑いようもない不審者だ。それを証拠に顔も出さない。

「うちはちょっと」

と、やっと声が聞こえた。それが妥当な返答だろう。相手のほうがよほど困った声をしている。

「そうですか、それでは」

これ以上不審に思われるまえに立ち去らねばと思い、鞄を持ち上げて玄関をはなれた。今の私は、警察に通報されれば厄介なことになる。

少し歩いてからなにげなくふり返ると、今訪ねた小さな民家から中年女性が顔をのぞかせていた。私と目が合うとすぐに扉をとじ、玄関灯を消す。しかたないか、と思いながらも舌打ちを鳴らした。すでに断られたのは三軒目だった。

やはり簡単にはいかないな、と肌身で実感した。警戒心がつよい家ばかりなのか、どこも顔さえ出さない。いや、それが当然なのだ。こんな遅い時間に訪ねてきた見知らぬ相手に、「どうぞどうぞ」というのは住人のほうに問題があるかもしれない。

つめたい風が夜の路地を抜けた。長い髪がふわりと靡く。私は身をふるわせ、露出した足をさすった。そろそろ手の感覚もあやしい。手袋をしてくればよかったと今さら後悔してみる。

いよいよ切羽詰まってきたようだと思い、あたりを見まわした。が、どこにも明かりは見当たらない。ここは駅からはなれた静かな住宅街だ。おまけに時間もおそい。塀にかこまれた家々は外界を拒絶しているかのように見える。喧騒とはほど遠い。

ではどうしようか、と考えながらなにげなく見上げたのは三階建てのアパートだった。安易ではあるが、民家がだめならアパートではどうだろう、とふと思ったのだ。ありがたいことに、このアパートはふたつの部屋に明かりがついている。まわりに適当な民家は見当たらないし、それもいいかもしれない。そうだ、もはや考えている時間はない。すでに十一時半をまわっているため、その部屋の明かりが消えるのも時間の問題だろう。私は、よし、と右手をにぎった。

アパートの右手からコンクリートの階段が続いているので、そこから上った。もともとは白であっただろう階段は黒くくすんでいて、近年の建築物でないことはわかる。しかし今の私に寝られる場所があるなら贅沢はいえない。しばらく暗い道を歩いていたので、階段を淡く照らす蛍光灯の光にすら暖かみを感じているのがわかった。

明かりがついているのは二階と三階の一室だった。まず二階の廊下を私は進む。ひとつの階によっつの部屋があるようすで、明かりが灯っているのは右から二番目。正面まできてから見てみると、乳白色の扉に２０３と書かれたプラスチックの札が貼られていた。名前の札はない。

私はひとつ呼吸をしてから、だめでもともと、と呟く。そして玄関ブザーに手をのばし、人差し指でボタンに触れた。かるく押しこんでみると、部屋の中から音が聞こえる。

　室内で人の動く気配がしたと思うと、中で仕切り戸をひらく音がした。玄関の横にある小さなガラス扉がさらに明るくなる。足音が玄関に近づいてくるのがわかった。私は咳ばらいをしてから、無理矢理困った顔を浮かべ、交渉の戦闘態勢をとる。

　出てくる確率は低いと覚悟していたが、扉が少しひらくと三十代と思われる顔の細い男が姿をみせた。男は私の顔をうかがうなり、首をひねる。

「なんですか」

　と、まず不審そうな声を出した。それから私の身体を一瞥する。何度かスカートからのびる足に視線が落ちた。

　私はなんといおうか迷った。ちらりと玄関の下に目をやると、この男性のものだと思える革靴がある。女性物は見当たらないため、ひとり暮らしだろう。さすがに男性ひとりの部屋に泊まるわけにはいかない。

　咄嗟に判断して、小さく頭を下げた。「ああ、すいません、部屋を間違えました。友達の部屋を探してて」

「あ、そうですか」

　男は真顔でそういって扉をしめようとしたが、またすぐにあけたらしく、立ち去ろうとする私の背中に声をかけてきた。

「このアパート、女性はいないと思いますよ。あまり人も住んでないし」

ふり返った私は、「まじ」とでもいいたかったが、いつもの癖で、「ご親切にどうも」と営業スマイルをつくった。男はひさしぶりに若い女性と会話をしたのか、得をしたような表情を浮かべている。そして私が階段に差しかかるまで玄関から顔を出して眺めていた。

私は三階に上がる階段の途中で足を止め、そこでやっと、「まじ」と声を出す。女性が住んでいないとなると、残る一部屋も宿泊はむずかしい。

右手を額にあてて白い息を吐く。今、マッチ売りの少女の気持ちを一番理解できるのは私かもしれないな、とよくわからないことを考えた。

つめたい風が吹き、身体をふるわせる。私は、ああもう、と不機嫌な声を出してから階段を上りはじめた。やはり外にはいられない。いくら可能性が低くても一応訪ねたほうがいいにきまっている。もしかしたら高齢者のひとり暮らしで、温かく迎えいれてくれるかもしれない。男性のひとり暮らしでもガンジーのような聖人君子がいるかもしれない。

私は三階の廊下を歩いた。明かりのついた部屋は左端、階段から見れば一番奥にあたる。ヒールの音がコンクリートの廊下に響く。

歩きながら外一帯を眺めると、一面に黒い景色が広がっている。明かりは数えるほどしかない。それは夜の海に浮かぶ数隻の漁船を想わせた。そんな眺めがますます私を不安にさせる。つぎの部屋で断られたならば、この数少ない明かりを訪ねるか、風を避けて野宿、という選択肢が残るだけとなる。どちらもあまり考えたくはない。

私は祈る気持ちで部屋のまえに立った。扉には301と貼られている。こちらも名前の札はない。玄関ブザーを押すと、音がした。ふたたび小さな咳ばらいをしてから鞄を下ろし、姿勢を正す。室内で人の気配がしたのがわかった。

それから三十秒ほど待ってみたが、玄関がひらかれることはない。やはりこの時間だし警戒されているのか。しかし、すぐにあきらめるわけにもいかない。迷惑かもしれないが、多少の図々しさは必要な状況だ。

「あの」

と、私は玄関に声をかけた。すると同時に、鍵をあける音が聞こえる。反射的に身体を後退させると、その直後にゆっくりと扉がひらいたのだった。

住人を見てさっそくお困りの声を出そうとした私だったが、すぐにその口をとじた。

身体が硬直してなにもいえなくなったのだ。

玄関から姿を出したのは長い黒髪の若い女性だった。それだけならよろこばしいことなのだが、なんと、手には包丁がにぎられている。その凶器を私に向け、鋭い視線をぶつけてくるのだ。

「ちょ、ま、待って」私は上半身を反らして小さく万歳のポーズをとった。なにが起こっているのかわからず、つぎの言葉が出てこない。

一秒後、まず刃物を奪わなくてはという考えに行きつき、両手をまえに出して女性の手首をつかんだ。しかしその手はいきおいよく振りほどかれ、その拍子で刃先が左手首をかすめた。私は小さな悲鳴を上げて廊下に倒れこむ。短いスカートを庇うのも忘れて、刃物を手にした女性を見上げた。大きな悲鳴を上げればだれかが助けてくれるかもしれないが、そんな余裕さえもない。叫べば、一秒後に死が待っているような気がした。

「怪しい者じゃないっ」私は攻撃されている理由として一番確率が高い事柄を考えてからいった。今の私は深夜に訪ねてきた不審者だ。ならば、この現状も有り得るのではないか、と思ったのだ。「と、泊まる場所がなくて、泊めてくれる人を探してるのっ。何軒かまわったけど無理で、それで、その流れであなたの部屋にっ。あたしは泥棒とか強盗とかそんなんじゃないっ」

ずいぶん早口でいったが、どうやら彼女に伝わったらしかった。目つきが急に変わったからだ。「え」と小さく発したのも聞こえた。

「ごめんなさいっ」女性は飛びつくようにそばまできた。包丁をにぎったままなので心臓が跳ねたが、もうすでに敵意は感じられない。「あの……傷」

彼女にいわれて私は左手を見た。リストカットのような傷が手首にあり、血が流れている。かすめた程度みたいだが、見てしまうと痛みをおぼえた。

「まあ……大丈夫」

と私はいった。事を荒げたくはない。確かにこのご時世、深夜に見知らぬ客となれば怪しむほうが正常だ。

「手当しなきゃ。ええっと、中にどうぞ。傷バンあるかなあ」

女性がおどおどしながら扉をあけて中へと促す。私の大きな鞄はすでに彼女が持っていた。

私は、運がいいのか悪いのか、と考えてから玄関をくぐった。

3

玄関に入ってすぐ、運がいい、と私はきめた。靴を脱ぐまえにすでに感動に浸る。この暖かさは今までいた世界とくらべると楽園だ。

うしろから、「どうぞ」と彼女にいわれたので、ヒールを脱いで上がる。すると同時に玄関の横に不安定に積んであった『週刊少年ジャンプ』という雑誌が倒壊した。私が、「うお」と変な声を出すと、彼女は、「わたしがやるから」と愛想のよい声で続いた。

室内は1Kといわれるもので、擦りガラス戸によってキッチンと洋室に分かれている。私は奥の部屋に通された。フローリングのため、彼女は自分専用だと思われる黒いチェアに私をすわらせる。なんとも心地がいい。

彼女が何か手当のできるものを探しているあいだに、なにげなく部屋を見まわしてみた。なかなかきれいな部屋だ。小さなベッド、背の低いタンス、クローゼット、液晶テレビ……必要最低限のものしかない。しかし物足りないわけではなくお洒落な空間としてまとまっている。色彩は黒っぽい物が多い。私は高校時代の彼氏の部屋を思い出した。彼女は桃色が似合うようなかわいい顔をしているが、ボーイッシュなセンスなのかもしれない。現在の服装も黒のトレーナーにGパンといったものだ。うしろ姿なら美形な男性を想像するかもしれないな、と思う。――だからか、と私は口のなかで呟いた。二階の男性が、「このマンションに女性はいない」と錯覚していたのにもうなずける。

彼女はしばらく部屋中を探していたが、やっと見つかったらしい絆創膏を貼ってくれた。一枚では足りなくて、三枚使って器用に傷を覆った。

「ごめんね。もう、わたし、なにしてるんだろう」正座をして彼女が頭を下げる。絆創膏を貼る際にも何回も口にしていたが、まだいい足りないらしい。確かに、かすめた程度の傷といっても、相手が悪ければ傷害罪やら殺人未遂やらと不様に騒がれることもある。

「いいって」と首をふる。ほら大丈夫、という風に右手で左手首を叩いてみせた。「それよりお願いがあるんだけど」と私はいった。

彼女の顔は、どうやら用件を理解しているようだ。「どうぞ、泊まっていって」

「ほんと？　いいの？」

私が身を乗り出していうと、彼女はふたつみっつと首を縦にふった。

「大丈夫。明日は仕事も休みだし、することもないから」

思わぬ朗報だった。私は形式的に職種でも尋ねようかと思ったが、それよりもやはり安心感が先に立ち、胸に手をやって息をついた。

「よかった。今から追い出されたらどうしようかと思った」

「怪我させちゃったしね。泊めてあげるだけで罪滅ぼしになるとは思えないけど、ゆっくりしていって」

彼女はそういってから絆創膏の紙くずを丸め、ごみ箱に放った。

「でもどうして？　泊まるところがないって……」

「まあ色々と、ね」すました顔をつくる。

「……家出？」

「うん、そんなところかな」と、私はまとめた。間違ってはいない。「それとも、いわなきゃ泊めてくんない？」

眉を下げて上目遣いでいうと、彼女は口もとを緩ませて首をふった。

「ううん、女性には色々あるもんね。あんまり詮索すると悪いか」そういってから席を立ち、キッチンへと歩いた。「寒かったでしょ。コーヒーでいいかな」

「いや、おかまいなくどうぞ。飛び入りだし」

私は平手をふるが、彼女は一度こちらを見てほほえむと薬缶を火にかけた。そんな彼女を見ていて思う。私もまんざらでもなくかわいい顔つきだと思って生きてきたが、彼女もひけをとらない。いや、男性目線ならば彼女に軍配が上がるだろう。背中まである長い髪こそ同じだが、彼女は清楚な顔つきでストレートの黒髪。私はおもいっきりお水系のメイクに、かるくパーマをかけた茶髪。悔しいが、今のご時世、男性に求められるのは前者だと思う。

「名前なら、聞いてもいいのかな」彼女がキッチンからいった。「呼び名がないと不便だし、教えてもらえると助かるんだけど」

ああ、と私はうなずいた。確かにお互い、まだ名前も名乗っていない。「えーっと」

「うん」

「えーっとね、鈴木真里」と私はいった。

「スズキ?」彼女が首をひねる。

「うん、スズキ。ふつうの鈴木に、ふつうの真里。二十五」聞かれてもいない年齢までこたえた。

彼女は首をかしげたまま、「本名?」と訊いてくる。「少し考えてたけど」

「まさか。わざわざ偽名つかわないよ」私は苦笑した。

「ふうん」と彼女が神妙な顔をして私を見た。珍しいものを見るような目つきだった。特に変わった名前でもないはずなのに、「変かな」と訊ねる。

「ううん。かわいい」

そういって彼女は笑った。男なら一度見ただけで恋心を抱いてしまいそうな笑顔だった。私もあんな笑顔がつくれたらなあ、とうらやましく思う。

「わたし――」と彼女も名乗ろうとしたので、それをあわてて、「待った」とさえぎった。ティーカップを準備していた彼女は手を止め、目をまるくして私を見る。「なに？」

私はにやりとした。「ハルミ、でしょ？　サイジョウハルミ」

「え……」大きな瞳をさらにひらいた。

「あ、違う？　ニシジョウ、かな？」

「ううん……えと、そう、サイジョウハルミだけど。なんで……」

私は考える仕草をしてから人差し指を立てる。「超能力」

自分でもくだらないことをいったと思うが、食いつきはよかった。彼女は、すごいなんでわかったの、と十回くらいは口にした。そんな彼女を見ているのは楽しかったが、さすがに可哀相になってきたので私はあるものを指さす。クローゼットの上にステレオが乗っているのだが、その横に大事そうにおかれた色紙だ。

彼女は運んできたコーヒーをテーブルにおきながら指の先を見た。口を小さくあけて何度かうなずく。だれかしらのサインが描かれた色紙の下部に、『西條春美さんへ』と筆記されていた。

「すごい観察力」といって彼女は手を合わせた。

私は照れ笑いを浮かべながら平手をふったあとで、「ファンなの？」と問う。彼女はコーヒーを啜りながら小さく首をかしげた。ファンというほどではないらしい。偶然出会ったのかもしれない。

四つん這いでクローゼットのＣＤ置き場に近づいてみると、『栄舞子《さかえまいこ》』という女性アーティストの物が目立った。色紙を見るかぎり、この人物のサインだろう。サイン独特の崩された文体だが、Ｍａｉｋｏと読めないこともない。首をかしげたわりには、なかなか揃っている。私は話題づくりに知っているアーティストを探してみたが、あとは名前も知らない洋楽ばかりだった。

「聴いてもいい？」

ＣＤを持ち上げて彼女に訊く。すると彼女は音をたててティーカップをおいた。

「そんな気分じゃないんだ。あと大事な物が多いから、あまり部屋の物にさわらないで」

彼女の優しい表情がひき締まる。鋭い目つき。それは包丁をにぎる彼女を思い出させた。

私はあわててＣＤを置き、「ごめん」と驚いた顔であやまる。

「あ、いや、わたしもごめん。いいかたが悪かったね。いいの、どうぞ聴いて」

彼女の表情はゆるんだが、私は首をふって席にもどった。確かに、見知らぬ人の部屋に泊めてもらう身分としては不謹慎だったかもしれない。

「春美さんはいくつ？　まだ若いよね」

気まずくなるまえに陽気な声を出す。もちろん気になることでもあった。

「春美でいいよ。二十五」

「同い歳かあ」

そういいながらコーヒーを啜った。あぶないあぶない、と思う。彼女を怒らせて追い出されては大変だ。ここは慎重に行動しなくてはならない。

熱いコーヒーが胃に落ちると、心地よい温かさに包まれた。外の寒さを思い出し、あらためて安堵の息を吐く。薄情かもしれないが、すでにマッチ売りの少女の気持ちなど思い出せない。

私はティーカップから立ちのぼる湯気を見つめた。

復讐の色に、また私が映っていた。

4

十五分ほど向かう先のない雑談をしたあと、春美が食事を出してくれた。さきほどチキンドリアを食べたばかりだったが、彼女が手づくりしたカルボナーラはすんなりお腹に入るくらいに美味だった。

「お酒とか、のむ?」

食事を終えた私を見て春美がいった。さすがに断るのが礼儀だと思ったが、正直のみたい気分だった。私が迷っていると、「待ってて」といって春美が席を立つ。私は、すんません、と苦笑した。

勝手なイメージで、てっきり甘い缶チューハイでも出てくると思ったが。机におかれたのはウィスキー、それも私が大好きなアードベックだった。なかなかセンスがいい。

春美に酒までつくらせるのは悪いと思い、私が先にボトルに触れた。深い緑色をした瓶の中に、まだ半分以上残っている。シングル・モルト好きの私は天国のような心地をおぼえた。寒い外界から暖かい部屋に入れただけでなく、アルコールにまでありつけるとは。

春美は薄い水割りがいいといったので、そのようにつくった。私の手つきを見て、「プロみたい」と手をたたく。私は少し照れて、そうでもないよ、とストレートであおった。「あら乾杯のまえに」と春美が悪戯な目で私を見た。

三杯目に口をつけてから、一息つく。春美を見ると、グラスの三分の一ほどしか減っていないにもかかわらず薄く頰を染めていた。女性らしいとはこのようなことだろうか、と思う。どうせ私には、彼女のような雰囲気は出せない。

「シャワーって、使わせてもらってもいいかな」

酔いがまわるまえに汗を流そうと思い、春美にいった。すると春美はあわてて、「掃除しなきゃ」と立ち上がった。「わざわざそこまでしてもらわなくていい」と私は止めたが、彼女はすでに風呂場だった。この気の利きかた、よい嫁になりそうだ。

しばらくして、春美はもう見かけなくなった黒いビニール袋を手にして出てきた。「この袋しかなくって。あとで詰め替えなきゃ」と眉を下げる。彼女は部屋の窓をあけて狭いベランダに袋を出した。ごみ置き場にしているらしく、そこには燃えるゴミやペットボトルなどが入れられて丸くなった袋が散乱していた。

手伝おうかといったら、彼女は助かるといってほほえんだ。トイレと別になっている風呂場にいってみると、いくつか袋が残っている。

「こんなに散らかってたの？」私はお風呂場から顔を出して訊いた。

「そんなわけないでしょ。ベランダに出すのが面倒臭くて、お風呂場に入れておいたんだ。玄関とかキッチンに置きっぱなしだと、来客があったときに見た目悪いし」彼女はベランダの袋を整理しながらこたえた。そのあとで、「まあ正直にいうと、少しは散らかっていたんですけど。ひとり暮らしなんてそんなものよ」と照れ笑いを見せる。異性に好かれそうな笑みだった。

二回ほど往復して袋をすべてベランダに出す。やれやれと腕を組んで一息ついた。

お酒の効果もあってか、外の寒さが苦痛ではなかった。私達はならんで柵に腕をのせた。満天とはいかないが、冬の澄んだ夜空には星が飾られている。

「ゆっくり星空なんて見るの、ひさしぶりだなあ」

ほろ酔い口調でいうと、「わたしも」と、静かな声で春美が続いた。

オリオン座がある。冬の大三角形もあった。「こいっ流れ星っ」と私が叫ぶと、春美が、「だめだめ苦情がくる」と笑いながら人差し指を唇に立てる。ふたりでくすくす笑った。

出会ったばかりという違和感がずいぶん薄く、居心地がいい。この部屋を選んでよかった、と私が呟くと、春美はうれしそうにした。


——その時、玄関ブザーが鳴った。

ふたりで同時に玄関をふり返る。「だれかな、ほんとに苦情？」と私はいう。春美は首をかしげた。

コツコツ、と扉をノックする音が聞こえた。そのあとで、「夜分遅くに申し訳ありません。少しうかがいたいことが」と、外から声がする。

男だ。もう深夜零時を過ぎているというのに、だれだろう。

「出る？」と春美に訊く。

「男性苦手なんだ。お願いできない？」手を合わされた。「この部屋の人だっていっちゃっていいからさ」

少し酔いのまわっている私が、包丁で切りつけちゃえばいいじゃん、と冗談のつもりでいうと、春美は子供のように拗ねた。

「あんなにあやまったのに」と口を尖らせる。

「ごめんごめん」私は春美の頭を撫でてから玄関に向かった。

チェーンロックのかかった玄関をひらくと、男性ふたりが顔をのぞかせた。手前のひとりは二十代後半、もうひとりは前半くらいの顔つきをしている。

「こんばんは」

と手前の男がいう。背が高い。そして端整な顔立ち。まるで二枚目俳優のようだ。私は不思議と得をしたような気分になる。

「すみませんね、こんな遅くに。少しいいですか」二枚目がいった。

私がうなずくと、丁寧に頭を下げられた。うしろの男もそれに倣う。

だれでしょう、と私が訊く前に相手は名乗った。それを聞いて、私の身体がぴくりと反応する。

「警察です」

手帳をかざしながら、手前の男がにこりと笑う。いつもなら負けじと営業スマイルを返すところだが、今回は不可能だった。いや、それでいいのだ。深夜いきなり警察が訪ねてきて、笑顔で迎える人はいない。

「なんですか」と、やっと私は口にした。

「実は事件がありまして。今、聞き込み中なんです」

これはうしろの若い男がいった。その声にはまだ、聞き込み、という言葉を自分のものにできていないような初々しさが感じられる。おそらく部下だろう。

「あたしは……今日は外に出てないし、なにも知りませんよ」

面倒臭いことになっては困ると考えて、上目遣いにこう告げる。私のことをこの部屋の住民だと思っているはずだし、問題はないだろう。

「まあまあ、そういわずに話だけでも」笑顔をくずさずに手前の刑事がいった。そして空に向かって指をさす。「近くにサンパークという公園がありますよね」

「え？　ああ、はい」小刻みにうなずく。

「まだ詳しくはいえないのですが、概略的にもうしますと、そこの公園でホームレスのかたが被害にあわれたのですよ。不審な人とか、見ておりませんか」

尋ねる時、男は一変して困った顔になった。どんな市民でも傷つくのは心苦しい、といった風だ。もちろん演技かもしれないのだけれど、温かい気持ちになる。

しかしなにも協力はできない。私はすぐに首をふった。「だから、出てないって」

「ああ、そうでした」小さく頭を下げられる。

私はすぐにでも扉をしめたい思いだったが、男はふたたび口をひらく。なぜか最後まで聞いてしまう、そんなしゃべりかたをする。

「おきれいですね。あなたの彼氏は幸せだ」

突拍子もない言葉だったが、整った俳優顔でいわれると少々照れた。しかし、彼氏、という言葉に嫌な記憶が蘇って、「いません」と無愛想な声を出す。わざわざいう必要もなかったが、口からこぼれ落ちてしまったのだ。

「なにいってるんですか。行きますよ」と、部下らしき男が肩をたたいて止めに入る。

手前の刑事は、「ああ、そうだな。悪い」と何度かうなずいた。

「もういいですか」と私はいった。「寒いんで」

「はい。ご協力ありがとうございました」刑事は頭を下げる。そして顔を上げてから、「どこかに事件を解決できる悪魔の実、ありませんかねえ」と苦笑した。

私はわけがわからず、「はあ」と曖昧な声を出す。

すると、一瞬だけ真剣に見つめられた。私はたまらず玄関をしめる。なぜかあと数秒でも顔を合わせていれば、犯人はおまえだ、と指をさされそうな気がした。

耳をすますと、刑事達が部屋からはなれていく足音が聞こえる。私は深く息を吐き出した。

こんな気温なのにじっとりと嫌な汗をかいている。

部屋にもどると、春美が心配そうな顔で待っていた。警察？　と顔をのぞきこむように訊いてくる。私は少しだけあごをひいた。

「近くの公園で、ホームレスが被害にあったって」

哀れみの目をするかと思ったが、春美の反応はつめたいものだった。

「向こうがなにか悪いことしたんじゃないの」

「そうかな」

「きっとそう」

その断定ぶりに私はほほえんだ。根拠もなしに、安心した自分がいた。

春美が、「シャワー浴びてくれれば?」といったが、私は、「のみなおそう」といってグラスを持ち上げる。彼女は一度うなずいてから、ウィスキーをそそいだ。私がそれを一気にあおると、彼女は驚いて手をたたいた。

ふたたび満たされていくグラスを見つめる。そしてスモーキーな香りを吸いこみながら本日をふり返った。

色々あったが、とにかく今日は乗り切ることができそうだ。さて、明日からどうしようか。どうやってやつに復讐してやろうか。

胃のあたりは焼けるように熱かったが、表情はさめていた。

竹内秋人《たけうちあきひと》 1

1

閑静な住宅街を歩いている。路地の中を川のように風が流れると、耳にひりひりとした感覚があった。

私は目をこする。自宅でそろそろ寝ようとしていた矢先の呼び出しだった。着替えたばかりの服を脱ぎ、のみかけのビールを机に残したまま、タクシーで現場に向かったのだ。明日はひさしぶりの非番だったが、帳場が立てばそれもなかったことになるだろう。予定があったのだが、それも先延ばしにするしかない。

聞き込みを終え、事件現場である公園にもどった。サンパークという小さな公園だ。そこで今日、人が死んだ。公園に住むホームレスだった。

殺人事件とあって、園内にはまだ警察官が大勢いた。私はせわしなく動きまわる警官たちを縫うように歩き、現場に顔を出す。

「竹内、どうだった」

私を見つけた上司の井之上がいった。

「こんな時間ですしね、これといって」

「聞けたのは三軒だけでした」と倉田も続いた。

わかっていたように井之上は何度かうなずいた。町外れの住宅街、その上に深夜をまわっているとなれば明かりを探すのにも苦労をする。それに犯行は夕方らしく、まだ犯人があたりをうろついているわけもなかった。

「聞き込みに出しちまって悪かったな」と井之上がいった。

いいえ、と愛想よくこたえる。倉田も首をふった。警部補だろうが警部だろうが効率よく動かし、たとえ深夜だろうが起きている家だけでも聞き込みをしろ、というこの人のやりかたは嫌いではなかった。

「ほかのホームレスは」

私の背後から倉田が訊くと、井之上は人差し指を左右にふった。

「名前でよんでやれ。それとなるべく尋問も丁寧にな。世間に『ホームレスだからだ』といわれるのが目に見える。さっきすでに『俺達のいうことなんて警察が信じるのかい』といわれたばかりだ」

確かに、と私は納得した。そんな噂が流れれば、ふだんはホームレスなんか、と思っている市民も手の平を返して警察を憎む。同じ人間だ、と。

井之上は続けた。

「やつらはもう眠ったよ。聞けることは聞いた。明日からだな」そういって私の肩を叩く。

私はうなずき、公園を見まわした。ホームレスが住んでいるというだけで大体想像はつくが、サンパークとは名前ばかりの、暗くて寂れた公園だ。雑木林にかこまれたこの公園は長方形をしていて、変色したレンガでつくられた道が、短辺の中央から中央へとのびている。入口はその二カ所で、北門と南門にわかれていた。北門は駅の方角を向いており、南口は住宅街の奥へと続いている。反対側へ抜けるために通る人もいるだろうが、野次馬によれば近くにその役割を果たす公道があることから、ここを通行する人は少ないらしい。それが一層、ホームレスの住みやすい環境を生んだとみえる。

「あいつらは」

と倉田が指をさした。公園の入口近くで、若い男が数人、制服警官にかこまれていた。まだ十代後半、いや、高校生にも見える。

「くそガキ達さ。夜遊びだな。高校三年らしい。未成年だから、一応補導の意味もふくめて、ついでに事件のことも訊いてる。まあこの件とは関係ねえだろうがな」井之上はこちらも見ずにこたえた。彼はひまを持てあます少年が嫌いだ。

ふうん、と私はうなずいた。目で数えると六人いる。全員がふてくされた顔をして、こぞって手をポケットに入れている。そんな姿は可笑しかった。

倉田と一緒に、北門から南門方向へと歩いてみる。淡い光を放つ電灯が地面を照らしている。左右には子供達が遊ぶはずだった遊具が点々とみられた。西には錆びたジャングルジム、肝心な乗る部分が取り外されたブランコ、動物のトイレになってしまった砂場。東には環境さえ整えば家族で弁当を広げられそうな石のテーブルと、やはり錆びついている鉄棒があった。

南門の近くまで歩いて木製の椅子にすわった。レンガ道の中央には、四本の木が点々と植えられていて、その木をかこむように椅子が置かれていたのだ。もちろんきれいなものではなかったが、固くなった足をほぐしたかった。

視界に木板造りの住居がみっつ横ならびに見える。南門の一角に、三人のホームレスは住んでいた。名前は確か、山本浩二、松町しげる、工藤哲、といった。

事件の端緒は、松町というホームレスが、工藤が死んでいるのを発見したことだった。

工藤は住居の中で頭から血を流して死んでいた。

話を聞いてみると、山本というホームレスが、日が暮れた頃に工藤と若い女性が争っているのを目撃していた。女は山本が駆けつけるまえに逃走。その時、工藤に話を訊くと、財布を盗まれそうになり抵抗したと語ったらしい。結局財布は盗まれ、彼は揉み合いのなかで突き飛ばされて頭に傷を負っていたという。

工藤は、仕方がない、とあきらめたように住居へもどったとのことだった。しかしそれがいけなかったらしく、彼は頭の傷が原因で、そのまま住居で死亡した――

死んでいる彼を見つけた松町は、すぐに山本もよんだという。ふたりとも取り乱したが、山本の指示で松町が駅の近くにある交番に飛びこんだ。十一時をすぎた頃だった。

検視官によると、外傷後しばらく生きていることがある脳出血の類だろうとのことだった。工藤の住居横にある、公園を仕切るためのブロック塀には血痕がついていた。おそらく被害者のものだと思われる。つよくぶつけたことがわかる生々しいものだった。

「確かに工藤の財布が見当たらないらしいですね。だから病院に行けなかったのでしょう。いくらなんでもホームレスの財布を狙うなんてどうかしてる」

短く刈りこんだ頭をなでながら倉田が勢いこんで語った。犯人に対する憎しみを、だれよりも顔に出す男だった。まだ刑事としての経験は浅いが、年若くして警察官になった熱い人間だ。

「財布があっても行かなかっただろうさ」と私はいった。「俺達のように保険証やクレジットカードが入っている財布じゃないはずだ。現金だって、目算できるくらいしか持ち合わしていなかっただろうさ」

「そうかもしれませんが。しかし許せません」

「あたりまえだ」

そういって私は立ち上がった。

つよい風が吹いて、またすぐに止んだ。

2

現場から解放されたあと、倉田と一緒に駅のそばにあるＢＡＲに入った。二十代に見える若者客が多い、ユーロビートの流れる店だった。落ちつかない店だと思ったが、他を探すのも面倒でカウンターのスツールに腰をおろす。こんな日はどうせ事件の話が話題になるので、空きが目立つ一角に陣取った。

客層と同じくらい若く見えるバーテンダーがメニューを差し出してきたので、私はウィスキーソーダを、倉田はジンバックをオーダーした。私も倉田も酒が好きで、捜査のあとは肩をならべることがちょくちょくある。それで相性がよいと上から思われているのかどうかはわからないが、コンビを組む機会は多かった。

「明日は早いだろう。いいのか」

こんな時間にもかかわらずついてきた倉田にいった。

「それは竹内さんも同じでしょう」

「それはそうだが」

「僕は大丈夫ですよ。これも命令ですし」

「また命令か」

「また命令です」

そういいながら倉田はにやりと笑う。

刑事力をみがきたいなら竹内に張りつけ、これは命令だ、と捜査一課に配属された時に井之上からいわれたらしかった。もともと一緒にのみはじめたのも、それを口実に倉田がついてきたからだ。

「勘弁してくれよ。買いかぶりだろう」首をふる。

「あなたは多くの犯人を挙げてます」

そういって倉田はジンバックを一気にあけた。私も続こうと思ったが、三分の一が残った。さすがに二十代前半のようにはいかない。若くみられるたちらしいが、すでに三十をふたつもすぎているのだ。

背広姿で息をつく倉田は刑事ではなくサラリーマンを連想させた。彼はすかさずそばにきたバーテンダーに今度はB&Bをたのんだ。

「犯人は女、でしたね」と倉田がいった。

ああ、と私はうなずく。争っているのを目撃した山本の証言によると、争っていたのは若い女性らしかった。

「なんといってましたかね。若くて髪が短い、でしたっけ」

B&Bをうけとりながらいう。私はウィスキーソーダをあけてからこたえた。

「そうだ。髪の色は黒だということだったな」

「それ以外は謎でしたね。若いことと、ショートブラック。そんな女なら昨日だって何人も見ましたよ。ほらそこにも犯人が」

あごをテーブル客に向ける。髪の黒い短髪の女性が、恋人らしい男と会話をはずませていた。

「ああ、なかなか絞れる情報じゃない。だが長髪よりはいいさ。髪を切られるおそれがない」

バーテンダーが私のあいたグラスを見たので、マッカラン、と注文した。ストレート、とつけくわえる。

「それよりあの女性、かわいかったですね。いかにも現代っ子って感じでしたが、あんな子なかなかいませんよ」

倉田が私を見た。頭の中にもやもやと残っている、あの女に違いなかった。聞き込みの時に、アパートの三階で見かけた女だ。確かにかわいい顔つきをしていたが、私は女性としてではなく、また違った印象でおぼえている。

女？　と私がとぼけると、横から肘でつかれた。

「なにいってるんですか。自分から、きれいですね、なんていったくせに。気に入っても、捜査中にナンパはまずいですよ」

そういいながら彼はタンブラーをふる。氷がからからと鳴った。

「確かに美人ではあった」私はチェイサーを口にしてからいう。「しかし下心からじゃあない。

彼女は深夜にもかかわらず、今にもクラブで働けそうなメイクをしていた。外出していないなら、彼氏でも待っているのかなと思っただけさ。ああいうなにげないコミュニケーションで、市民は意外な情報を提供してくれたりするものだ」

「参考になります」といってから倉田はメニューをめくった。B&Bはあいていた。「でもあの子、彼氏はいないっていいましたよね」

「外出してないことか、彼氏がいないこと、どちらかが嘘だろうな。たぶん、後者だと思うが」

倉田が私の顔をのぞきこんだ。「彼氏、いるんですかね」

「もしかしたら部屋にいた可能性もあるだろう。男物のスニーカーがあった」

「あなたはよく見ている」

「それに悪魔の実さ。お前、ワンピースというマンガを知ってるか」

「知ってはいますが、最近読んでませんね」そういってから思い出したような顔つきで続ける。「そういえば竹内さん彼女にいってましたね。悪魔の実がどうとか」

「玄関のすみに少年誌が何冊も積んであった。若い容疑者と話をするのに役立つから、たまに読むんだが、週刊少年ジャンプというやつだ。ワンピースはその雑誌に連載されてるもので、悪魔の実というものを食べて特殊な能力を得る。だから、事件を解決できる悪魔の実はありませんかね、と冗談を言ってみたわけだ」

「なるほど。でもあの子に反応はありませんでしたね。理解に困る顔だった」

「ジャンプを買っていてあのマンガを読まない人は少ないはずだ。きっと親しい男がおいて帰るのさ」

「なるほど、みごとな推理です」

「おいおい信じないでくれよ。どちらかが嘘なんて、そんなの冗談さ。自宅でも急な来客にそなえてメイクする女性もいるだろう。靴だって男っぽいやつをはく子もいる。マンガにしても、やはり好き嫌いはあるだろうしな」悪戯な目で倉田を見た。「彼氏もいて外出もしたかもしれない。その逆の可能性だってあるさ」

倉田はやれやれといったふうに息をつく。そして呆れた顔で、サイドカー、と近くの店員にカクテルをオーダーした。

「今の無意味なやりとりが、もし小説に書かれていたなら僕はやぶりますよ」

「それは資源の無駄だ」

「じゃあいったい、なんでマンガの話なんてしたんですか」

そう訊かれたので、私は一息ついてからいった。「彼女は手首を怪我していた。リストカットの位置さ。もしあれが自分で傷つけたものなら、なにか力になれるかもしれないと思ったのさ。人と会話することはいいものだ。だから一言でも多く会話をした、それだけだ。まったくの見当はずれかもしれないけどな」

「まいりましたよ。あなたはすごい」

彼は両手を上げたあと、肘をついてまるい顔を手のひらにのせた。その様は顔のパーツが大きなこけしに見えなくもない。こけしは落ちこんだように吐息をついた。

「あなたはあの女性の部屋を何度もふり返っていた。やり残したことがあるみたいに。それだったんですね」

「ああ、まあな」

私は左手をこめかみにあてて、あの時を思い出した。そして、それも嘘さ、と心の中で倉田にいった。あの会話は少しでも彼女を観察するための時間をかせぐためだった。

――あの女だけだった。外に出ていない、といったのは。

一言目にそれだった。こちらは、事件がありまして、としかいわなかったはずだ。まずは、いつどこで？　と気になるものではないだろうか。事件はあのアパートでおきたかもしれない。つまり外に出ていなくても、下の階で悲鳴を聞きませんでしたか、という質問かもしれないのだ。

あの言葉はまるで、本日外出した者の意見しか参考にならないはずだ、と語っているように思えなくもない。警察とかかわりたくないために嘘をつかれることはよくあるが、あの場合なら、なにも見ていません、でも構わないはずだ。あらためて思い返せば、多少の動揺が見られた気もする。

いや、考えすぎか……犯人は黒髪のショートヘア……

こめかみから手をはなす。だがすぐに、つぎはあごに手をやった。

あの臭い……と私は呟いた。倉田が一瞬だけこちらを見たが、またメニューに視線を落とす。

私は同じ言葉をもう一度心の中で呟いた。……あの臭い。

玄関をあけた時、かすかに漂っていた。あれはなぜだろう。それこそ考えすぎかもしれないほどかすかなものだったのだが、刑事をやっていれば馴染み深い香りだったのだ。あの女の傷から香ったのだろうか……

「なに考えてるんですか」と倉田がいった。

「血の臭いのこと」と私はこたえた。

「やめてくださいよ酒の席で。気持ちわるい」

彼は鼻をつまんだ。

桃井沙奈《ももいさな》 1

1

——ばらばらにしてやる。

と、昨夜、千夏から聞いた言葉が急に思い出された。それは、深夜のまどろみの中にいる私の頭に強く響きわたった。それを聞いた時、こんな頭痛がしたことをおぼえている。

夜中にもかかわらず、私は目をさました。ふだんならこんなことはないのだが、今日は特別だった。しかし睡眠薬のせいで瞼が重い。ひらかない。

——だめだよ。

と、あの時と同じように私は口にする。いや、本当にいったのかはわからない。口が動いた気配はないから、そう考えただけかもしれない。

暗闇に、私の姿が浮かびあがった。だめ、と繰り返し、必死に首をふってから千夏のことを見つめている。これは昨夜、ベッドの上で話をしていた時の景色だ。

彼女はまるで私のことを知らないかのように顔を反らし、上の空といった表情を浮かべた。

――彼を殺して、私も死ぬよ。

千夏は綺麗な形をした唇を動かしてそういった。視線を下げたのは、曇った窓を流れる水滴を目で追ったからだろう。私はしばらく外には出ていないが、窓一面の結露を見るかぎり、もうかなり寒いのだと思った。十一月も後半を迎えているのだから、それもうなずける。

――そんなのまちがってる。

はっきりした口調で私はいった。

風で窓が小さな音を立てたあと、ベッドの端に座っていた千夏が急に立ち上がった。そして結露した窓に歩み寄ると、ゆっくりガラスを右手でぬぐった。ちょうど、彼女の目線の高さに漢字の『一』のようなものが描かれる。

この病院の対岸に背の高い建物はないため、その先にはひらけた夜空が見えた。七階から眺める街並みは、夜景というには大袈裟な程度だが、一帯に点々とちらばる光が見える。

しかし――まっ黒な空だった。月も星も見当たらない。天気が悪いわけでないことはわかっている。やや栄えている隣町の空が明るいために、この窓からは飾られた夜空が見えたためしなどないのだ。北を向いているから、太陽や月もなかなか拝めない。

奥行きのある狭くて黒い景色を、千夏と私はしばらく眺めていた。『一』の所々からは雫が流れ、それは黒い雲から雨が降っているようにも見えた。

――見えないね、星。

わかりきっていることなのだが、彼女はあらためてそう呟いた。最近、星が見えないことを気にすることが多くなっている。鈍感な私でも、理由はわかっていた。だから千夏の呟きにも、他人事とばかりにうなずけないのだ。

――曇ってるのかも。明日は見えるかも。

気休めにもならないだろうな、と思った。千夏がこの病室の住民になった時、隣街が明るいせいで星は見えない、と説明したのはまぎれもない私なのだから。

千夏が吐息をついた。適当なことをいうな、といわれている気がした。

――醜い顔ね、この病人。

彼女はそう呟いた。自身のことをいっているらしかった。

――千夏は美人だよ。

そういってはみたものの、彼女が笑みをみせることはなかった。うっすらと窓に映った自分を睨みつけているように見える。

――醜い顔ね。

聞こえるか聞こえないかの声で、彼女はもう一度いった。

2

そんな映像が意識のなかをひと通り流れたあと、私はやっと目をひらく。眼球にひえた空気がふれる感覚があった。

横向きの姿勢で寝ていたため、カーテンをあけっ放しにしている窓が見える。昨夜のように結露はしているが、『一』はもちろん消えていた。

私は重い身体をゆっくりと起こし、隣にある千夏のベッドを見た。きれいに畳まれた茶色い毛布と白い布団。そこに彼女はいない。

夕方、少し昼寝をしたあとだった。目をさますと、そこにはまるで患者がいないかのように寝具はたたまれ、千夏は消えていた。

ふたり部屋の病室はしんと静まりかえっている。私は手探りで枕の下に手をやった。そこから携帯電話を取り出す。看護師に見つかれば怒られるので、いつも見えない所にかくしてある。もちろん音も出ないように設定しているため、定期的にのぞかなければならない。

今、私は当然、千夏からの連絡を待っている。夕方から何度もメールを送っているのだが、今だに返信はない。いったいなにをしているのか、どこにいるのか、彼とはどういった話をしたのかが気になって仕方がない。早まったことなどしなければいいのだけれど、と常に願っている。私は、ばらばらにしてやる――といった千夏の眼を思い出し、最悪の展開を想像しては、その度に首をふって凄惨な映像をかき消した。

携帯電話が光を点滅させていることに気づく。看護師の足音がしないか確認したあと、受信メールをひらいて内容を確認する。『鈴木千夏』と表示されていたので私は思わず画面に顔を近づけた。

『おやすみ。彼の好きだったウィスキーをのんでいい気分なの。星も見えたし、きっとこれでよかったのよね』

淡々と文字がならんでいた。彼女は絵文字をつかわない。私は返信画面をひらいて小さなボタンを親指でたたいた。

『薬のまなきゃいけないんだからお酒はだめだよ。体調は大丈夫？　今どこにいるの？　どこかに泊まっているの？　彼とは話できたの？　どうなったの？』

返信はすぐにあった。

『沙奈には関係ない。でもまだ復讐は終わってないよ』

私は吐息をついた。だめだよそんなの、と返信をする。ちょうどその時、看護師の足音がした。私はあわてて携帯電話を布団の下にかくした。懐中電灯を手にした若い女性の看護師が病室の入口から顔をのぞかせる。私に光を向けると、あら、と小さな声を出した。

「桃井さん、眠れませんか」

そういいながら何歩か近づいてくる。私はどきりとしてすぐに首をふった。

「大丈夫です。千夏のことが気になって、目がさめてしまって……。まだ薬が効いてるみたいなので、すぐ寝れます」

看護師はちらりと千夏の寝床を見てから、そう、とだけいった。患者がいなくなったというのに、そっけない反応だった。ここの職員はみんなそうだ。時間がくれば哀れみの表情を浮かべ、まるで薬を餌のように私たちにあたえる。それでもつらくなれば、薬を増やし、種類を変える。そんな行為をただ機械的に繰り返す。私が涙を流すと、「そんなんじゃいつまでも星が見えないよ」とマニュアルのように口にした。「一緒にがんばろう」とはいうが、すぐに私を残して立ち去った。

そんな精神病院に一年も飼われているから、私もだいぶ機械的になっていた。きめられた薬を正しく胃に流しこみ、夜は睡眠薬で眠った。それをずっと繰り返している。依存していることはわかっているのだが、イイ子でいるには薬が必要だった。カミソリを薬だといわれても、私は平気でのみこむだろう。

「眠れないようなら、睡眠導入剤増やしてもらうからいってね」

看護師がいった。ありがとうございます、といってうなずくと、彼女は、なんて私はいい看護師なのだろう、といわんばかりの満足そうな顔をしてつぎの病室に向かった。

行ったことを確認したあと、携帯電話を布団の下から取り出した。千夏から返信がきていた。

『明日、沙奈も外出でしょ。彼氏と会うっていってたじゃない。もう寝たほうがいいよ』

文字を眺めて、私は明日の予定を思い出した。確かに、明日は届けを出せば稀に許可される外泊の日だ。ひさしぶりに自宅に帰り、そのあとに彼と会う予定だった。朝には母親が迎えにきて、一緒に自宅へ向かう。現在はすでに三時をまわっているし、ふつうならば寝たほうがいい時間だろう。しかし……

『こんな時にそれどころじゃないよ。私、千夏が帰ってこないと外出したくない。心配で楽しめないよ』

返信はなかった。看護師と話していたあいだに眠ったのかもしれない。外出はしない、という気持ちは本物だった。楽しみな日であったのだが、タイミングが悪かったようだ。私は母親に、体調が悪いから明日は来なくて大丈夫だよ、とメールを打った。

彼にも連絡をしようと思ったが、それはやめた。事情は察してくれるだろう。今日送った『明日は会えるね。お昼すぎには行けます』という送信メールがむなしく見えた。千夏と同様、彼からの連絡も待っていたが、今日はなかった。『メールできそうなら連絡待ってます』と入れておいたから、きっと色々と慌ただしかったのだろう。

私は窓のほうに歩いた。千夏のように窓をぬぐって『一』を描いた。黒い空がのぞいた。

3

　ぺたり、とうしろで足音がした。驚いてふり返ると、暗い病室の入口にだれか人が立っているのが見えた。ぎょっとしたが、看護師ならまずいと思って手にしていた携帯電話を背中にまわす。そうしたあとに目をこらした。

「なんだ。こんな時間なのに沙奈さん起きていたの」

　と人影がいった。聞きおぼえのある女性の声だった。少しして、患者服をきていることがぼんやりとわかる。あの人か、と今日知り合った患者のことを思い出した。

「城峯加代さんでしたね」

　そう私がいうと、ええ、と返事をしてから病室の中に入ってきた。入口側にある千夏のベッドを通りこして私のまえまでくると、彼女は小さな笑みをみせる。看護師のものより心地よかった。

「飲み物を買いに行こうと思ったら、偶然目に入って。確かここの病室とおっしゃっていたから」城峯加代は病室の入口付近を指さした。「なんだか眠れなくって。環境が変わるとだめね」

「はじめはそうですよね。目が覚めたら、どこだかわからなかったり」

　私は口に手をあててくすくすと笑った。うんうんと城峯加代がうなずいた。

　彼女は今日、日が暮れた頃にこの病院に転院してきた患者だった。夕食のまえ、廊下で顔を合わせた時に少しだけ立ち話をしたのだ。違う病院にいたらしいが、どこを気に入ってこんなところに入ってきたのかはわからない。

城峯加代は私のみっつ上で二十七歳と話していた。きれいな黒髪のボブカットが整っていて、幼い顔立ちを際立たせている。背もあまり高くないので年齢より若く見えるが、丁寧な言葉遣いは大人びていて、雰囲気だけなら患者ではなくカウンセラーのようだった。

「沙奈さんも眠れないの？　薬、のんでないのかしら？」

「いいえ、のんではいるんですが、今日はちょっと」

ちらりと隣のベッドを見た。彼女が病院に来た夕時にはすでにいなかったから、千夏のことは知らないはずだ。私は、転院してきたばかりの患者にわざわざいう必要もないだろうと考えてなにもいわなかった。

すると急に、「鈴木千夏さん」と城峯加代のほうからいった。「どうかされたの？」と首をかしげる。

私は心を読まれたような気分になって驚いた。え？　とだけ声に出す。彼女は千夏のいないベッドを見た。

「表に鈴木千夏という名前は貼ってあるのに、夕方にもいなかったわ。こんな時間なのにまだ……」

私はなんといおうか迷った。しかし結局は無駄な心配はかけるべきではないと判断した。ひょっこり帰ってくる可能性もある。

「外泊です。自宅に帰ってます。なんでもありません」と私はいった。

　ああそう、と城峯加代は特に疑問に思っている風でもなかった。「じゃあ眠れない理由はべつのものね。患者に話をしてもなんにもならないかもしれないけど、困ったら声をかけてちょうだいね」

　ありがとうございます、と私は笑みをつくった。みんな自分のことで精一杯なので、その言葉はありがたかった。看護師は力になってくれないだろうし、いざとなれば相談することもあるかもしれない。不思議と力になってくれそうな気がした。症状も落ち着いているようすだし、まえの病院はなかなかよい環境であったのではないだろうか。ここに来たことで悪化しなければいいな、と思った。

「さっそく知り合いができてよかったわ」

　そういいながら城峯加代は窓に歩いた。その言葉が聞けてよかった。でなければ、私はへんなことを話さなかったかな、嫌われていないかな、とあとでぐるぐる考えなければならない。そんな病気なのだ。

　城峯加代は結露した窓をぐちゃぐちゃとぬぐって外を見た。黒い空が大きくひらける。街の光もこの時間には数えるほど少ないものになっているのだが、それでも夜空に飾りはない。

「見えないのよね、星が。街が明るいのかしら」彼女は困ったような声を出した。

「ええ、そうなんです。名前負けですよね」と私はにやけた顔で続いた。

「ふふふ、そうね。この病院、『星見苑』だものね」

「患者達のあいだでは、もっぱら『星みえん』といわれてます」

ふたりでくすくすと笑った。城峯加代は窓に落書きをしながらいう。

「周囲に背の高い建物もないし、夜の景色がきれいそうな病院だなって思って転院したのだけれど、街の光は考えてなかったわ。ざんねんね」丸や三角を描きながら吐息をつく。

「そんな理由で？」

そう訊くと、彼女は意味ありげに、「まあね」と呟いた。

私は続けた。「この病院、そんな名前で星が見えないから、『早く病気を治して、病院を抜け出して、星を眺めましょう』なんて、あとづけのようなスローガンがあります。つらいなんていうと、すぐそれです。星が見られませんよーって」

「それはあとづけだ」城峯加代はまた笑った。

「加代さんは、どうして精神科に？」私もつられて落書きをはじめる。「私は高校生の時、いじめられて」となにげなく口にした。

私は目立つ存在ではなかった。流行の服や化粧にもうとかった。皆が笑っていいあえる卑猥な思春期の話にも恥じらいを覚える女だった。そして男子と話すのが苦手だった。それのなにがいけないのかわからなかったが、私は必然的に孤立していた。いじめはやめましょうと口を揃える教師達は、いつの時代も、いじめを行っている連中と妙に仲がいい。いつも友達同士のように笑い合い、楽しそうに話をしているだけだ。非行を行う同級生にたいして、根はいい人、などという馬鹿げた意見を繰り返している。聞かされる身にもなってほしかった。そんな環境で、助けを求められるはずもなかったのだ。

城峯加代がなにもこたえないので、私は、すみません、といった。皆、思い出したくないことがあるものだ。

しかし彼女は、「私は心が弱かったのよ」と微笑を浮かべたまま いった。なにかいおうかと考えたが、私は結局黙ったままだった。

足音が聞こえてきた。ふたりともびっくりして顔を見合わせる。そしてなにかを話し合ったわけではないのに、私はベッドに横になり、城峯加代は腰をかがめてベッドの下にかくれた。病室をのぞいた看護師は私の姿を懐中電灯の光で照らしてから通り過ぎていった。

城峯加代は、「今日はありがとう」と立ち上がってからいった。そして病室の入口に向かう。

「おやすみなさい」

と声をかけると、彼女は小さく手をふった。

「千夏さん早く帰ってくるといいわね。沙奈さん少し寂しそう」

鈴木真里　2

1

ひとりの男が視界の中にいた。前髪をかきあげて私のことを見る。不機嫌そうな目をしている。

「だれ、この女」男のそばにいた女性が興味なさそうにいった。

「なんでもないよ。なあお前、なに考えてるんだよ」

男が腕をつかんで、私をその女からひきはなす。私も負けじと、そいつだれだよ、と不機嫌な声を出した。――そこで映像が終わった。

うっすらと目をひらくと、白い天井が見えた。ここどこだっけ、と考えながら眼球を左右に動かす。頭はずっしりと重い。昨夜、ウィスキーをのみすぎたからだ。どくどくと脈をうつ額に手をやりながら、身体を起こした。ベッドの上にいる。そういえば私は、春美のベッドで彼女と一緒に眠ったのだ。

嫌な夢見たな……と早々に溜息をつく。

「おはよう」と声をかけられたので、視線をやると春美がさわやかな顔をしてフローリングにすわっている。すでに起きていたようだ。テーブルに載っているヨーグルトは彼女の朝食らしい。テレビもついていて、ちょうどスポーツニュースを映していた。窓からそそぐ光を見るかぎり、今日も晴れだと思う。

私は、おはよう、と呟いてからまずは携帯電話を見る。何人かの知人から、「急にいなくなって、いったいどこいるの?」といったメールが入っていたが、返信するのが面倒臭くてメール画面をとじた。時間はすでに十時だった。もう少し早く起きたかったのだが、寝たのは四時をまわっていたんだからしかたがない。

私の冴えない表情を見た春美が気をきかせて水を出してくれたので、それをのんだ。胃の中にはまだアルコールの気配があったが、習慣になっている薬を鞄から出して口に入れる。

「なんの薬?　ぬるま湯、いる?」と春美がいった。

「ああ、鼻炎の薬なんだ。大丈夫だよ、いつも適当にのんでるし」私は残りの水で胃に流した。

「泊めてくれてほんとうにありがとね。なにかお礼したいんだけど、なにぶん貧乏で……」

「わかってる。お金があればビジネスホテルにでも泊まるものね。気にしなくていいの。わたしも楽しかったし」そういってから彼女は自分の頭を指さす。「それより、だいぶのんでたけど、平気?」

「うーん」と首をかしげた。正直、しばらく寝ていたい気分だった。

「もう少しゆっくりしたらいいよ。いまコーヒーいれるね」

そういって春美はキッチンに立った。嫌味のない口調や動きには罪悪感が感じられず、なにやら胸がかるくなった。私でもそうなのだから、二日酔いの男性なら当然、いい女、と感じるものかもしれない。この人は参考になるなあ、と彼女の背中を見つめた。

「次のニュースです」

と、ふと耳に入った。私はなにげなくテレビに目をやった。

数秒のあいだ息を止める。うっすらと帯びていた酒気が消えた。張り詰めたように、頭がさえる。

「昨夜、二十三日の夜遅くに、公園でホームレスの男性が死亡しているのが見つかりました。警視庁や管轄の××警察署によりますと、男性が発見されたのは昨夜、夜十一時頃、××市にあるサンパークという公園で、そこに住んでいたホームレス三人のうち一人が死亡しているのを、同じ公園に住む、別のホームレスが発見し近くの交番に駆け込んだということです。死亡したのは住所年齢不明の男性で、工藤哲、と名乗っていたということです……」

私はまばたきを忘れてじっとそれを見た。寂れた小さな公園が短いあいだ画面に映った。まだ若いと思われる女性キャスターが眉を下げている。

「警察の調べによりますと、同じ公園に住んでいる別のホームレスが、昨日の夕方、被害者男性が若い女と争っているのを目撃しており、男性はその直後、財布を盗まれそうになり抵抗したところ、突き飛ばされて頭を打ったと話していたとのことです。死亡したのはその時の傷が原因と見られており、被害者の財布も見当たらないことから、警察は事実確認を急ぐと共に、殺人事件とみて捜査をすすめています」

画面は変わり、女性キャスターは国会議員の話をはじめたが、私はまだ液晶テレビを見つめたままだ。しばらく呆然としていると、春美がコーヒーを持ってキッチンから戻ってきた。

「どうかした?」

ティーカップをテーブルにならべていう。私はぶんぶん首をふった。

「ああ気にしないで。まあ、個人的な悩みが色々とね」

「そう……事情はわからないけど、たいへんね」

私はコーヒーを啜りながら鞄を見た。そして、中に入っている汚れた財布のことを思い出した。

——死亡。という言葉がずんと頭にのしかかる。腕はふるえていたらしく、カップをテーブルにおく時にはかちゃかちゃと音を立てた。ちらりと春美が見たので、冷静をよそおう。それでも違和感は否めなかったと思うのだが。

どうしたものか、と考えた。今なにをするべきだろうか。

「春美」と私はいった。昨夜からいおうかいうまいか考えていたことだった。「今日も泊めてもらえないかな」

え、と彼女は瞳をおおきくさせる。手を唇にあてて考えるそぶりをした。

「だめかな。ずうずうしいけど、お願い」

私は手を合わせる。おそらく、生まれてはじめて本気でたのみごとをしたと思う。

「……うん、いいよ」少し考えてから春美はうなずいた。「理由は訊かないほうがいいんだよね」

「ありがとうっ」思わず春美に抱きついた。彼女のあわてる様がおかしかった。

「でもお願いがあるの」と春美がいう。

「なんでもやるよ。お風呂場の掃除？」

「ちがいます」とふくれた。「買い物に行ってきてほしいんだ。私、風邪気味みたいで、外出はちょっと……」

「買い物？　それだけ？」

「うん。お金は私が出すからさ。ええっと、日用品の切れてるものもあるし、食料の買いおきも少ないの。たのめる？　それに歯磨き粉とか、えっとシャンプーとか？　自分のつかってるやつがよければ、そうして」

「うん。おっけ」人差し指と親指で円をつくる。たしかに私は普段、弱酸性のシャンプーしかつかわない。なにより、どのみち私も出かけなければならない。

「ありがとう助かる」と春美はいった。

「こっちのセリフ」

私はいい返してから立ち上がった。「シャワーかしてね。準備しなきゃ」

十二時になってから私は３０１号室を出た。なにがあるかわからないので、一応春美の携帯番号を教えてもらった。彼女が二台の携帯電話を持っているのを見て、そういうところはいまどきの女の子だなと思った。

鞄の中にはたくさんの服を入れてきたので、今日は全身違った服装に着替えていた。ディズニーのキャラクターがプリントされたロングＴシャツの上にカットソー、そしてチェックのブルゾンを羽織った。下は自慢の細い足を目立たせるために、寒いことを覚悟してショートパンツにした。玄関を出たところでさっそく洗礼をうけたのはいうまでもない。私は身体をふるわせてから、同じく鞄に入れてきた小ぶりのバッグを肩にひっかけて廊下を歩き出した。

汚れた階段を降りてから、なにげなくアパートを見上げてみる。夜にはわからなかったが、きれいに塗装された建造だった。濃い赤味の青。これは群青色……いや、もっと気のきいた色の名前があったはずだ。

私は少し考えて、そうだ瑠璃色だ、と思い出した。

きっとアパートの名前にはブルーがつかわれているぞ、と思って階段の下に立ててある看板をのぞいたが、そこには『ラピスラズリ』という呪文のような名前が載っていた。

道端を小さなビニール袋が流れていった。それを見て、私は急に自分のおかれている状況を思い出す。ちょうどあんな調子で、あの公園にも袋が舞っていた。人ひとりいない、寂れた公園だった。

歩き出すまえに、昨日の夕暮れ時を思い出す。閑古鳥でも鳴き出しそうなあの空間に、私はいた。

2

長方形をした静かな公園だった。子供に遊ばせる気がまったくないような遊具が所々に見られるその公園は、入口にサンパークとつづられていた。太陽公園かあ、といって一帯を見渡し、苦笑いをしたことをおぼえている。

しかし、その雰囲気が嫌というわけではなかった。その公園と同じくらい私の心も寂れていたし、必要としている人から見向きもされないものだったからだ。

私はゆっくりレンガの道を歩いた。夕暮れの緋光はますます寂しさを募らせた。

中央にはいくつか木がならんでいて、そのまわりには椅子が配置されていた。変色しているが、木製だったと思われる。南門と書かれた出入口から一番近い椅子にすわり、なんでこうなるのよ、と呟いた。つめたい風がふき、そこら中にごみが舞う。身体を小さくしてふるえた。

正面には小さな家が、確かみっつならんでいたと思う。うすい木板を器用にくみあわせたその住居は意外と立派な造りだが、見かけはホームレスの家だと誰でもわかるものだ。それでも帰る場所がない私は、あの中でもいいから入りたいよ、と思ったのをおぼえている。そして、そうか私も今はホームレスか、となさけなく笑った。

その時、ひとつの住居から男が姿を現した。いかにもホームレスといった地味で薄汚れた服装をしている男だった。さみいなあ、といいながら住居のまえに散らかっているごみをあさって、なにに使うのかわからないようなものを持ち上げる。不快な臭いがこちらまで漂ってきそうな気がして、私は不機嫌な顔でそんなようすを見つめていた。

ふと、ホームレスと目があった。私はなぜか、しまった、と思った。男がにかっと笑って私をじろじろと見たため、きもい、と小さくいった。相手の表情は変わらなかったから、きっと聞こえてはいなかっただろう。

「どうしたかわいい姉ちゃん」

陽気な声がした。「なにしてるんだい。行くとこないのかい」

私は場所を変えようかと思ったが、面倒臭かったので結局無視をすることにした。顔を反らして、付き合ってられるかよ、と心で呟く。同じホームレスでも、まだ私はあそこまでなりたくない。

男が数歩寄ってきたのが横目でわかった。それを知らせるためではないだろうが、烏がふたつ鳴いた。

「だったら俺の嫁になるかい」

男はにやにやしながらいった。十分つめたい気温なのにますます寒気がした。私のことを頭からつま先まで観察しているのがわかる。あんたに見せるための足じゃないのよ、と思って大きな鞄でできるかぎり短いスカートからのびる生足をかくした。

「なあ」ともう一度聞こえた。

「消えてくんない」と私は吐きすてる。

男は少し虚をつかれたような顔をしたが、すぐに怒気をはらんだのがつたわってきた。眉間に皺を寄せ、鼻息をあらくした。

「ふん小娘が。ブス野郎め」

お返しのようにそう吐きすてられた。一瞬で私のランクは、かわいいからブスになった。男は地面をふみしめながら住居に歩いていき、そして住居に入るまえに、

「どうせ男にすてられたんだろ」

と皮肉な口調で文句をあびせた。

これはこたえて、男を睨んだ。殺意をこめた眼だったと思う。しかし男はもう私のことを見ようともせず、住み処の中に入って行った。いっちょうまえに戸がついている。

私はわなわなと怒りがこみあがってきて、あの戸でも蹴らずにはいられなくなり立ち上がっ

た。そして男が入って行った住居に近寄った。正面まできて、せーの、と心で呟く。

――と、そこで私は動きを止めた。なにげなく落とした視線にふれる物があった。それは汚れた財布だった。おそらく、入って行く時にやつが落としたものだと思う。

私はそれをひろった。なぜあんなことを思いついたのかわからないが、瞬時に盗んでしまおうと考えた。たぶん単純に、あのホームレスを困らせたいという子供に近い心理だったのだろう。

信号のない道をわたる時のように、周囲を見まわした。誰もいない――今立ち去れば、私が犯人だと思われることはまずないだろう。そう考えて踵を返した、その時……。背後で扉がひらいた音がした。私は反射的にふり返ったので、ふたたび男と顔を合わせることとなった。あの時、ふり返らずにすぐさま走り去ればよかったと何回も何回も後悔をしている。

私はなぜか動きを止めた。まずい、と思った一瞬だけだったが、この時はずいぶん長く感じられた。男が私の手もと、つまり財布に視線をやるのがスローモーションのように見えた。そして、それからは早かった。

男は怒鳴り声をあげて飛びかかってきた。私は小さな叫び声を上げて一、二秒揉み合ったあと、力一杯ホームレスを突き飛ばした。男は背後にあるブロック塀のほうへと倒れた。すぐに駆け出したのではっきりとは見ていないが、頭をぶつけたようなにぶい音がした。

走り去る時、後ろからなにかいわれたような気もするが、いわれていない気もする。とにかく動転していた。私は近くの南門から飛び出して、少し走った。あの大きな鞄を持ったままあんな速度で走るなんて、ふだんの私なら不可能だろう。

ふり返ってみたところ、追ってくる姿は見られなかったので、すぐに走るのをやめて早足で歩いた。この時にはすでに、走り去る姿を目撃されたりしたら不審に思われる、と冷静に考えられていた。

入りくんだ住宅街に入りこみ、乱れた息が整ってきたころ、私は片手ににぎりしめられているものに気づく。あの、汚れた財布だ。

——やってしまった。

どっしりと重い言葉だった。子供の頃、悪いことをしてしまった時のように、持っていき場のない恐怖感に襲われた。いや、それ以上だ。今回は親に叱られるわけではなく、法的に裁かれる罪名が存在する。

あのホームレスはどうなったのだろうか、とふと考えた。追ってこなかったことを考えると、もしかしたら頭の打ちどころが悪く、気を失ってしまったのかもしれない。もしそうなら、どうしたものか。一応、もどって確認をしたほうがいいだろうか。

いや、こうは考えられないだろうか。もしかしたら私を追いかけるのではなく、通報を優先したのかもしれない。そうなれば、やつは携帯電話など持ってはいないはずであるから、まず交番に駆けこむはずだ。確か、駅のそばに交番があった。行くならばあそこだ。そして被害報告をうけた警察は迅速にこのあたりを巡回するだろう。

あの男は私の特徴はおぼえているはずだ。それを把握した警察が動き出せば、捕まるのは時間の問題だ。

――捕まるわけにはいかない、と私は思った。なにより単純に、捕まりたくない、という気持ちがつよかった。こんな日に警察のお世話になるなんて、惨めにもほどがある……

では、さてどうするか、と考えた時、前方に小さな看板が確認できた。そばまで行ってみると、それは住宅街にまぎれこんだ喫茶店だった。民家を改装したような造りをしている。私は迷わず店の入口へ歩いた。中にいれば、警察の目には止まらないはずだ。そしてそのままこの店の閉店時間までいればいい、そう思った。あとのことは、中でお茶を啜りながらでも考えよう。私は汚れた財布を鞄にしまった。棄ててしまうと、誰かに見つかった時厄介だからだ。それは私がここを通った証拠となる。

店内は静かだったが、七割ほどの席にお客は入っていた。新鮮な木の香りがする店だった。主婦層が目立つが、マンガ本やパソコンも設備されているため、それに夢中になる若い男女達も複数見られた。静かなのはそのせいか、と思いながら隅のテーブルに腰をかける。

メニュー表にはクローズ十一時と書かれていた。この手の犯行は初動捜査に力を入れるはずだから、その時間ならば巡回も落ち着いているかもしれない。もしこの喫茶店を訪ねてきたらどうしようか、と不安になったが、そもそもすべては男が交番に駆けこんでいたらの話だ。あのあとホームレスがどのような行動をとったのかまだわからない。ただ悔し涙を浮かべただけかもしれないのだ。

もしもの時は観念するほかないいな、とひらきなおって、私は『おかわり自由』と書かれたコーヒーを注文した。

しばらくコーヒーでねばっていたが、さすがに小腹がすいてきてチキンドリアをたのんだ。私のほかにもコーヒー一筋でがんばる客はいたが、さすがに店がかわいそうに思えてきたのか、その中の何人かは私に続いてサンドウィッチやチーズオムレツといったフードメニューを注文していた。

気がつけば十時をすぎていた。私は少しずつこのあとのことを考えはじめていた。警察を避けながら駅のほうまで歩き、ビジネスホテルを見つけようか。それとも、二十四時間営業のファミリーレストランに入ろうか。朝までやっている漫画喫茶という手段もある。そんなことを考えながら、お金いくら入ってたかな、といった感覚でなにげなく自分の財布を探した。

んん、と私は声を出した。財布を入れていた鞄の側面にあるポケットがからになっていた。中に入れたかなあ、と思い中に手を入れる。そして、かきまぜるように中を探る。もう一度鞄の側面を見て、自分のスカートにポケットがないことを確認すると、すっと血の気がひいた。

それから何回も鞄をのぞいた。時々、あった、と思うのだが、手に触れるのはあの汚れた財布ばかりだった。

私はテーブルの上に肘をついて頭を抱えた。間違いなく、鞄についているポケットに入れたことはおぼえている。私は駅を降りた時に、手にしていた財布を入れたのだ。そしてそのあとは一度も出していない。

どこかで落としたか……。いいや、落としたとすればあの時にきまっている。ホームレスと争った、あの時だ。私はじわじわと焦りを感じはじめた。まず、なにをしたらいいだろうと考えた。

取りにもどろうか……いや、公園はまずい、警察に警戒されている場合がある。あのあたりで探しものなどしていたら、不審に思われるのは目に見えている。

そうだ、すでに財布は発見されて、張りこみをされている可能性だってあるのだ。あの財布には保険証が入っている。見つかったならば、私の物だとすぐに気づくだろう。そしてあの場所に落ちていたとすれば、間違いなく私を疑うだろう。

しかしもし、ホームレスが警察に相談したとして、現場に犯人だと疑われる者の財布が落ちていれば、現住所に連絡をするのではないだろうか。記載されている住所は実家だから、親に連絡が入るだろう。

私は携帯電話を見て首をかしげた。もしそこまで話がすすんでいれば、親は連絡を入れてくるのではないだろうか、と疑問が浮かんだ。電波は良好だし、すでに十時をまわっている。一度も連絡がないのはおかしい。

まだ私の財布は見つかっていないのではないか、と、そう思った。そもそもあの時に落としたのかはわからない。財布を最後に見たあとも、しばらく歩いた。ホームレスと揉みあったあとにしても、私は走り、早足で歩いた。万が一にも、落とさないとはいえないのではないだろうか。

どちらにしても財布は必要だ。必ず探さなければならない。私は誓いのように頭の中で呟いた。明日になれば、通行人をよそおい公園に近寄る機会はあるだろう。そこで見つからなければ、歩いた道をくまなく探すまでだ。

大丈夫、きっと明日見つかる。そう考えながらも気は急ぐばかりだったが、やはり今日は無理だろうと思われた。外は手もとのブラック・コーヒーのような色をしていた。それに、犯人は現場にもどる、と聞いたことがある。今から探しに行くことにメリットは見当たらない。私は息をついてコーヒーを啜った。

その時、また別の難題が浮かんだ。会計のことだった。ふたたび血の気がひくのを感じたが、私はすぐに汚れた財布のことを思いだした。激しい動悸を感じながら、そっと中をのぞく。そこにはくしゃくしゃの千円札が入っていた。計算してみると八百五十円だったので、この場だけはなんとかなるようだ。

しかしそれを見て、私はふと、考えかたが根本的に間違っていたかもしれないと思った。たった千円しか入っていない財布を盗まれた時、地面に別の財布が落ちていたならばホームレスはどうするだろうか。警察などには届けず、それこそそれを盗んでしまうのではないだろうか。確か、中には十万円は入っていたと思う。財布もエルメスのものだ。きっとこのくしゃくしゃな千円札のことなど、すぐに忘れてしまうだろう。

私は深い吐息をついた。もしそうならば、とんでもなく条件の悪い交換をしたことになる。あんなことしなければよかった、と猛烈に反省した。まさか返してくれはしないだろう。そして私が警察に行くこともできはしない。

頭がひどく痛かった。考えたところで真実が見えるわけはなく、ただ落胆した。

なんにしても結局、まず探してみることだ、という答えに落ちついた。見つかれば悩みは解決だ。この汚れた財布に千円札を入れて返してやればいいのだ。

落としたのが道端で、そして他人にひろわれていないことを願うばかりだった。困ったことになってしまった、と思いながら手の平に顔をのせた。

店員がチキンドリアの皿を下げにきて、デザートも色々とそろっていますよ、と声をかけられた。結構です、と返した。

3

――殺すつもりはなかった。

私は心の中で、数々の犯人にもっともつかわれてきたであろういいわけをした。しかし、そういわざるをえなかった。まさか、死んでしまうなんて……

さまざまな展開を考えてはいたが、このバッドエンドだけは思いつきもしなかった。冷静に考えれば、それはそうだ、人を突き飛ばし相手は頭をぶつけたのだから、このようなことも考慮するべきだったのだ。

死亡――というニュースキャスターの言葉を思い出して、足取りは水の中を歩くように重くなった。そしてまさか、目撃されていたなんて、と苦慮した。

自首をするか？　いや、こんなところで人生を終えてたまるか。きっとますます、どうしようもない女、と思われるだけだ。こんな惨めな形で復讐をあきらめてたまるか。

――はやく財布を見つけなければ。

誓いのように脳内にひびかせた。あの財布がどんな形で、私が殺人を犯した、という真実に結びつくかわからない。回収は必死だ。すでに昼をまわろうとしている。警察の捜査はもちろんはじまっているだろう。親からの連絡はなにもないから、財布はまだ見つかっていないはずだ。

　これはまだいい切れないが、ホームレスに盗まれた可能性はすでにうすいのではないか、と思った。殺人事件となれば、もちろんあの家の中やサンパーク園内もくまなく捜索されただろう。もしやつに盗まれたのならば、ホームレスの住居には私の財布があったはずだ。走り出した時に園内で落としていても、警察はすぐに見つけるだろう。そしてそうなればやはり、必然的に親か警察から連絡が入るはずなのだ。今のところ、そのようすはない。

――と、なれば。財布は、《道端でひろわれて盗まれた》か、《まだ道端に落ちている》、ということにしぼられる。

　つまり私は今、すでに盗まれていないこと、を願うばかりだということだ。

　しかし、まだひろわれていなくても一日で見つかるとはかぎらない……。これは昨夜からの悩みだった。でも、春美の部屋に泊まれたことがまさに不幸中の幸いだった。今日見つからなくても、少なくとも明日までは探して歩くことができる。彼女の良心に感謝せずにはいられない。財布が見つかったならば、彼女には十分なお礼をしよう。

　とりあえずは、あの公園へ行かなくてはならない。警察が見逃している確率もないとはいえない。人の気配がなければとりあえず、慎重にあたりを捜索しよう。

　はたしていつ、どのタイミングで落としてしまったのだろうか。神経を集中させて歩かなければならない。

竹内秋人　2

1

朝の八時には警察署に入った。入口のまえで仰いだ空は、寝起きの時よりも青色を濃くしていた。天気はいいが、今日もひどくひえる。

昨夜の事件はもちろん捜査本部が立っていた。『サンパーク・ホームレス怪死事件』という戒名が掲げられているのは予想通りだ。いつもひねりがない。

帳場が立つと自分の仕事をそっちのけで捜査にあたらなければならないため、本部の扉をくぐる捜査員達の顔にはすでに疲れの色がみられた。犯人を挙げるまで、遠方から出勤する刑事や県警本部からの派遣組は泊まりこむことも多い。ちょうど、布団のリース枚数を計算している経理の婦警がいた。こちらを見たので、私は必要ありません、と告げる。

長机が学習塾のようにならべられただけのシンプルな部屋には、すでに捜査員が集まりつつあった。倉田もその一角にすわっていた。捜査主任を任されている井之上はなにやら資料を眺めていたが、こちらに気づくと、よお、といった感じで手を上げた。私は丁寧に頭を下げたが、顔を上げると彼はふたたび資料に目を向けていた。

「ぼちぼちはじめるか」

私が席についてから、井之上が捜査員にいった。彼は、捜査会議をはじめます、といった風の堅い人間ではない。

倉田の横に腰をかけた。なにやら顔色がすぐれないので、のみすぎかい、と訊くと、最後のグラスホッパーがよけいでした、と苦笑した。

井之上が口をひらいた。

「楠木、死んだ工藤哲の身元はまだわからないんだったな」

「まだですね」と名前をよばれた同僚刑事がいった。「財布があれば、もしかすれば免許証とかもあったのかもしれませんが」

「犯人のみぞ知る、か」井之上は息をつく。「犯人の目撃情報はどうだ。ええと、朝の聞き込みは尾平だったな」

ひとりが、はい、といって立ち上がる。さすがに手際がよく、朝から捜査に出していたらしい。「南門正面の民家はすでに仕事に出ていまして話はできませんでしたが、隣近所の住民は特になにも見ていないと。祝日ですからね。仕事や学校も休みが多いでしょうし、最近は不景気のせいで休日に外出しない人が増えてますから」

ふむ、と井之上は考える仕草をした。とにかく聞き込みという方針は変わらないな、という顔をしていた。「鑑識からは」

また別の刑事が立ち上がった。

「今のところ、犯罪歴のある人間は浮かんでいませんな。昨夜はなにぶん風もあって、毛髪や繊維の採取は大変みたいですよ。下足痕は複数あったようですが、こちらもわかりにくい上に数が多くて時間がかかりそうです。いやあ、現場の土は硬いようなので足跡がない可能性もありますなあ」

「厄介な現場だな」井之上が舌打ちをする。

「流しの犯行でしょうか」

倉田が発言する。

「だろうな」と、楠木という刑事がいった。「そうでなきゃ、わざわざホームレスの財布なんか狙わないだろう。金が目当てなら、他をあたる。なにせ住宅街だ」

井之上がひとつうなずいた。「本部の連中もそういう見解だったな。まあそうだろうよ。単純に、困らせたいとか、そんな感じだと私も思う」

「犯人は、近隣住民でしょうかね」倉田が続ける。

「決めつけは禁物だが、あんな奥まった住宅街にわざわざ訪ねてくる輩は少ないだろうな」

そう述べてから井之上は私を見た。「竹内、どう考える」

「同じ所見です。しかし、知人を訪ねて住宅街にきた外部の者かもしれません。それにまだ、若い女と争っていたこと自体が事実ともかぎりませんからね。その可能性も含めて聞き込みをしますよ」

井之上は、「まずはそれだな」といってから今後の捜査方針をいくつか述べた。なににせよ、自分達がやるべきことは聞き込みらしかった。サンパーク周辺はまかせたぞ、と井之上にいわれて、私はひとつうなずいた。


いくつか小さな仕事を片付け、十時がまわった頃、倉田と一緒に捜査車両で警察署を出た。ちょうどいい時間だな、と私は考えていた。この頃合いで出発しようと予定を立てていたのだ。捜査のまえに寄っておきたいところがあった。

「そこを曲がってくれ」

急にいったので、倉田はあわててハンドルをきった。そして、サンパークへの道順ではないことを悟り、私のほうをちらりと見た。「どちらへ」

「病院に寄りたいんだ。今日は本来非番だったからゆっくり行く予定を立ててたんだが、帳場が立ってしまったからな」

「どこかお身体が？」

「いや、知人が入院してててな。なあに、少し寄るだけさ、井之上さんに許可はとってある」

私はそういい終えてから道順を説明した。道は空いているので、車は快調なペースで進んでいく。街の中をしばらく走ると、通り沿いに病院が見えてきた。ビル型で七階建てのまっ白い建造物だ。『星見苑』という名前は知っていたが、この病院に入るのは今日がはじめてになる。

駐車した倉田の表情は、なにやら困ったような、緊張したような、そんな困惑した顔をしていた。なんといっていいのか、わからないのだろう。

「精神科病院ははじめてか」と、そんな彼に訊いた。

「よく親には行けといわれましたが」

おもしろいことをいう、と私は笑った。救急車の音が聞こえれば、迎えにきたぞ、という類の親だろう。

「僕もついて行ってもいいですか」おそるおそるといった風に訊いてくる。

「ここは動物園じゃない。そう思っていっているのなら、こないでくれ。患者に失礼だ」

「ちがいます」彼はむきになった。「僕は命令に従うまでです」

「またそれか。なら好きにすればいいさ」

車から出ると、彼も運転席から降りてきた。入口は表にあったので、細い道をもどって正面にまわった。中に入るとまっすぐ受付に行き、病室を訊いてからエレベーターで昇る。予定通り回診は終わっており、面会時間は今はじまったばかりだった。

降りた先は七階だった。病室の数字をぶつぶついいながら歩く。

一番奥の病室が探していた番号だった。よっつ書かれた名前の中には、ちゃんと城峯加代という名前があった。そういえば角部屋といっていたな、と思い出す。

中から長身の男がひとり出てきた。相手がかるく会釈をしたので、私も返す。地味な服装に淡いブルーの丸型サングラス。見たことのある男だった。すれ違いざまに手もとを見ると、白い封筒を手にしている。それになにが入っているのかも予想はついた。私は少しだけ男の背中を見つめたが、それからすぐに病室の入口をくぐった。

全員が女性だった。寝ている者がふたり、雑誌を見ている者がひとり、ベッドの端にすわって窓の外を眺めている者がひとりだった。まるで興味がないように、だれもこちらを向かない。私は窓際にある片方のベッドに歩く。うしろ姿でも、彼女だとわかった。お似合いのボブカットは今日もきれいに整えられている。

「外は寒いよ」と私は横顔にいった。

景色を眺めていた城峯加代はあわてて私を見る。表情は柔らかいものになったが、倉田を見てすぐに不思議そうな顔をした。私が、部下の倉田だ、と紹介すると互いに頭を下げ合う。倉田は私の知人が女性だとは思っていなかったらしく、若者らしい取り乱しかたをしている。

「きてくれたのね」

しっかりとした口調で彼女はいった。

「行くといっただろう。でも悪いな、昨夜遅くに事件があって、ゆっくりはできない。今から現場直行さ」

「だから部下さんも一緒なのね。仕方ないわよ、刑事だもの」

ね、と城峯加代が倉田にいった。倉田はなぜか敬礼を返した。彼は美人が好きだが、苦手でもある。好きな科目の点数がいいとはかぎらない。

一階で売店を見かけたので、倉田に買い物をたのんだ。彼はいい仕事をもらったとばかりに病室から出て行った。私はそんなうしろ姿を見届けてから、やれやれ、とベッドに腰かける。

「どうだ、新しい病院は」

「別になにも変わらないわ。住所が変わっただけで、のむ薬の種類も量も変わらないもの」

彼女は少しだけ笑って、すぐに真顔になった。ふたたび外に目をやる。

「症状はどうだ」

「昨日の夜に一度、過呼吸やっただけ」

「眠れたかい」

「ううん、ほとんど徹夜ね。ここにきたのは昨日の夕方だもの。まだ慣れなくって」

そういえばうっすらと目の下が黒い。それをいうと、やだ見ないで、と照れた笑いを見せた。

私も外を見た。それから口をひらく。

「教えてくれないか。前の病院はいいところだった。なぜこの病院に?」

率直に、疑問に思っていたことを尋ねた。まえの病院には馴染んでいたし、友達もいた。看護師もいい人が揃っていたようだし、皆と仲良くしていたはずだった。彼女にわざわざ転院する必要はないように感じられたのだ。

「あら、いったじゃない。景色がよくて、角部屋があいている病院を探していたの」

しかも窓際、と城峯加代は笑った。確かに、前回の病院では二階の病室で、眺めもいまいちだった。しかし……

「わざわざ探偵をつかってか」

私は病室の前ですれ違った男を思い出す。以前の病院でも、転院前に何度か彼女を尋ねてくる姿を見かけた。顔を合わせても余計なことはいわず、刑事に近い冷静な観察眼をしていて、腕のよい探偵の臭いを漂わせていた。年齢は私と同じか、少し若いくらいだろう。名前は確か、氷上といったか。もちろん本名かは疑わしいが。

「ええそうよ。あんなくだらないことを無償で引き受けてくれる人なんていないわよ」

「それはそうだ。探偵もさぞ災難だったな」

「そういわないで。長く病室にいるとね、環境はすごく大切なの」

「それはわかるが……」どこか納得できないのだが、一応うなずいた。「彼を廊下で見かけたぞ」

「氷上《ひかみ》さんと？　ああ、すれ違ったのね。たった今、支払い済ませたのよ」

「探偵なんて、高いんだろ」

「そうでもなかったわ。ふふふ、入院患者だから割引してくれたのかしら。だから一万円だけ多く渡しちゃった」

彼女は人差し指を立てた。

私は短く息をつく。「まあ、それはもういいさ」といった。なにより元気な顔が見られてよかったし、時間がないのもある。「早くこの病院に慣れるといいな」

「病気が治ればいいな、じゃないの？」

「完治が簡単にいかないのはわかってる。じっくり確実に治せばいい」

そういって私は立ち上がった。城峯加代はゆっくりとうなずいた。

「いってらっしゃい」といわれる。

「またくるよ」と返した。

廊下に出ても、まだ倉田の姿はなかった。なにを買っていけばいいのか迷っているに違いない。若い頃は、気をきかせようとすればするほど混乱してしまうものだ。

私はエレベーターに乗りこみ、一階のボタンを押した。中に『星見苑』と大きく書かれている。『こんな街中では綺麗な星は見えません。だから早く元気になりましょう。病院を出て、星を見上げましょう。私達が全力でお手伝いします』と名前の下に続いている。あとづけみたいなフレーズだな、と思った。

ゆっくりドアがひらく。すると、正面にひとりの男が立っていた。

淡いブルーのサングラス――氷上だ。

火のついていない煙草をくわえている。私がエレベーターから出ると、こちらと目を合わさずに中に乗りこんだ。

「まだ彼女に用ですか」外からボタンを押してドアがしまらないようにしてからいう。

氷上は青いレンズの向こうから私を見た。「支払い金が多かったので返金に」

雰囲気からして、もう少し威張ったしゃべりかたをするのかと思っていたが、そうでもなかった。感情の読めない、流れるような語りだ。

「安かったので、彼女からの気持ちだそうです」

「そういうのが嫌いなので」彼は表情をくずさない。「それに一万円でも、入院患者にとっては大金のはずだ」

氷上はつらつらと話した。確かに、と私はうなずいた。なかなか律儀な探偵だ。

私はせっかくなので、一応、疑問を尋ねてみようと思った。

「訊いても意味はないかもしれないが」探偵の目を見ていう。「なにを依頼されたのかな」

彼はくわえていた煙草を口からはずした。「訊いても意味はありません。あなたがそういった」

こいつは話さない。そう理解させる口調だった。私は質問の方向を変えた。

「景色がよくて角部屋が空いている病院を探してくれといわれたら、引き受けますか」

「ええ喜んで」

何秒か流れた。私はようやくボタンから手をはなす。互いに最後まで真顔だった。扉がしまってから歩き出す。これも考えすぎだろうか、と息をついた。確かに彼女が、もっと景色のいい部屋がよかったな、といっているのを聞いたことがあるからだ。長期入院の経験がない私にはわからないが、そんなものなのかもしれない。

倉田が私を見つけたらしく、走ってきた。「すいません、なにを買おうか迷って」と頭をなでた。「もういいんですか」と続ける。

「ああ、サンパークに向かう」

2

「お前は美人を目のまえにするとしゃべらなすぎだ」

車が走り出してから私はいった。

彼はハンドルを切りながら、「僕は竹内さんのようにルックスで女性を惹きつけられない。そんな場合、男は顔じゃないと信じて性格で売りこもうと思うわけです」

「持ち上げるのはやめてくれ」と一蹴してから、「しゃべらない理由にはなっていない」と続ける。

「結局、そこも自信がないわけです。下手に会話をすると、ぼろがでるかもしれない。出逢ったあの頃にもどりたいと思うくらいなら、その状態をキープしようってことですよ」

「おかしな話だ」と鼻で笑う。「それをいうなら、女も顔じゃない。話せないなら、美人を狙わなければいい」

「美人がすきです」返事は早かった。「でも美人はイケメンがすきだ」

「お前の顔がすきな美人を捜せばいい」

「いますかね」と彼は消極的だ。しかし悲しい表情もしていない。この会話を面白がっているようだ。

「お前が変な顔をしているといってるわけではないが、ブルドッグがすきな女性もいるぞ」

「あれはデタラメです」と倉田はいった。「あれはきれいごとです。あれは自分に酔ってるんです。ブルドッグといえば醜い。それをかわいいという自分に酔っているんですよ」

「そうかな」

「ぜったいそいつらは、ブルドッグみたいな顔をした男をすきとはいわない。きもカワイイ、というのですか？　不細工なキャラクターを見ると、かわいい、というのが女達のルールになっているわけですよ」

「めちゃくちゃだが、なかなかしっかりした考えかただ」と私は笑った。

それより、と倉田が声の調子を変えていった。

「あの女性とは、どんな関係なんです」

気をつかってなのか、病気についてはふれない。

ああ、と腕を組んで、目をとじたままこたえた。「昔の事件で知り合った女性さ。そのあと、なにかと世話をみてる。しかし、いわゆる男女の仲ではない」

「ひどく親しげでしたが」

「親しいのさ。知り合ってから、五年もたつからな」

城峯加代とは五年前の殺人事件で出会った。城峯貴昭という会社員の男が現金目的で民家に忍びこんだ際、住民男性に見つかり、刺殺した。その犯人となった男が、彼女の父親だった。

あの時から、殺人という積み荷を乗せ、父親という舵を失った城峯加代の船は、まっ赤な海をさ迷いはじめる。

二十歳をこえたばかりの女性には精神的にこたえたらしく、彼女は心を病んだ。当時就いていたウエディングプランナーの仕事も手放し、自宅に引きこもった。そして二年前、入院が決まった。

入院費は母親が払っている。一時は城峯加代と同じように苦しんだのだが、今は子供のためにがんばっているようすだ。心苦しいのか、城峯加代が母親にあやまる姿をよく目にしてきた。ふたりに責任はないのだが、弱くてごめん、と彼女はよく口にしていた。そして時には、わたしなんかいなくなればいいのに、と涙を流した。

　これにはべつの意味もある。城峯加代は、被害者家族が一番つらいのだ、といつもいっていた。殺されたのは被害者側の父親だった。同じように不安や経済的障害が生まれたはずだ。しかも向こうの父親は服役ではなく、世界から消されたのだ。彼女は暇さえあれば手を合わせていた。加害者側の自分がこんなんでどうする、と戒めていた。これも彼女に責任はないのだが、泣いても尽きない嘆きを感じるのだった。

　責任――という言葉に、私は不思議な感覚をおぼえている。彼女と会うのは、だからかもしれない。

　警察は逮捕という形で父親を奪った。殺人を犯した人間を逮捕することが悪いはずはないのだが、五年前の私は呻吟する彼女を見て困惑した。彼女の優しさを知り、あなたは悪くない、と声をかけたくなった。私は度々彼女の自宅を訪ねるようになり、そしてまだ付き合いが続いているというわけだ。

　恋愛感情がないか、といわれれば、それこそ不思議な感覚をおぼえる相手だった。嫌いではない。魅力も感じる。城峯加代も私と会うのを拒むようすはない。どちらかが告白をしたわけではないが、互いに好意的で定期的に会う女性を彼女、というならばそうなのかもしれない。

「踏み入った質問を、すみません」倉田がいった。

　構わないさ、とだけこたえた。

夜だから寂しいのかと思っていた公園は、昼間でも変わりはなかった。いや、逆にこちらのほうがより寂しく感じられる。人ひとりいない空間は入りづらく、寒さを際立たせていた。鮮やかさの欠片もない公園の中、空の青だけがやたらと美しくみえる。

まずやるべきことはホームレスふたりに対しての再聞き込みだった。やはり自分の耳で聞くにかぎる。何度も同じことを尋ねる我々に嫌な目をする輩は多いが、だからこそ得られる情報も多い。今年の夏の事件で、ある犯人はそのしつこさを、「夏場の蚊」だと比喩した。寝ている時に耳元に何度も近づいてくることを連想したらしい。今の時期なら、掻いても積もる雪、または落ち葉、だろうか。いや、蚊とくらべたら少し情緒的すぎるかもしれない。世間はもっと辟易するものを指すだろう。

私達は北門から入った。レンガ道を歩くと、すぐにホームレスの住居がある。そのうちひとつは、立入禁止のテープでかこわれ、すでに帰らぬ人を待つだけとなっている。

ちょうど、ひとつの住居の中から男が出てきた。頬に貼った絆創膏……あの顔はおぼえている。被害者の工藤が若い女性と争っているのを目撃した、山本浩二という男だ。昨夜と同じ地味な服装をしている。四十代とも五十代とも見える顔つきだ。彼はちらりと私達を見た。そしてやはりうんざりした顔をした。

「どうもこんにちは」私は笑顔で声をかける。

山本はひっくり返したバケツに腰をかけ小さくうなずいた。煙草を取り出し火をつける。

「まだなんだい。犯人見つかったのかい」

「いいえ。昨日のことについて、あらためてお話を聞かせていただけたらと思って」

井之上から、丁寧にな、といわれたことを思い出して口調に気を払った。

「昨日話しただろう。刑事なのにメモとってないのかい」

「そういわず」といってから私は勝手に話をはじめた。「昨日の夕方、工藤哲さんが若い女性と争っているのを見たとおっしゃいましたが、その時のようすをもう一度聞かせてもらえますか」

山本がわざとらしいため息を吐いた。煙草の煙と白い吐息が同時に舞った。

「だから、北門のほうから歩いてきて、ふたりが揉み合ってるのを見たんだよ。女は工藤を突き飛ばして逃げた。それだけさ」

倉田が執務手帳に筆記具をはしらせる。

「できるだけ詳しくお聞かせいただけたら」なおも笑顔で問う。

「それもいったろ」といかにも億劫そうにいってから続けた。「なんでかはしらないが、女は工藤の家に近づいて行ったんだ。そして家の正面で腰をかがめた。そして立ち去ろうとした。ちょうどその時、工藤が出てきて揉み合いになった。小さな悲鳴が聞こえて、俺はこの時に女性だとわかった。後で訊いてみたら、工藤は家に入る時に財布を落としたらしいな。それに気づいて取りにもどろうと外に出たら、女が財布を手にしていたということらしい。しゃがんだのは財布を拾ったからだったんだろうよ。近づいた理由も、財布を落とすのが見えたからじゃないのかね」

私は頭の中でシミュレーションをしてみた。ふたりの人間が争い、ひとりが逃げ出しひとりが頭をぶつけた。

「それは何時頃でしたか」と私はいい、「時計をお持ちでないなら、周囲の明るさや太陽の位置とかでも」と補足した。

「夕暮れが終わってしばらくした頃だな。うーん、正確じゃあないが、六時半とかじゃあないのか」

「六時半頃……」根拠は？　といった顔をむける。

「五時くらいに三人で居酒屋に行ったんだ。一時間くらい呑んで帰ってきて、俺は酔いをさますために少し散歩してね。それからだったんだよ」

「居酒屋ですかあ……」

あまりホームレスからは聞かない言葉だ。私の心中を察したらしく、山本はいった。

「こんな俺達でも入れてくれる安い店が駅のほうにあってな、たまに行くのさ。昨日は十一月二十三日、勤労感謝の日だ。俺達も仕事はしてる。空き缶拾ったり、時には日雇いもな。だからひさしぶりに顔を出した。いけないかい」

だめとはいえず、なるほど、とうなずく。そして念のため、その店の場所も訊いた。

私は続けた。「その時間なら、もうかなり暗いですね。よく争う二人が見えましたね」

「うっすらとだよ。ほら一応、電灯があるからね」点在する長い柱を指をさす。「それともなんだい、ホームレスのいうことは信じられないってのかい」

「いいえ大丈夫です」私はあわてて手をふった。それをいわれると弱い。「では、どんな女性でしたか」

「若くてね。髪は……黒かったと思うよ。たぶん短い。服装なんかおぼえていないね。身長や年齢なんてのも予想つかない」口もとで煙草をくゆらせる。

「ふうむ、黒のショートヘア……間違いないですか」

「いいや、それはわからん。確実になんていえないね。なんたって夜だぞ」

「しかし電灯が」

同じように指をさす。

「うっすらとしか見えないっていったろ。動きは見えても細かなことまでわかるわけでもない、そんなこといわなくても理解できるだろ」

あんた馬鹿にしているのかい、と最後につけ足した。

「いや失礼。ではそんな女性に心辺りは」

「俺に若い女の知人がいるように見えるかい。そんなやつがいるなら、ぜひとも嫁にもらいたいね」皮肉をにじませて笑う。

「工藤さんの知人とかでは。または恨まれていたとか」

「ないと思うよ。少なくとも俺は知らないね」

「結構」

続けてそのあとのことを訊く。話によれば被害者の工藤は諦めた顔をして住居へ。そして十一時をまわった頃、もうひとりのホームレス松町しげるに死亡しているのを発見される。この証言は昨夜と同じものだった。矛盾もなければ、特に違和感もない。

次に松町しげるからも話を聞いたが、こちらは居酒屋から帰ってきてから十一時頃まで寝ていたらしく、たいした情報は得られなかった。

彼はこの時間だというのにすでに酔っていた。

「工藤のやつがいなくなって、寂しくてなあ」

そういって私に、献杯、といってくすんだグラスを持ち上げる。住居の中には何本も焼酎や日本酒の一升瓶があった。どれもまだ封を切っておらず、中には、純米大吟醸、といった上等な酒も見られた。私がそれを見ていると、あいつへの華向けさ、と松町は孤愁を漂わせて笑った。三人が突然ふたりになったのだから、寂しいだろう。

「山本も俺も悲しんでいるのさ。だからそっとしておいてくれよ。そして犯人を捕まえてくれ」

ええ、とうなずく。私のうしろで倉田も、必ず、とはっきりした口調でいった。

3

その後、周辺の民家をあたってみたが、太陽が真上の時間ではまだ不在が多かった。私達はひとまず北門からサンパークを出た。たいした情報は得られなかったため、まずはホームレスが行っていたという居酒屋を訪ねてみることにした。女を見たという時間の裏づけも必要であるし、酔ったホームレス同士が口論となり、どちらかが工藤を突き飛ばした、という確率も無視はできないからだ。

駅から数分のところに、居酒屋『酔夢～よいゆめ～』はあった。そして山本から聞いていた通り、まだ午後一時がすぎたばかりなのにもかかわらず開店していた。

入口には汚い字で『おーぷん十二時、くろーず二十三時』と書かれていた。なかなか年季の入った店だということは外観を見ただけでも十分にわかる。反対側にはお洒落なレストランが建っているので、その古さをさらに際立たせていた。昼間なので店内が薄暗く見えるが、高齢の男がひとりだけ確認できる。あれが店主だろう。

蹴れば倒れてしまいそうなガラス扉をあけて中に入った。客はいない。入るまでは気づかなかったが、立ち呑み屋だった。十五人も入れば肩がふれ合うような広さしかない。L字カウンターの中に立っていた男が、まいどいらっしゃい、とはずんだ声で叫んだ。喉の奥からのかすれたような声には親しみを感じ、お祭りの日のような明るさをもたらす。男は我々のような見なれない顔にもかかわらず、屈託のない笑顔を浮かべていた。

「すみません、客じゃないんです」まず倉田がまえに出ていった。「昨夜ホームレスが殺された事件で、ちょっと」

男は、ああ、と暗い声を出す。そして私達に出そうとしていたおしぼりを引っこめた。

「いや」といって私は倉田の肩にふれる。「おしぼりをいただけますか。話だけというのもつまらない」

ちらりと私を見て店主がにやりとした。

「なににするかい」

「ビールといいたいところですが仕事中なんでね、ノンアルコールビールにしたい。ありますか」

あるよ、とすぐに冷蔵庫から出したビンの詮を抜いた。私が二本の指を立てると、倉田の前にも同じものをおいた。私はメニューを手に取って眺める。乾杯は夜まで我慢だがな、と倉田にいうと、はあ、と曖昧な声を出してビンを手にした。

「訊きたいことはなんだい」

店主はかちゃかちゃとキッチンをいじりながらいった。私は人差し指を立てる。

「まずはここの人気メニューですね。ドリンクだけじゃ味気ない」

はっはっはと店主は笑った。「あんたおもしろい刑事だね」そして大型の冷蔵庫の中を眺めてから、「煮込みかレバ刺はどうだい。すぐ出るよ。どっちも三百円」といった。

「ふたつとももらいます」

はいよ、としゃがれた声がした。高齢な彼の動きが料理人のものになった。そして店主のいうとおり、料理はすぐに出てきた。煮込みにはハチノスを、レバーは馬のものをつかっていると説明される。私はビンの中身を半分くらいあけた。

一息をついてから、「事件、テレビで観ましたか」と尋ねた。

「ああ、驚いたよもう。時々きてくれていたからねえ、あの三人。工藤さん山本さん松町さんね」

長ねぎを手にして包丁できざみはじめた。

「昨夜、五時頃にきたらしいですね。三人は何時までいましたか」

店主は驚いたような顔をした。「なんだい。犯人は女と報道されていたけど、彼らが疑われているのかい」

「ああ、いえ、違います」あわてて弁解した。「犯人は女で間違いなさそうですが、彼らは時計を持ってないので、その女を見た時間が正確か調べないといけないんですよ」

警察が情報を教えることはあまりないが、店主があまりに心配そうにいうのでそう口にする。

うーん、と彼はうなった。そしてすぐに思い出したような表情になった。「長居はしなかったよ。ちょうど混みはじめる前に帰ったから……六時を回らないくらい、かねえ。その時いた客に訊けばもっと正確にわかると思うけど……」

私は何回かうなずいた。嘘をついている風ではないしその理由もないことから、間違いなく三人はここで呑んでいたのだろう。時間も証言と合っている。

「たまにきていたのですか、三人で」

「ああ、まあどんなに多くても月に一、二回だがね。いつも仲がよくてさ」

作業をやめて腕を組む。こちらから訊くまえに、仲がよい、といってくれたのはよかった。お墨つきというわけだ。

質問を続ける。「工藤さんはどんな人でしたか」

「いい人だったよ」寂しそうにいった。「住民にも迷惑かけないしね。だからこそあの公園から追い出されなかったのさ。ここ最近はいつも赤い服でお洒落しててさ、ホームレスなのに似合ってたなあ。昨日のことなのに、亡くなったとなるとなつかしいものだ」

確かに工藤は、褐色のセーターを着て死亡していた。毛玉だらけだったが、あれもホームレスなりのお洒落なのだろう。

「ははあ。では、山本さんと松町さんは」

「山本さんは愉快な人さ。でも下ネタが多くて困るね」仕方なさそうに頭を掻く。「松町さんは静かな人だよ。黙って熱燗の一番安いやつをちびちびやる」

ふうん、とうなずく。ちらりと倉田に目をやると、一応メモをとっていた。私はレバ刺を口にする。馬ははじめてだ。牛や鶏のものよりこりこりとした食感がある。なかなか旨い。煮込みのほうも、よく染みていていけた。

「彼らはたいした飲食はしないんじゃないですか」

店主は小さく笑った。「なんたってホームレスだからね。一本五十円の砂肝をいつまでもかんでるよ。ありゃガムだね」

私もつられて笑った。「よく来店させるものですね。こういってはなんですが、他のお客さんが嫌がりませんか」

店主はすぐに首をふる。「そうはいっても客は客だよ。まわりに迷惑はかけねえし、もらうもんはもらってんだ。嫌がる客もいるかもしれねえが、それは我慢してもらうしかねえ。商売やってる以上、汚ねえことはできねえよ」

そう話している店主はうれしそうだった。悪い店ではないな、と思う。

「たいした心意気です。恐れ入りました」

そういうと店主はにかっと笑ってまた作業をはじめた。

作業をしながらしゃべる。「それに昨夜は追い返すもなにも、虫の居所がよかったのか、なかなか呑んでね。結構いただいたのよ、これが」

「へえ、そんな日もあるわけだ」

「山本さんがごちそうしてあげてたよ。勤労感謝の日だとかいって盛り上がっていたから、それでかもね。スケベジジイだが、仲間思いなのさ」

「しかし、そんなことがしょっちゅうってわけじゃあないんでしょう」

「まさか」鼻で笑う。「はじめてだよ。いつもは多少のばらつきがあるものの、微々たるものだね。なにせホームレスだ」

語尾にそれをつければ解決するかのように店主はいう。

「ホームレスが居酒屋で呑むこと自体が不思議ですけどね」といっておいた。

「そりゃ刑事さん、ウチが安くて旨いからだろうよ。酔夢って店名はね、よい夢見せてやるって意味なんだ」

あの病院のようにあとづけのような気がしたが、なるほど、とうなずく。「確かに、このレバ刺と煮込みが三百円は安い」これは本心だった。

「出血大サービスってやつだね。貧血で毎日ふらふらだよ」

なかなかうまいことをいう、と私は笑った。そして最後に、「それじゃあ、あの三人が争っていたということはないんですね」と質問をする。

「ああ、ずっと楽しそうだった。本当に仲がよかったよ、同性だからセックスはできないがね。あ、これは山本さんの受け売りね」

それはそうだ、と苦笑した。想像したくもない。私は、チェック、とばってんをきる。すでに訊くことは訊いた。違和感はないが、捜査が進行する気配もない、といったところだ。

「日が暮れた頃、また寄れたら寄りますよ。この店でゆっくり呑みたい」千円札を二枚手渡しながらいう。

「助かるよ。表にあんな洒落た店ができたもんだから、最近客足がのびなくてね」

あごを外に向ける。対岸にあるレストランを見ていた。私は、これは負け戦だ、といいたかったがやめておいた。

店主は続けた。「イタリアンだとさ。店名はインポルタンテだとよ。なんでも、大切な、という意味らしい。キザなもんさ。帰り際、記念に客の写真を撮るサービスをやってるらしいが、そんなの邪道だね。いまさら、新しくもなんともない。俺はインポって呼んでやってる」

やつあたりのようにも感じるが、飲食店もなかなか大変だな、と思いながら私は小刻みにうなずく。私達は、協力ありがとうございます、と頭を下げてから店を出た。犯人捕まえてくれよな、と扉をしめる直前に聞こえた。

4

周囲の聞き込みを再開し、静かな町を訪ねて歩き、日が傾いてきた頃、私達はサンパークへともどった。予想通り、公園周辺の民家には人の気配があった。私は早足で南門へ向かう。空気が徐々にひえこんできた。日が暮れるまえに一段落つけたい。

まず訪ねたのが、南門正面の洋風の民家だった。朝の捜査会議では話を聞けなかったとのことだったので、私は期待していた。なにか見ていれば、この上ない。玄関ブザーを押すと、反応はすぐにみられた。中年の女性が顔を出すと、中からは醤油の匂いがしてくる。夕餉のしたくだろう。

私達が警察手帳を見せると、女性は顔を曇らせた。すみませんね、と切り出す。

「ホームレスが殺された件で、少しお話を」

私がいうと、こくりと顔を上下させる。そして意外にも、私がなにかいい出すまえに口をひらいたので驚いた。

「あの、私、六時半頃……だと思いますけど、女性が走っていくのを見ました」

え、といって倉田と顔を見合わせる。「本当ですか」と訝しげに続けた。

「ええ、庭の花に水をあげるために、外に出た時でした。朝ニュース見て、それで思い出して……」

私が小さな庭に視線をやると、壁沿いにウィンターコスモスとパンジーが咲いていた。水をやるために立っていたなら、道路側を見る形となる場所だ。

「それで、どんな女性でしたか」

「いやあ、その時は特に意識していたわけではないんです。でも若い女性だったと思いますよ。

服装がそんな感じでしたから。でも二十歳は過ぎていたんじゃありませんかねえ」最近の子供は見た目じゃわからないけれど、ともいった。

「二十歳過ぎの若い女性……服装とかは」

「ちらっと見た時、かわいらしいスカートをはいていたんですよ。暗かったので、色とかはわかりませんが……」

「そうでしょうね。ほかに、なんでもいいので覚えている特徴があれば」

「いいえ、ほかにはなにも。ですから、わざわざ警察にいうべきか迷っていたんです」

女性は首をひねる。頰に手をやり考える顔をした。

「髪の色や長さはどうですか」

「なにぶん暗かったのでねえ」ふたたび首をかたむけた。「その暗さのせいかもしれませんが、黒かったんじゃないですかねえ。髪は……うーん長かったような」

「長かった？」目を丸くする。「間違いありませんか」

この点は山本と食い違う。もっとも山本も曖昧なようすだったが。

倉田が、さあ新情報をよこせ、とばかりに執務手帳をボームペンで叩いた。女性は左右に首をひねらせる。

「これもはっきりと見たわけではありませんよ？　ほんとうにちらっと見ただけなんです。風があったんで、黒くて長い髪が靡《なび》いたように見えたんですよ。まあ、これも暗さのせいかもしれませんが……」

「なるほど。その女性、見ればわかりますか」

「いやあ、それは無理です」

私は、ふう、と息をつく。若い女と争っていたというホームレスの証言を裏付けるありがたい情報だが、なんだかもやもやとした気持ちが残った。どうも核心に近づけないな、と心で呟く。逆に犯人像が曖昧になった気もした。ショートかロングかだけで時間を費やしたくはないものだ。

犯人捕まえてくださいね、と女性がいった。山本や松町、『酔夢』の店主にしてもその言葉をいうので、私は不思議な感覚をおぼえる。ホームレスにしては恵まれているな、と考えた。

そういえば、店長が工藤の人柄を褒めていたことを思い出す。

「工藤さんと話したことがあったんですか」

世間話のつもりでいうと、彼女は大きくうなずいた。

「ええ、いいかたでした。人らしい挨拶もしてくれるし、こんな場所に住んで悪いなあってよくあやまられました。ホームレスってだけで嫌いな住民もいたみたいですが、私は嫌いではありませんでした。このまえ、寒いからジャケットをプレゼントしたばかりなんですが、それもよく着てくれていたし」

「ほお、それはちゃんとしたホームレスだ」

「工藤さんがほかのふたりにも、住民に迷惑かけたらいけない、っていってたみたいなんです。公園を追い出されるのが嫌なだけだったかもしれませんが」

私は二度三度とうなずいた。信頼あるホームレスとは珍しい。これはますます犯人を挙げねばならないな、と肌身で感じた。

この後、いくつか形式的な質問をしてからこの民家をあとにした。近隣からはなんの情報も得られなかった、と捜査員はいっていたが、念のために足を運ぶ。が、例によってひとつ隣の民家からはなにも情報は得られず、ふたたびその隣を訪ねた。今帰ってきたばかりだと思われる背広姿の男が顔を出す。手帳を見せると誰もが同じような表情で出迎えてくれる。

「なんだよ」と男はいった。いい年齢をしているが、子供のような口調でしゃべる。

「ホームレスが殺された事件についてお尋ねしたいんです」

「なにもしらないよそんなの」ぶっきらぼうにいう。「俺なんかに聞かなくても、警部とか刑事とかの捜査ですぐ犯人わかるもんだろ」

まあまあ、となだめる。どんな人間にも慎重に丁寧に対応しなければならないので苦労を要する。警察に対しての間違った認識も多い。警部は階級であり、刑事は仕事内容なのだ。

男が口を尖らせながらも、「じゃあはやくいえよ」というのでやっと切り出した。

「昨日の夕方、といってももう暗い時間ですが、犯人だと思われる若い女性がこの道を通ったらしいんですよ。見ていませんか」

倉田はメモをする気さえないそぶりだったが、男が、「ああ、若い女見たよ」といったのであわてて手帳を持ち上げた。私もたちまち真剣な顔つきになる。

男は「四時〜」と語尾をのばしてから、「半くらいかね。顔も覚えてる。かわいい子だったから」とにやにやしながら続けた。

私達は力の抜けた顔になり、「六時半頃なんですが」とつけ加える。時間帯さえ定めなければ、若い女くらい何人も通るだろう。

「ええ？　それはしらないよ。昨日は仕事が休みでうれしかったから、もうリビングで酒でも浴びてたかもな」

男はまた面倒臭そうな顔にもどしていった。

そうですか、と一気に肩を落とす。倉田は小さなため息をついた。

それから次々と隣の民家を順番に尋ねてはみたが、誰しもなにも見ていないと口を揃えるばかりだった。しかし、逃げた方向がわかったのはありがたい。工藤と揉み合ったあと、女は南門から出て右に走ったらしい。

私はそのとおり歩いた。すると十字路に差しかかる。さてどちらに行ったのか、と考えてみるが、それはわかるはずもなかった。

若い男とすれ違った。どこか見たことのある顔だと思い記憶を探ってみると、昨夜、補導されていた高校生のひとりだった。冬だというのに肌の色がうっすらと黒く、背が高い。「最近のガキは、見た目だけは大人びていやがる」井之上がそんなことをいっていたのを思い出した。

なにか尋ねようかと思ったが、昨夜きっちり聴取されていたことを思いだしてやめておいた。

今は民家が優先だ。

もうひとがんばりだな、と呟いて私は歩き出した。

桃井沙奈　2

1

そろそろ日が暮れる頃だ。夕日が見えない空は、急に藍色になり、すぐに闇にのみこまれる。そんな移り変わりを見ているのは、いい退屈しのぎになった。

ベッドの上でしばらく外を眺めていたが、ふと枕を持ち上げてみると、携帯電話が点滅しているのがわかった。まず廊下に出て、看護師がいないか確認をしてから病室にもどり、受信メールをしらべる。

あれ――と、つい声を出す。千夏からではなく、会う予定でいた彼からだった。

『どうして来ないの？』

と表示されている。本日が外出の日だったことを思い出す。私は、どうしてっていわれても、と呟いてみる。

『だって、そんなわけにもいかないでしょ』

と、携帯電話の数字盤を親指で叩く。それだけを送信した。

彼からの返信は早かった。

『そんなわけって？』

それを見てため息をついた。私の状況や気持ちも理解しているはずなのだから、そう訊かれてもどうしようもない。私は返信をせずに携帯電話をとじた。

「沙奈さん」と声がした。昨夜のように驚いてふり返る。城峯加代が缶ジュースをふたつ手にして立っていた。ひとつを私に放ったので、それを両手でつかまえる。アップルジュースだった。

「ありがとうございます」

ベッドから降りて頭を下げる。ええ、と城峯加代はあごをひいた。そして、「見つかったら怒られるぞー」と携帯電話を隠していた枕を指さす。

「内緒ですよ」あわてて人差し指を立てると、「もちろん」と目を細めた。昨夜と同じで、お似合いのボブカットはきれいに整えられている。

ふたりで窓のまえに立った。彼女が缶のプルタブを持ち上げると、気持ちのよい音がする。私ももう一度お礼をいってから同じ音を鳴らした。

「千夏さん、まだ帰ってこないのね」

ちらりと空いたベッドを見た彼女がいった。私はなんといおうかと迷ったが、そうですね、とだけ口にする。

「そうだ加代さん。お昼の少しまえ、私、病室のぞいたんですよ」

私は話題を変えるためにいう。つぎに会った時には、本当に訊こうと思っていたことでもあった。

「うん」と彼女はいってから、「ああ見られたか」と照れ笑いをつくる。

「かっこいい彼氏ですね」

ひやかすようにいう。午前中、なにげなく彼女の病室に顔をのぞかせてみると、スタイルのよい男性の姿があった。

「そんなんじゃないのよ」

彼女は定番のいいわけをしたが、わざわざ病室に足を運ぶ男性は恋人に違いなかった。ごまかさなくても、と私も定番の文句を返す。本当にちがうの、と彼女が首をふるので、はいはいそうですか、とにやにやして納得したそぶりをみせた。

「数年前にちょっとしたことで知り合ってね。その縁で時々顔出してくれるの」

そう話す彼女はうれしそうでますます怪しかったが、もうひやかすのはやめておいた。

「青色のサングラス、似合っていました」

私がいうと、城峯加代が目を丸くした。そして、やだ私、と手を口にあてて笑った。

「あの人はもっと違うの。お仕事を依頼していた探偵さんよ。今話した男性は、そのあとに来たの」

「へえ」と口にしたあとで悪戯な目をする。「彼氏って言葉でもう一人の方を連想するなんて、認めているようなものじゃないですか」どんな人だろう、と添える。

「ふふふ、でも本当に違うのよ。うーん、しかたないわね、好意があるのは認めるわよ」

「なるほど、両思いの男女ってところですか」

「向こうの気持ちは知らないけど、まあそんなところ」

城峯加代はそうまとめた。

「それにしても、私が見たのは探偵さんですか……」

呟くようにいってから、ふうん、とうなずいた。あまり馴染みのない職業だ。依頼していた仕事とは、今回の転院にかかわりがあることだろうか。そういえば昨夜、景色がいい病院を探していたと話していた。もしかしたら、その調査だろうか？　いいや、まさか違うだろう。そんなくだらないことに探偵をつかうことはしないはずだ。

彼女がアップルジュースを口にした。缶の色と空の色が似ている。が、空のほうはすでに東から紺色がせまっていた。

城峯加代はそれをのみこんでから話す。

「景色がよくて角部屋で、しかも窓際が空いてる病院探してもらったんだ。探偵さんに」

「え？」

「あ、変かな」

「ううんっ」

ぶんぶんと首をふる。心が読まれていないことを願う。

「でも、『星みえん』とは知らずにね」

と彼女が私の目を見た。ふたりで吹き出して笑った。

ひとしきり笑って、ふと、千夏ともこんな風に笑ったな、と思い出した。どちらかが、死にたい、といえば元気なほうが励ます。そんなことを繰り返していた。

早く彼女に帰ってきてほしい。私はそう願いながら視界の端で携帯電話を見たが、受信を知らせる点滅はしていなかった。

城峯加代がゆっくりベッドに腰かけた。私も続く。

「時々、心配そうな顔をするのね」

と彼女はいった。顔を向けると、こちらを見ているわけではなく窓の外を見ていた。携帯電話に視線をやった時、そんな表情になったのかもしれない。

私は、そうですかね、とごまかす。

「なにか困ってるなら、話してくれたほうがうれしいな。きっと彼女のことでしょ、鈴木千夏」名前の部分をはっきりといった。「彼女、外泊なんかじゃないんでしょ」

「……看護師に？」その断定ぶりにおそるおそる尋ねる。

「ええ」と彼女はうなずいた。「嫌々ながら、外泊じゃないことだけは教えてくれたわ」

沈黙が流れる。いうべきか、いわないべきか……

なにごともなく千夏が帰ってくれば問題はないのだけど……でも。

——ばらばらにしてやる。

と千夏の声がした。そうだ、まさかとは思っているが、もしものことがあるかもしれない。看護師はあてにならない。やはり、だれかに相談をしたほうが……

「出て行ったの。千夏」

決心をし、深呼吸をしてからいった。慎重に、と自分にいい聞かせる。

城峯加代は、はい？　とこちらを見た。私も彼女に目をやる。

——恋人を殺しに。と私はいった。

頭の中に、さわやかな顔をした男性の姿がちらついた。七月の、真っ只中だった。

2

「あー、こうも暑いと冬が待ち遠しいよねえ」

私はベッドの上で手をひらひらさせながら千夏にいった。病院の中は冷房が入っていたが、それでも七月の空気はじっとりと肌にまとわりついてくる。窓際のベッドは眺めや開放感に優れているが、この時ばかりは隣の寝床をうらやましそうに見ていた。少しでも陽射しをさけたいのだ。

「そうだね」と千夏はぽつりといった。

千夏は今年の六月の末に入ってきた患者だ。年齢こそ一つ上なのだが、気が合って、同い歳のように仲良くしている。

気分の浮き沈みが激しい彼女はちょうど気分がのらない時期で、ここ数日元気がなかった。昼食の時も箸がすすまず、看護師や担当の医師に嫌な顔をされていた。こんな時は例によって、私が少しでも明るく接するしかない。

「失礼します」

と入口のほうから声がした。千夏になんて声をかけようか迷っていたところなのでタイミングがよかった。

見ると、扉のところに私達と同じ歳くらいだと思える女性が立っていた。ファッション雑誌で見かけるような髪型をしていて、服装もお洒落だ。もっとも最近は、雑誌など読む機会はないのだけど。

女性は病室という雰囲気に慣れていないのか、少し戸惑っているように見えるが、それでも必死に明るい笑顔をつくっている。知らない人なので、千夏の知り合い？　といった風に隣のベッドへ目をやった。千夏はゆっくりとした動作で首を横にふった。

「あのう、私、向こうにある美容室の者なんですけどお」

病室の壁のほうを指さすが、わかりづらい。だが一応、美容室の人間だということはわかった。彼女は私達に真顔で見つめられてやや緊張した口ぶりで続ける。

「今日は髪をカットさせていただこうかと思って、ボランティアという形できているんです。うちの美容師が希望者のカットをいたしますが、いかがですか？　もちろん無料です」

いい切った彼女は少しだけ緊張がやわらいで見えた。愛想のよい笑顔を浮かべる。病人に対してのお手本のような顔だった。

「私はいいです」

千夏が相手も見ずに呟いた。対人恐怖もある彼女は不安気な表情をしている。一方の私はどちらでもよかったが、千夏をひとりにするのも悪くて同じく断った。

女性は眉を下げて残念そうな顔をする。

「なかなか上手ですよ。すかしたり、毛先だけでも大丈夫です。美容室行くの、大変でしょう」

彼女は食い下がるが、やっぱり私達は首をふった。そんな気分でないことは、きっと女性から見ても十分にわかるはずだ。自分達が精気のみなぎる顔をしているはずはないのだ。

無理だと理解したのか、そうですか、と肩を落として女性は入口に歩く。しかしちょうど出ようとした時、タイミングよく入ってきた男性がいた。色白でさわやかな表情をした人だった。

風によく靡きそうな細い髪がお洒落にまとまっている。背は低いのだがスタイルは整って見え、今にもカリスマという言葉が飛び出しそうだ。まだ若い。三十にはならないだろう。

「キミちゃん、どう。俺は何人か集めたけど」

男性はよく通る声で女性にいった。どうやらキミというらしい。彼女は肩を上げ下げすると病室を出て行った。背中が、無理でした、と語っている。

その背中に男も続くかと思っていたが、そうではなかった。

「お、美人を見つけたぞ」

と私達を見た。嫌味やお世辞ではないはずだ。私はさておき、だれから見ても千夏は美人なのだ。

男は病室を歩き、失礼、といって千夏のきれいな黒髪にふれた。千夏は拒否しなかった。彼の顔を上目遣いに見ている。

「うーんいい髪だ。このままでも美しいけど、明るく染めても、パーマにしても、どれでもいけそうだ。試したいなあ」男性はうんうん、と納得するような動きを見せる。「ふたり共、俺に切らせてよ。毛先だけでもいい。なあに失敗はしないさ、もっと美人にしてみせる」

私達は少し黙っていたが、彼が、「まあ君達の年齢なら失敗しても生えてくるから許してくれよな」といったので、くすくすとふたりで笑ってしまった。それで安心したのか、「このあいだは髪の薄いじいさんを担当したんだけどさ、一本でも多く切ったら殺すぞって目つきしててまいったよ」と続ける。私達はまた笑った。

男は子供の笑顔を見てほほえむ好青年のように落ち着いた表情になった。

「精神科ってだけで偏見を持つやつもいるだろうけど、べつに外科病棟と変わらないよな」

そういって私達の顔を見る。すると千夏が遠慮がちに声を出した。

「ここは自由病棟ですから、わりかし落ち着いた人がいます。元気な時なら、ふつうに買い物にも行けます。隔離になると、ぜんぜん違いますけど」

イメージできたかはわからないが、なるほど、と彼はひとつうなずいた。「じゃあ、君達のどちらかが俺の彼女になったとしても、元気なら外で会えるわけだ」

目をじっと見られて、私達は顔を伏せた。最近そのような話をしていなかったから、妙に照れた。彼はそんな私達の仕草を楽しんでいるようだった。妹をからかう兄のようだ。

その時、入口から中年の看護師が顔を出す。

「ああ、彼女は無理ですよ。ほっといてください」

眠そうな声でそういった。そして、無理無理、といった風に手をふる。千夏のことらしい。

「なぜですか」

といった彼の口調は尖っていた。

「症状が重いんですよ。やめておいたほうがいいですよ」

看護師はそういい捨てて歩いていく。私は小さな息をつく。すると、なんだよそれ、と男が呟いた。

「行こう」彼が千夏の手をにぎった。

千夏は力のない声を出す。「でも、本当にそうなんです。ごめんなさい」

男は首をふった。

「あんなやつの思い通りになるな。それなら、俺の思い通りになったほうが何倍もましだ。行こうぜ」手に力が入ったのがわかった。

「でも」と千夏が渋る。しかし少しの沈黙のあと、「はい」と千夏が呟くのが聞こえた。男はうっすらと汗ばんだ額をぬぐって、さわやかな笑顔を浮かべていた。

ちらりと千夏の顔を見ると、暑さのせいか、ほかの理由かはわからないが、ほんのり頬を赤らめているように見えた。そして手をにぎりあう美男美女は、王子様とお姫様に見えないこともなかった。


あのあと、ふたりは連絡先を交換したらしかった。千夏がよく、隠し持っている携帯電話でメール連絡をしていることはわかっていた。付き合っていると知ったのは、それから二週間くらいあとだったろうか。急に彼が病室を訪れて、彼の口からそれを知ったのだ。千夏は隣で愛らしい照れ笑いをしていた。

――千夏はお姫様だ。だれかにばらばらにされたとしても、おまえにだけは会いにくるさ。

そんなブラックジョークを飛ばして笑う彼に千夏は赤面していた。そんな姿を眺めていて、不思議と私もうれしかった。

外出という理由で、体調がよい日には千夏は彼と会っていた。千夏は元気になる一方で、近々退院してしまうのではないかという雰囲気さえあった。彼女の元気になっていく姿は私にも力をあたえてくれていたし、彼の存在はありがたいものに違いなかった。月並みだが、運命、という言葉が似合う出会いだっただろう。

しかし今月、十一月が一週間すぎた頃だ。

彼は仕事先の美容室が休みである火曜日には必ず病室に遊びにきていたのだが、その日はこなかった。千夏は不思議がるよりも、不安そうな表情を浮かべていた。私がなにげなく尋ねてみると、うっすらと涙を瞳に光らせて、重い口をひらいたのだった。

――私がいけないの。

嘆くようにそういって、前回会った時のことを話す。その内容によれば、まだ彼とは唇すらふれ合ったこともなかったので、いよいよ抱き寄せられたらしい。しかし千夏はそれを拒んだのだ。理不尽な要求ではないだけに、彼は少し機嫌をそこねたらしかった。

――どうして拒んだの。

と私は訊いてみた。互いに愛し合っていることは十分にわかっているのだから、口づけを交わし身体を重ねようと、なんの違和感もないのだ。

それについて千夏は黙ったままだった。

――嫌われちゃったかな。

と心配そうにいくつか呟くだけだった。

その後、彼からの連絡はないようすで、千夏は空虚の漂う日々をすごしていたが、数日まえ、そんな彼女に異変が起こった。目がさめると、千夏は涙も出ないようすで携帯電話を見つめていた。

なんとも奇妙な表情だった。泣いているようであり、笑っているようであり、それは感情が壊れてしまったかのように絶望と喜楽が混ざり合っていた。なにか尋ねるまで、彼女の心理は理解できなかった。

――どうかしたの？

と私は訊いた。ゆっくりとした動きで私を見た顔はすでに、悲しみの表情に変わっていた。

――なんでもない。

それだけを静かにいうと、千夏はベッドを立った。携帯電話が床にころがった。

私はそれに歩み寄って、携帯電話をひろう。そして液晶画面に見入る。

『おまえなんか抱けなければなんの価値もない。俺が病人に本気で惚れると思うのか？　調子にのるな、おまえは醜い病人だ。一生星なんか見えない。

もう連絡しないでくれ、新しい女がいるんだ。おまえにばらばらにされても、俺はそいつに会いに行く。笑』

3

いなくなるまえの晩までのことを無心でしゃべっていたが、窓が風で揺れたので我に返った。

「それで、鈴木千夏さんは……」

と城峯加代がいった。

私はうなずいた。千夏の狂ったような精神状態を思い出すと心が傷む。星が見えない空を放心して眺めている彼女は、まるで別人のような感覚だった。静かに満ちていく殺意が目に見えるようにすら感じられた。励ましの言葉など、まるで無力だったのだ。

「千夏は」と私は呟いた。「病気が原因で、親にすら冷たくされてたんだって。お見舞いにも、誰も来ないの。だから、そんな自分にふつうに接してくれる彼が救いだったんだと思う」

「その彼に病人とよばれるのは、つらかっただろうね」

だと思う、と私はもう一度うなずいた。

「でも、殺すなんてだめだよ」

城峯加代が力強くいい切った。「彼はひどいと思う。けど、つらくても、失恋で人殺しなんて間違ってる」

それにはもちろん賛成だった。私も、まさかそこまでの感情にいたるとは思ってもいなかったのだ。時間が薬となり、少しずつ彼のことも忘れるのだろうと、かるくみていた。しかしあの傷つきかたを見ると、はたして、「それだけのこと」だったのだろうか、と私を悩ませる。

――失恋……？

私は、それだけではないのではないか、と考えている。あの豹変ぶりは、あの殺意を口にした時の眼は……

思い出したくないなにかが、彼女の胸中に渦巻いているように思えた。

「千夏さんは、本気なのかな」

と、私の顔を横からのぞきこむように城峯加代はいった。なんと答えればいいのかわからなかったが、彼女が返事を待っているようすなので口をひらく。

「まさか、そこまではしないと思うけど……」少し視線を下げる。「でも、帰ってこないから……」

なにか言葉を続けようと考えたが、結局なにも浮かばずに黙った。

「それなんだけど」

と城峯加代がいう。「看護師さんは……というよりこの病院は、どうして彼女を捜さないの？」

ああ、とうなずく。「千夏の両親が、べつに捜さなくてもいいって指示してるみたいで」

「そんなことって」

「まえにも一度、千夏はいなくなったことがあって、その時はちゃんと帰ってきたから、安心してるみたいなんです。私が看護師に相談しても、両親にそういわれているから仕方がないっていわれるだけで。まあ、その通りなんだけど」

「人を殺すって、いっているのよ？」

「信じてくれませんよ。千夏は、ううん私だって、つらい時は平気で死ぬとか殺すとかいってしまうもの。きっと薬を増やされるだけ」

「そう、かもね」城峯加代がうつむいた。「私がいっても同じだろうね」

はい、といいたかったが、悪い気がして黙っていた。

城峯加代が続けた。

「彼女は、今どこにいるのかしら？」

私は首をふる。そして携帯電話の受信メール画面を見せた。どこにいるのかを尋ねた時の返信だ。

『沙奈には関係ない。でもまだ復讐は終わってないよ』

城峯加代はそれを何秒か見つめてから吐息をついた。

「まだ復讐は終わってない」彼女は考える仕草をする。「まだ彼には会ってないのかな」

「わからない」

「そもそも千夏さんは彼の自宅を知っているのかな」

いわれてみれば、と思った。そんな話を聞いたことはない。ベッドで抱き合う仲ならばもちろん自宅も知っているだろうが、彼女達のあいだにそれはなかったのだ。彼は病院にまで車の雑誌を持ってくるほどドライブが好きだったから、毎回のようにドライブだった可能性もある。

「知っていれば、もちろん、すでに彼の自宅にいるはずよね」と城峯加代が私の目を見る。表情はまじめだが、あごに人差し指をあてた仕草がかわいらしい。「もし知らなければ、どこかに宿泊でもして捜してるはずよ。彼との会話の中で、だいたいの場所くらいは聞いているはずだから、根気よく捜せばなんとかなるかもしれないわ。そうだ、彼は美容師らしいから、勤務先のお店を捜している可能性もあるわね」

口調はテレビの中の刑事のようだった。妙な説得力があり、その通りだろうと感じさせる。

そんな彼女に私はいった。

「でも、長いあいだひとりではいられないと思う。千夏は対人恐怖もあるけど、ひとりきりになるのもすごくおそれるんです。だからこそ、個室ではなくふたり部屋なんです。誰でもいいわけじゃないけど、だれかがそばにいないと、不安で寝られないから」

「そう……」彼女は、少しわかるなあ、といってうなずいた。「それならやっぱり、彼の部屋にいるかもしれないわよね。どこか他人の家に泊めてもらえることなんて、まずないはずだもの」

ここまで話して城峯加代は黙った。――まだ復讐が終わってない、とはどういう意味だろう、そう考えているような表情だ。

しばらく沈黙が流れる。私はそのあいだに、もう何度試みたかわからない電話を千夏にかけてみるが、やはりつながらないままだ。メールがくる気配もない。

「だめだよ……絶対」

と隣で呟くように彼女がいった。私はなにもいわずにあごをひく。

空がちょうど、黒一色にのみこまれていった。

鈴木真里　3

1

駅の北口にあった大型のショッピングモールで買い物をすませた私は、ふくらんだビニール袋をひとつ手にして出てきた。

サンパーク方面へ向かう南口と違い、北口はまずまずの賑わいだった。はじめてきた街だが、駅も近いし住み心地は悪くないのかもしれない。もっとも、遊ぶところは見当たらなかった。カラオケで大声でも出せば気分がまぎれるかもしれないのに、と思いながら見渡してみたのだが、それらしい建物は目につかなかった。

もちろん、それどころではないことは理解している。まず自分が持っているお金は春美のものだし、遊ぶために外出しているわけでも当然ないのだ。西の裾に少しだけ明かりを残して、もう空は暗い。じきに夜が訪れる。そうなれば地面も見えにくくなる。それは今日の捜索に終止符をうたなければならない状況になるということだ。

こんなに歩いたのはいつの日以来だろうか、と考える。もしかしたら義務教育時代の遠足かもしれないぞ、と思った。足の筋肉が張っていることはさわらなくてもわかる。エステティシャンにマッサージでもしてほしいところだが、叶わぬ夢だ。財布は未だに見つからないから、私はひきつづきホームレスなのだ。

自分が昨日、この駅を降りてから歩いた場所はほとんど見てまわったような気がする。しかし、財布の姿はどこにもなかった。となると……

歩きながら、あーあ、とぶっきらぼうな声を出して頭に手をやった。がしがしと頭を掻く。ひろわれた――という思考が支配しはじめていた。ひろわれていないとすれば、残る確率は、まだ探し足りないか、サンパーク内に落としたが警察が発見できていない、ということになる。

というのも、本日、サンパーク内の探索は行えなかったのだ。昼過ぎに遠くからのぞいてみたのだが、立入禁止テープのそばに人の姿があった。背広に地味なブルゾンを羽織っていたあの人影は刑事に違いない。顔ははっきりとは見えなかったが、なにやらホームレスに聞き込みをしているようだった。私は公園での探索をあきらめ、そそくさとはなれたのだ。彼らの目に、怪しい人物、として止まれば逃げられはしないだろう。

まだ警察がうろついているのなら近づかないほうがいい、と考えた。見張られている可能性も十分にあるのだ。私が公園で物探しをはじめた途端、職務質問をうける確率が高い。

しかしもし、まだ園内に放置されたままだったら……。捜索は困難だが、あれさえ取りもどせば、こんな肩身の狭い生活からは抜け出せるのだ。そしてこのまま疑われることもないだろう。

——さて、どうしたものか。

駅を通り抜けて南口から出た。つめたい風が流れて、周囲を歩く人達が身を縮めている。中には風に文句をいってる中学生くらいの若者もいる。まじ風死ね、と頭の悪そうな声がした。

——死ね、という言葉を聞いて私は思い出す。

私は、人を殺したのだ。

まだ実感がわかないが、事実であるらしい。この実感の薄さは、刃物や鈍器で直接手を下したのではなく、翌朝にテレビでなにげなく知ったからだろうか。不思議とまだ、物語の中で犯人役を演じているだけのような感覚なのだ。

必死に逃れようとしている自分はきっと間違っているのだろう。頭ではわかっている。自首という言葉も時折浮かぶ。が、その度にあの男から、「あいつ殺人までやりやがった」と冷笑を浴びせられ、蔑まれそうな気がして首をふりたくなるのだ。

私は歩きながら、やっぱり捕まりたくないな、と、さめた気持ちで誓いなおした。今日はまっすぐ帰り、明日また、明るくなってから探しに出ることにしよう。

自分を納得させるように、ひとつうなずいた。

寒い寒い、と小声でいいながらひっそりとした商店街を進む。駅からサンパークまではしばらく歩かなければならない。春美のアパートはさらに先だ。早く暖かい部屋に飛びこみたい。なにげなく周囲にならぶ飲食店や地味なブティックをきょろきょろと眺めていたが、はっとして顔を伏せた。その必要はなかったかもしれない。しかし、あの服装を見てしまうと、悪いことをしてしまった人間は自然と動揺してしまうのだ。

警察官が自転車に乗り、こちらへ向かってきていた。一瞬だけ、目が合ったような気がする。じっと私のことを見ていたような気がする。――いや、違う、きっとこれは被害妄想だ。たぶん目など合っていない。そもそも私のことなど見ていないのだ。

動揺してはいけない、と何回も思った。私は、ふつうに、自然に、歩いていればいい。

……のだが、距離が縮まるにつれて激しく鼓動が高鳴った。すれ違いざまに心音を聞かれてしまうのではないか、とまで考えて胸を手でおさえる。まるで初恋の時みたい、と関係ないことも考えていた。

2

数秒後、自転車が通りすぎて行ったのがわかった。それを目の端で見ていた私は、商店街の道の上にはいなかった。警察官を数メートル目前にして、すぐ横に構えていた店に飛びこんだのだ。警察官が立ち止まっていないのだから、不審には見られなかったのだろう。

「まいどいらっしゃい」とかすれた声が聞こえた。

それは大きな声だったので、私は肩をびくつかせる。入口の古いガラス戸から店内に目をやった。夢中だったために業態もわからずに飛びこんだが、どうやら居酒屋らしい。はじめてなのに、まいど、といわれるのには違和感があった。

ひと目見て立ち飲み屋だとわかったので、カウンターの端に立った。客ではありません、とはいえなかったし、少々呑みたい気分でもある。春美には悪いが、我慢できない時もあるものだ。帰ってから素直にあやまろう。

目だけを動かしてみて、若者には場違いな居酒屋だと思った。客層は決して若いとはいえない。メニューにしても、チェーン店のような華やかさはなく、安い料理が縦書きで綴られているだけだ。しかし私は気にしてもいられず生ビールをたのんだ。今の私にとっては、これくらいのお店でちょうどいい。

ビールが出てきてから、「あとレバ刺」といった。はいよ、と元気に高齢の男がこたえる。私はビールを喉に流して身体をうるおした。暑い夏でも凍える冬でも、一杯目のこいつの旨さは格別だ。そして二杯目からは、シングル・モルトをストレートかオン・ザ・ロックでやる。友達からは、「オヤジ」とか、「ハードボイルド」と揶揄されてひやかされるが、この呑みかたがすきだった。もっとも、かっこいい男性の前では少々猫をかぶって、レモンサワー、ということもあるのだけれども。

レバ刺を受け取ってから、私は顔を左側に向けた。右隣の男が、じっとこちらを見ているのだ。確かに若い女性は珍しいかもしれないが、そうじろじろ見られても落ちつかない。横目で見ると、背広姿の背の高いの男だ。

「やっぱりそうだ」と隣の男がいった。

私が視線を向けると、知ってる顔と目が合った。あ、と声を出す。思わず指をさしてしまった。

ええ、と男は丁寧な笑顔であごをひいた。この俳優のような顔としゃべりかたをおぼえている。昨夜遅くに春美の部屋に尋ねてきた、刑事だ。あの若い刑事も隣にいることがわかった。ああどうも、と目を丸くしている。

「こんなところで会うとは思いもしませんでした」演技か本心かはわからないが、男は目を大きくさせて驚いたそぶりをした。「いやいや、この居酒屋、昼間に来たら気に入ってしまいましてね。あ、昼からやっているんですここ。それでそのあと、昼食も取らずにこのあたりをまわっていたものですから、一段落ついたついでに寄らせてもらったんですよ」

はあ、と私は小さな声を出す。このあたりを捜索していたのはこのふたりなのか、と思った。昼間見た刑事も彼らかもしれない。

刑事にわからないように吐息をついた。警察官を避けて入ったのはいいが、とんだ災難だ。刑事と肩をならべて呑んで、気分がいいわけがない。しかしすぐに席を立ったりしたら怪しまれる。ここは自然に対応するしかない。今の私は動揺して見えないだろうか。いいや、大丈夫だろう。私はお酒が入ると、少々肝がすわるのだ。

「よくくるんですか、ここ」

グラスを持ち上げて刑事がいった。彼らはふたりで瓶ビールをやっているようだ。顔の赤みを見るかぎり、まだあまり杯は進んでいないだろう。しばらく帰りそうもないな、と予想する。

「いいえ、あたしははじめてです。なんとなく気になって」

ほお、となぜか感心するように彼はうなずいた。「あなたみたいに若い人が、この手の店を気にするのは珍しいですね」

笑っているが、眼だけは真剣に見つめているような気がする。不思議と、下手なことをいえない、という感覚に陥った。一般の人が刑事を隣にしたらどんな話をするだろうか、どんな風にふる舞うだろうか、と考えてみる。が、現在の心理ではこれだという答えが浮かばなかった。

「あたしは大衆居酒屋の料理、嫌いじゃないし。切ったり焼いたり、シンプルで」

そういいながらレバ刺を口に運ぶ。ふだん口にしていた牛のものより歯ごたえがあった。新鮮、という理由なのかはわからないが、なかなか美味しい。

「馬のレバーらしいですよ」と刑事がいった。「これはいける」

彼も同じものをオーダーしていたらしく、私に続いて口にいれた。

私は、ふうんとうなずいてみせる。そして旨そうに日本酒をあおる刑事に目をやった。

舞台に立たせれば、そのまま二枚目役者になってしまいそうな顔立ち。隣の若い刑事が平凡なので、一層際だって見える。数秒も見つめていると、うっとりしてしまうのだ。

なにか？　と刑事にいわれて私はあわてて首をふった。妙に胸が高鳴っていることに気づいた。お酒のせいかしら、と考えながら頰に手をやる。

——そうだ、と、あることを思い出した。

この男性に近づくことができたなら、あの復讐も達成できるかもしれない。

——いや、しかし、それどころではないことを思い出してはっと我に返る。私は犯罪者で、相手は警察なのだ。本来なら、はやくこの場から撤退しなければならない。

どうしようか……

お酒の入った頭で必死に考えていると、「グラスあいていますよ」と刑事がいった。私は、ああ、とうなずいて、「レモンサワー」と高齢の男に注文した。例によって少々猫をかぶった。

受け取ったレモンサワーの半分程をあけた。それからまたしばらく考えたあとに、

——決めた。このチャンス、ものにしてやる。

と脳内で呟いた。

「どうぞ」といって私は刑事の手元にあるビール瓶を持ち上げる。ふたりの刑事は面食らったような顔をしたが、「これはどうも」と恐縮した声を揃えた。

ふたりのグラスを満たしてから、「刑事さんお名前は？」と肩を寄せて尋ねる。ふたりは少

しだけ顔を見合わせ、警察手帳を取り出すような手つきで上ポケットに手をやり、しかし周囲の客を気にしてそれをやめた。

「竹内です。隣は部下の倉田」

「タケウチさんね」私はほほえんでいった。「下の名前は？」

「アキヒト」

「どう書くの？」

「あなたが思っている通りの漢字でしょうね」と彼は笑う。

私はカウンターテーブルに指で、竹内秋人、と書いてみた。それを見ていた刑事があごをひいた。

「私は、鈴木真里です」なつっこい笑顔でいってみせた。「私の漢字も、きっと想像通りね」

竹内刑事がちらりと部下を見た。そして私をまねをしてカウンターテーブルに指で文字を書いた。

「もう。麻里じゃなくて、真里」と横から口を出して教えた。

竹内刑事はもう一度部下のほうを見てから笑顔でうなずき、「いい名前だ」

「刑事さんて、夜も捜査会議とかあるんじゃない？　食事はともかく、こんな風にのんでていいの？」

そのようなことをテレビドラマで聞いたような気がした。

「お詳しいですね。しかし会議まで時間がありますし、ビールもノンアルコールですから」

よく見たら、たしかにそうだった。続けて私は訊いた。

「そういえば、昨夜の事件は、解決しました？　竹内さんたちが捜査してるのって、サンパークでホームレスが殺されたやつでしょ？」

私は自然に——もっともそう見えたかはわからないが——なるべく野次馬精神を臭わせるように尋ねた。ふつう、近所の事件となれば気になるはずだ。

「ええ。ですが、まだ」竹内刑事は真剣な顔つきでいった。「出頭してくれたらありがたいのですがね」そういってビールに口をつける。

「遺留品？　とか、目撃情報とかは？　ニュースでは若い女だっていってたけど」

「気になりますか」

竹内刑事が視線をぶつけてくる。理由をいえ、の表情に見えた。

私は、取り乱さないようにうなずいた。そりゃあ近所のことだしね、とすまして話す。だれだって気になるよ、ともいった。あの部屋は私の部屋だと思っているはずだから、これでよかった。

「うーん。あまり話していいものではないのですが、たいした進展もないですし、これは明日にでも公開されるでしょうから、いいでしょう」竹内刑事はひとつうなずいてから口をひらいた。「どれも曖昧な情報なんですが、黒い髪の若い女性、というのが犯人みたいです。短い髪という人もいるし長い髪だという人もいますのでまだイメージは固まりませんが、遺留品もなにもありませんので、これを手掛かりにするしかありません」

「黒い髪……ねえ」

「どうかされましたか」

ぶんぶんと顔をふって、「ううん。でも、たったそれだけの情報じゃあ大変だね」

ご苦労さま、といって竹内刑事のグラスをあらためて満たしてあげた。

「もっとも、すべてが本当に曖昧なので変わってくる可能性もありますよ」ビールがなみなみと注がれたグラスを手にして彼は笑った。だがすぐに真顔になる。「なにぶん暗かったらしいですからね。もしかしたら茶髪かもしれないし、パーマをかけているかもしれない。警察はまず、全市民を疑います」

そういいながら彼に目を見られたので、私は自分の髪を一抓みして顔を反らした。

茶髪でパーマ……。「それ、あたしのことといってるみたい」拗ねた顔をする。「もうお酌してあげない」

「いえいえ、例えですよ。これは失礼。あなたが目の前にいるものですから」何度か頭を下げて、「私も刑事であるまえに男ですから、どうせ犯人をイメージするなら美人を想像したくなりましてね」と添えた。

私はその言葉で急に目を輝かせて、「そんなこと昨夜もいったけど、本気でいってる？　美人だと思ってる？」と腕にすがった。

彼は少し困ったような顔をしたが、「ええまあ」とうなずく。

「じゃ、今度、デートして」片目をとじた。

「それはまたべつの話です」

竹内刑事はそういって興味のなさそうな顔をするが、めげずに鞄からメモ帳を取り出して携帯電話の番号を記した。その一ページをやぶり、彼の前に突き出す。

「連絡まってるね」

手を合わせて首を少しだけ横に折る。我ながらかわいい仕草だと思った。

竹内刑事は吐息をついて、では一応、といった風に紙をポケットにしまった。やった、と彼の腕に頬を寄せる。彼ははなれようとしたが、どうも狭くてうまくいかなかったようだ。

「どこつれて行ってくれる？　食事？　ドライブ？　あ、温泉なんかも大歓迎。でも、あたし肌が弱いから、あまり熱くないとこがいいな」

「すみません、そういう話は。今は事件がありますし」

若干まわりを気にしながら竹内刑事は手の平を向ける。

「事件が終わればいいってことね」と私はへりくつを返した。「あ、デートの時、鉄砲、あれ撃たせてよ」

困ったな、といわんばかりに竹内刑事が頭を掻く。「できるわけがないでしょう」

「あ、持ってはいるんだ。ポケットの中？　内緒で一回だけ。ね？」

「鈴木真里さん」

低い口調でいわれ、私は黙った。肩をすくめ、ごめんなさい、と口を尖らせる。そして一息ついてから、チェック、と店員にばってんを切った。

「お帰りですか」竹内刑事がいう。

「ごちそうしてくれる？」

「刑事は貧乏ですよ」

「嘘つき」公務員のくせに、ともいった。

私は二千円を差し出してお釣りを受け取ると扉に歩いた。ふたりの刑事が見ていたので、手をふった。揃って頭を下げられてから、私は外に出る。相変わらずの寒さは針のように鋭利で、ちくちくと肌を刺した。

3

足早に居酒屋をはなれてから、一度ふり返った。精神的な疲れが今頃やってきて、妙な倦怠感がある。なにせ、いままで刑事と並んで酒をのんでいたのだ。

違和感はなかっただろうか……と一連のやりとりを思い出す。違和感とは、事件の犯人として疑われるような行為、ということだ。全市民を疑うといっていたし、油断はできない。

――大丈夫だろうな、と私は踏んだ。自分らしくふる舞ったし、野次馬魂がある一市民にしか見えなかったはずだ。

事件についてもう少し訊きたかったが、あれが限界だろう。しつこく尋ねれば、たちまち疑われそうな気がする知的な雰囲気を放つ相手だった。まあ、それも魅力的だったのだけれど。

連絡くるかなあ。歩きだしてからそんなひとり言をいった。

彼に近づきたい、しかし、刑事という部分だけはやはり困る。捕まればアウトだ。

「それよりも……」

と、ふと真顔になる。そうだった……

――黒い髪……ねえ。

先程、竹内刑事から教わった犯人像だ。

長いか短いかはわからず、色は黒。これは朗報だった。警察の大誤算だ。しばらく私の髪型は、容疑者ではないという証明になる。

そしてもうひとつの収穫は、やはり財布は警察の手にはないということだ。遺留品はないと表現していたから、髪の毛なんかも風で飛ばされていたのかもしれない。刑事の前では吐けなかった安堵の息を今吐き出した。このままじっとしていれば疑われることはないだろう。

さてしかし、そうなると、財布はどうなったのだろう。つまり、だれかに拾われた可能性がやはり濃厚になるということだ。こうなれば、見つかる可能性は低い。明日見つからなければ、いさぎよくあきらめなければならないだろう。泣き笑いというかなんというか、とにかく複雑な心境だ。

これで財布が返ってくればなんの問題もないのに……。つくづくと思った。道端の石を蹴ると、ころころところがってなにかにぶつかった。それがちょうど財布くらいの大きさだったので目を見張ったが、ハンバーガーチェーンのポテトフライの空箱だった。私はそれも蹴飛ばした。

瑠璃色をしていたアパートは、すでに黒にしか見えなかった。

ちょうど男性が階段を上っていたので、そのあとに続くような形で上る。男は二階で下りず三階まできたので、彼のあとをつけているような姿となり嫌だった。

男はどこの扉にも入るようすはなく、廊下を歩いていく。春美の部屋は一番奥なので、私もやはりうしろに続く。尾行のようで気分がよくない。

ふと、歩調をせばめた。気まずかったからではない、男はすべての扉を横切り、春美の部屋のまえで止まったからだ。今にも玄関ブザーを押しそうだったが、私の視線に気づいて手を止める。私もすべての扉を横切り、男のそばで立ち尽くしていた。きっと、あなただれ？　と目が訴えているだろう。

男は私を一瞥すると、この部屋の関係者だと思ったらしく、「あいつ、いる?」と春美の部屋の扉を指さしていった。

春美の友達だろうか。そうでなければ彼氏かもしれない。いやしかし、そうともかぎらないのではないか。カジュアルな服装を見るかぎり刑事には見えないが、なにかの捜査かもしれない。悪いことをすると、やけに疑い深くなるものだ。

私は少し考えて、「あいつ?」といった。

「カッシーいないの?」と男が続く。まだ指をさしている。

「いません」と答えた。

何者だよそれ、とつっこみたくなったがやめておいた。春美の知人でもなさそうだから、たぶん、部屋を勘違いしているのだろう。それとも、春美はカッシーというあだ名があるのだろうか。サイジョウハルミ……カッシー……いや、それはない。

「君、カッシーの女?」と訊いてくる。指先が私に向いた。カッシーとは、どうやら男らしい。これはますます部屋を勘違いしている。

私は、だからそれ何者だよ、といいたかったが、「ここは私の部屋です」ときっぱりいい切った。居候という旨を説明するのが面倒だったし、私の部屋です、と、ただいいたい気持ちもあった。

すると男が目を丸くした。ずっと立てていた人差し指を反対の手でにぎる。

「え？　うそ。あ、ごめん。まじ？　あいつ引っ越したのかよ。ほんとに？」

なぜかこちらに尋ねるようにあわてるが、なにも協力はしてあげられない。私が黙っていると、何回か頭を下げながらぶつぶつと小言を繰り返して廊下を引き返して行った。携帯電話を耳にあてているから、カッシーさんにかけているのだろう。妙なあだ名だ。樫田さんとか鹿島さんとかの略だろうか。それとも海外の人だろうか。

男の背中が見えなくなってから玄関のブザーを鳴らした。出てくるようすがないので、春美に電話をかける。

「ああ真里か。ごめん、昨日みたいに警察だったら面倒だと思ってさ」

春美の足音が玄関に近づいてくる。少しだけ扉がひらくと、彼女が顔をのぞかせた。最初は笑顔だったが、すぐに、寒い、と眉を下げる。しかし本当に寒いのはこちらのほうだ。私は吸いこまれるように中に入った。

奥の部屋で腰を落ち着けてから、買い物袋の中をひろげた。詰め替え用の洗剤やシャンプーといった日用品や、たのまれていた食料がずらりとならんだ。私の嗜好で選んだアルコールや、肌の弱い私用に買った弱酸性の洗髪料もちゃっかり入っている。春美はそれ見て、「ありがとう」と何度か口にした。殺人の際に落としたかもしれない財布を探すついでだった、とはとてもいえない。

いくつかいらない物も買ったので、私はあやまった。少し居酒屋に寄ったことも正直に話す。

「あやまらないで。好きに使っていいっていったでしょ」と気にしていないようすの春美に、「お金、絶対返すからね」と手を合わせる。彼女は、待ってます、と愛らしい笑顔をつくった。この子になら、竹内刑事も惹かれたかもしれないな、と敗北感をおぼえた。

「それより」彼女は縦長のものを持ち上げた。ビニール性の透明な容器が厚手の紙にかぶさっているものだ。「立派な包丁ね。なににつかうの?」

ああそれね、と思い出した。「わざわざ買っちゃってごめんね」ふたたび手を合わせる。

「それはいいけど……」

彼女はまだなにか言葉を続けそうだったが、先に私が口をひらいた。

「春美に料理教えてほしくってさ。昨日のカルボナーラ、最高だったし」

「それで、わざわざ?」

「うん。美味しい料理にはいい包丁って、書いてあるし」

包丁がおさめられた容器に宣伝文句としてそう書いてあったのだ。春美は、子供が真面目な顔ではちゃめちゃなことをいっているのを目撃したように、くすくすと笑った。

「真里って単純ね」といってから、「でもどうして急に料理なの?」と訊いてくる。

「それはもちろん」真面目にいった。「いい女になりたいから」

真剣な私にかまわず春美はひとしきり笑って、「それも理由は訊かないでおくね」と立ち上がる。そしてキッチンから手招きをした。私は腕を捲くって彼女のほうへ歩いた。

キャベツの千切りを教わった私は、まな板と向き合っていた。春美は部屋でテレビを見ながらいつ終わるかわからない千切りを待ち、たまにキッチンに顔を出しては、「これじゃあ、みじん切りだよ」と困った顔をしていた。

それからも無言でキャベツと格闘していたが、それも退屈になってきたので、「このアパート、きれいな色なんだね」と世間話をふってみる。春美は、手切らないでね、といってから、

「私も好きな色なの」とこたえた。

「あたしならアパートの名前、なんとかブルーとか、そんな名前にするんだけどな。なんか変な名前だったね」

「ああ、ラピスラズリ、ね」

「それそれ」

春美はまた近寄ってきて、私の手元の無惨なキャベツを見つめた。少し恥ずかしくなって左手で隠す。

「鉱石の名前よ。私も気になってしらべたの。瑠璃色をしてる原石ね」と春美はいった。

ああ、と私は手を止めてうなずいた。「瑠璃色に塗ったから、その色をしている鉱石ってわけ。なかなかセンスいいじゃない。……でも、奇麗だけど、なんだか不気味でもあるよね。毒々しい？　というか」

すると、「――復讐の色」と春美がいった。

「え？」春美の顔を見る。復讐、という言葉に異様に反応してしまった。

「殺意の赤に、それを許すような青を混ぜた色だもの」

冗談でいっているようではなかった。彼女から復讐という言葉が出てくるとは思わなかったので逡巡したが、なるべく自然に相槌をうった。

——確かにな、と思う。ブラック・コーヒーのような色を連想していたが、それだけだと憎悪の塊だ。復讐者にとって、復讐は正義とならなければならない。殺意の赤に、それを許す青……。つまりそれは、復讐にたいして肯く色……

「なんて、サスペンスドラマの見すぎね、わたし」

春美は恥ずかしそうに笑って厚切りの千切りを摘み、口に入れた。私が、味はちゃんとキャベツでしょ、というと、それはそうだ、と苦笑した。

「そうそう」千切りを再開してから尋ねた。「帰ってきた時、扉のまえに人がいてね。まあ間違いみたいだったから、帰ってもらったけど」

説明が面倒なので、私は扉のまえにいたことにした。

「女？」キッチンから部屋にもどろうとしていた春美は急いでふり返り、目を見開いて私を見た。私は驚いてふたたび手を止める。

「ううん。男だった。二十代後半……くらいかな」

ルックスは似ても似つかないが、竹内刑事と同じくらいの歳だと思われる男を思い浮かべる。

「なんか、カッシーいる？　って訊かれたけど」

それで春美は納得したような顔をした。なんだそれか、と呟く。「引っ越した人みたいね。私のまえに、この部屋に住んでたみたいなの。私、この部屋に入ったの最近だから」まえにも急に知人が尋ねてきて困ったのよ、ともいった。

なるほどと納得して、「それは迷惑だ」と笑った。

「そうよね」と春美も笑って冷蔵庫をあける。私が買ってきた缶ビールを取り出して、「さて、そろそろ、のむ？」と小悪魔のような目をした。

「まってました」私は薄情にも、新品の包丁をすぐに手放して缶を受け取った。「おつまみがないね。春美なにかつくってよ」すでに馴染み深い友達のような感覚でいう。

「あるじゃない」と春美はいった。

彼女が指をさすまな板の上には、不細工なキャベツサラダが完成していた。

竹内秋人　3

1

「ちょ、ちょっと待ってくださいよ」

早足で歩く私に倉田が必死な顔をしてついてくる。私は商店街を抜けて、サンパークへと向かっていた。あの鈴木真理という女が居酒屋を出てから、すぐに会計を済ませ寒空の下へと出たのだ。

倉田が私の肩に手をやった。尋ねるようでもあり、引き止めるようにでもあった。

「いきなりどうしたっていうんですか」しかめっ面で訊いてきた。

やっと歩調をゆるめて、ああ悪い、という。考えが先走りすぎて、自分の世界に入りこんでいたようだ。早送りをされたドラマのように先のシーンを見ていたが、やっと今に意識がもどった。

「見たか?」と私はいった。「お会計の時」

「会計？　おごってくれる先輩の背中をですか？　ええ、格好よかったですよ」

どうやら倉田は、私が彼の会計を引き受けたことを想像したらしかった。

「そんなことじゃあないさ。鈴木真里だよ」

「あの美人さんですか。まさか『酔夢』で会うとは思いませんでしたね」

彼は手帳を広げた。目で合図したので、ちゃんと『鈴木真里』と書かれている。美人ときて、彼の表情は柔らかいものになった。もっともあの時は、緊張してなにもしゃべる気配はなかったのだが。「うらやましいですよ、竹内さんには沢山のファンがいて」

私はこめかみに片手をやった。「どうだかな」

出会ったのは、驚くような偶然だ。私は心のすみで、しめた、と思っていた。聞き込みで出会った人間の中で、やはり彼女のことが一番引っ掛かっているのだ。それは、昨夜の小さな違和感がはじまりだ。

正直、昨夜の程度なら自然と忘れてしまうこともある。だが彼女があの場違いな居酒屋に姿を現して、その違和感は一層濃いものとなった。私は話をしながら、なぜ彼女があのような居酒屋に入ってきたのかを考えていた。あの店には悪いが、どう考えても若い女性が、「気になっていた」というには無理があるのだ。向かいにはお洒落なイタリアンがある。あの年代が気になるならあちらのほうだろう。

しばらく考え、そしてあることを思い出した。私は、彼女が入ってきた時、入口にふと目をやったのだ。そしてその直後に、ガラス戸の向こうを通りすぎた者を見ていた。それは、確かに制服警官だったはずなのだ。彼女は警官を避けて居酒屋に飛びこんだのではないか――そう思った。

きっと刑事の私たちがいたことで驚いたはずだ。最初は多少の動揺があったようにも見えたし、かかわりたくない風でもあった。しかしなぜか急に、妙に甘える態度……。いや、それにもきっと理由があるはずだ……

あの猫のようになつっこい顔を思い出す。根拠はないが、なにかをたくらむ顔だ。キャバレークラブの女が私を指名してと誘いかけるような、そんな顔だった。

例によって、なぜか彼女が引っ掛かってしまう。確かに、すべてはただの偶然かもしれない。警官を避けたわけではないのかもしれない。しかし、この違和感はなんなのだろう。刑事の勘などという使いふるされた比喩でないなら、罪を抱えている人間の独特の臭いとでもいおうか。これは香水では消せはしない。

そして、さてその香りはどこからするのか？　と思った時だった。彼女は店主に会計をたのんだのだ。

「ぼろぼろだった」低い声で私はいった。「彼女の財布」

へ？　と倉田が間抜けな声を出す。それがなにか、ともいった。

「ぼろぼろだったのさ」

と続ける。正直、頭の中には解決の文字すらも浮かんだ。鈴木真理の財布は、ホームレスのものといっても違和感がないような古いものだった。なぜそれをつかっていたのかはわからない。しかし、彼女の財布でないことは確かだと断言できる。それくらい不釣り合いなものだった。

その長財布は汚れていたが、もともとは緑色だったようだ。目をとじれば、鮮明に思い出せる。絵にだってできる。あれが殺された工藤の財布だとするならば、ホームレスに確認をとればすぐにわかるはずだ。少なくとも、確認の価値はある。

倉田がしつこく尋ねてくるので、鈴木真里が『酔夢』に入ってきた理由だと思われることと、古い財布のことを伝えた。

「ほんとうですか」と彼は一瞬にして明るい顔になる。しかしそれは少しのあいだで、「あ、しかし」と声を渋る。彼はまだ刑事の目配りは身についていないが、今回の事件の情報は細かく頭に入っているようだ。確かに、ふたつの問題がある。

倉田は、「殺された工藤の財布は確かに長財布らしいですが、色は白だという証言じゃありませんでしたか？」といった。

盗まれた財布はごみ箱や茂みから見つかる場合があるので、昨夜、工藤の財布がどんな姿形のものかはもちろん聞き込みがなされていた。証言は、白い長財布というものだったらしい。

「ああ、そうだ。だが他人の財布だ。勘違いかもしれない」

「目撃情報は、黒髪なんですよ?」ふたつ目の問題を彼は口にした。

「皆が曖昧な返答だ。違っていても不思議じゃあない」

きっとそうさ、と自分を納得させる。「引っ掛かっていた人間が警察を避け、容疑者らしい物証までも持っている、これが偶然では困る」ともいった。

昨夜、彼女の部屋を尋ねた際の違和感のこともすでに話してあるので、そうですね、と倉田もいい反応をみせた。いったんはゆるめた歩調を、ふたりで早める。どちらかが、寒い、といってもよい気温だったが、黙っていた。リズミカルに舗装道路を踏む音だけが鳴っている。


サンパーク北門から入ると、昨夜のような寂しい夜の気配が漂っていた。昔はよかったよ、と今にも遊具から小言がもれそうだ。死んだホームレスの幽霊が出るぞ、と、数日もすれば頭の悪い学生が騒ぎ出すかもしれない。

木製の椅子に、厚着をしたふたりのホームレスが腰をかけているのが見えた。私達はそこに歩み寄った。自然とにぎった手に力が入っている。期待をしている、と自分で思った。「そんな財布だったかもしれない」とホームレスがうなずくのを想像せずにはいられなかった。

声をかけるまえからふたりは私たちに気づいているようだったが、顔をこちらに向ける気配はなかった。ホットのおしるこの缶を両手でにぎっている。「こんばんは」と声を出してもやはりこちらを見ない。私は彼らのまえにかがみ、視線をあわせた。

「確認したいことがあります」

「ったく、またかい」山本が頬に貼っている絆創膏のあたりを掻きながら声を出した。「あんたら以外にも、何人も刑事がきてるんだぜ。もう、ひと月ぶんは声を出したよ。いいかげんにしてくれ」

ホームレスも暇じゃないんだ、という言葉は可笑しかった。

「最後にしますから」今日のところは、と添える。

「なんだい」松町というホームレスがいった。ふてくされた顔の山本と違い、こちらはあまり表情がない。静かな語りだ。

「財布です。殺された工藤さんの財布を確認したいのです。昨夜は白い長財布と話していましたが、緑じゃなかったですか」

山本と松町は顔を見合わせた。私は、いや倉田もだろうが、ひどく緊張している。つぎにどんな言葉が返ってくるかで、事件そのものが動くのだ。

「いやあ」ゆっくりとした口調で山本がいい、「白だったね」と松町がいった。

「よく思い出してください。汚れていて、もとの色は判別しにくかったのではないですか」

「ああ確かに汚れてはいたが」山本は薄い頭を掻いた。「うーむ、やっぱり白だよ。そうだったと思う」

私は指先で空中に長四角を書いた。「こんな大きさで……」と特徴を説明する。ふたりはあまり聞くようすを見せずもう一度首をふって、「そうはいってもねえ」とほぼ同時にいった。

「こっちはたぶん白とおぼえているんだ。信じてもらうしかないなあ」と山本が続けた。

「しかし他人の財布だ」私は食い下がる。「記憶違いということも」

「そういわれればそうだが……」

ふたりは考える仕草をしたが、やはり証言は変わらなかった。どうも曖昧だが、やはり白だということなのか。あの鈴木真里という女は、好んであの古い財布をつかっていたというのだろうか……


「はずれでしたね」

山本と松町を背にして歩き出してから倉田がいった。私はため息でこたえる。「まあ大事な財布なら、汚れても使うかもしれませんよね。僕も経験あります」

「確かになあ」と静かにいった。あの居酒屋に入ってきたのも偶然だったということになろうか……

「ホームレスからは収穫ないなあ」倉田がぼやいた。一応、長髪の目撃例があることも伝えたのだが、返事は、「そうかもしれんが違うかもしれん」という曖昧なものだった。

急に寒さがもどってきて、寒い寒い、とふたりでいい合う。ブルゾンのチャックを一番上まであげた。

「でも違和感はありますよね」と倉田がいった。「若くてきれいな人だ」

「ああ、彼女にあの財布は似合わないさ。偏見かもしれないが、そんなに物持ちがいい子にも見えない。新作のブランド財布ならお似合いだけどな」

僕もそう思います、と倉田が続いた。

しかし財布は空振りだった。私はこめかみを指先で小突いて、白い吐息をはいた。ホームレスの記憶違いだという可能性はまだ捨てきれないが、彼らの証言がもし事実ならば、この胸の突っ掛かりは杞憂だったということになるのだろうか。

「やっぱり気になりますか」

倉田が訊いてくるので、私はあごをひく。

「僕はそれが間違っているとは思いませんよ。あなたは有能ですし、刑事の勘というやつは意外と信頼できるものだと知っていますから。鈴木真里はあの居酒屋には本当に不釣り合いでした。なので警官を避けたのも、偶然とは思えません。でも、仮になにかあるにしても、この事件と関係があるかはわからないのではないですか？」

肯かずにはいられない言葉だった。確かに、日々事件は起こっている。とある殺人事件から別の事件につながることも、事実ある。警察に知られたくないことを抱えている人間も少なくないものだ。とすれば、彼女が多少の動揺を見せたとしても不自然ではないかもしれない。昨日、万引きでもしていれば刑事をまえにしてたじろぐだろう。外出はしていない、といいたくなるだろう。警官を避けることもあるだろう。

ひとつのことにこだわりすぎれば真実を見失うこともある。大局を見るために、一度リセットをするべきなのだろうか……しかし……

「それにしても彼女は、変な買い物をしていたなあ」

ふと思い出して、静かな口調で倉田にいった。それは、ちらりと目についたのだ。それがなぜか急に、妙に気になってきた。鈴木真里との会話を思い出すと、これもひとつの違和感だ。

「買い物袋まで見ていたんですか」と彼は苦笑する。非難の気持ちではなく、自分はなにをしていたんだ、といった風だ。

「彼女が帰る時に、ちらっとな」

「さすがです」彼は深くうなずいた。「で、変な買い物とは」

「詰め替え用シャンプーの袋と、通常の容器に入ったシャンプー」

思い出しながら話す。ビニール袋にこちら向きに入っていたので見ればわかった。

「それはふつうですよ。切れたら詰め替えるんでしょう」そのための詰め替え用です、ともいった。

「違うメーカーのものだったのさ」人差し指を立てる。「容器のシャンプーと、詰め替え用のシャンプーは別の商品だった。そんな買いかたはしない」

「それは」少し考えて、「友人とかが泊まりにくるとか？　きまったシャンプーしかつかわない人、いますよ。それをまえもって買っておいたわけです」

「ははあ、それはありえる」私は人差し指を引っこめた。「そうでしょう」と倉田が満足そうに腕を組んだ。

「しかし」と私はもう一度指を立てる。「その場合、どちらが自分のものだと思う?」

「僕を馬鹿にしないでくださいよ」めずらしく不快な顔をする。「詰め替え用が彼女のものに決まっているでしょう。容器のほうが他人のものです」

「その通りだ。確かに容器のほうは、短期滞在に適した小振りのものだった」やるじゃないか、と添える。

「うれしくないですよ」半笑いで手をふる。「なにがいいたいんです」

私は、その買い物袋を見た時に思った突拍子もないことを口に出した。

「彼女はさ、あの部屋の住民なのかな」

「なんですか」よほど意味がわからなかったらしく、倉田の返事も的を射ていない。

だから——ともう一度いおうとしたが、それはのみこんで説明を先まわしにした。

「鈴木真里という女は、肌が弱いといっていた。そんな人間が使っている洗髪料は、弱酸性の可能性が高い」

「ああ、そういえば、肌がどうとかいってましたね。でも、そうだったんですか?」

「買われていた商品のひとつは弱酸性のものだった」

「あなたは本当によく見ている」感心するようにうなずいて、「でも、それがなにか？　それこそ問題ないでしょう」

私はこめかみに手をやった。最近、これが考える時の癖になっているらしい。

「弱酸性だったのは小振りの容器のほうだ。詰め替え用のほうは普通のシャンプーだった。遊びにくる知人に詰め替え用、自分には小振りの容器、というのは少しな……。まるで自分が客人のようだ」

倉田がなにか大事なことに気づいたような顔をした。「気になりますね」

「まあ」と息を吐きながらいう、「決めつけるには早いがな。肌が弱くてもふつうのものを使う人もいる。——さて、まずは署に帰って捜査会議だな。なにか新しい情報が入ってるかもしれない」

はいという倉田の返事と共に、捜査車両に向かいはじめた。

2

腕時計を見ると、九時をまわっていた。疲れを吐き出すように息を吐きながら、倉田と一緒に署に入る。

サンパーク・ホームレス怪死事件の戒名が掲げられた部屋に、私達は入った。朝にも訪れた部屋だが、一日中捜査をしていると妙に懐かしく感じる。だいぶ捜査員はもどってきていた。私は今朝と同じ席に腰を降ろす。倉田も横にすわった。

「はじめっか」と、あくびをひとつしてから井之上がいったのは、私達が帰ってきてから三十分後だった。朝に見かけた捜査員は皆、席についている。

「竹内、どうだ。公園あたりで目撃者は」と井之上が訊いてくる。

「南門正面の民家の主婦が、六時頃に門を出て右方向、西へ走り去る二十歳過ぎの女を見ています。話を訊くと、昨夜、山本は争っていた女の髪型は曖昧ながらもショートヘアといっていましたが、その主婦は長かったような気もする、と。まあ、こちらも曖昧でしたが」

ふうむ、と井之上はうなった。「若い女と工藤が争っていたのは事実のようだな。それに逃げた方角がわかったというわけか」

楠木という刑事が口をひらく。「公園の東側。つまりホームレスの住居の裏側に小さな雑林がありますが、その先には民家があります。聞き込みしたところ、その民家の住民も昨夜六時頃に帰宅した時、公園のほうで争う声を聞いています。もっともその時はホームレス同士が争っていると思っていたらしいですが、本日の聞き込みの時は、そういえば最初に女性の悲鳴らしいものも聞こえたような、と」

「なるほど間違いないな。しかし犯人像はあやふやになった。髪が長いか短いかはっきりしてくれよ」井之上が首を掻きながら面倒臭そうに話す。「ホームレスが女を見た時間は正しいのか？　検死の結果、頭の傷は四時半から六時半頃までにできたものだといっていたが」

倉田が答えた。「二人は五時頃、揃って居酒屋に行っています。店主に訊いたところ、店を出たのがだいたい六時頃。それからサンパークに帰ったあとで被害にあったということなので、証言通り六時半頃で間違いないでしょうね」

居酒屋かよ、と井之上は呟いてから二度三度とうなずいた。

竹内からはそれだけか、と訊かれたので、ええ、と返す。収穫が豊富とはいえなかった。祝日で、しかも日が落ちた冬場の六時に出歩く人はやはり少ないようだ。犯人に今だ迫れず、井之上は少し残念そうな顔をした。

「二十歳くらいの女子供がいる民家はどうだ」と彼は続ける。「いや、ひとり暮らしや若妻ということもありえるな。昨夜その時間帯に帰宅したとか、言動が不自然だったとか。人が死んだとなると、今日は困惑して仕事や学校を休んでいるかもしれない」

まず尾平という刑事がいった。「六時半頃に帰宅した人も、もちろんいることはいるんですが、条件に合った女性で不自然な人物は特にこれといって……」

皆も同じ意見だとばかりにうなずく。

「意外なんですが、ホームレスの工藤は住民に嫌われていないみたいで、財布を盗んだりなんてしません、と住民は口を揃えましてね」これは楠木がいった。

井之上が、そうなのか？　という風にこちらを見たのであごをひいた。「なんだいそりゃ」

と愉快そうにいう。

「最近のホームレスはイメージと違ってますね。週に何回か銭湯にも入るらしいですよ。私よりきれいだ」

捜査員のひとりがいうと捜査本部がわいた。そういえばそこまで臭いが気にならなかったことを思い出す。だからこそ居酒屋にも入れるのだろう。

「まあ、嫌っている人がゼロではないでしょうが」尾平はそう述べてから話を終えた。

「住民ではないとすると、犯人は逃げ出したあと、どこに行くか……」井之上が細いあごをにぎる。

「近くに喫茶店があるということでしたね」と私はいった。「西に逃げたなら、次の十字路の曲がりかたしだいで行きつく場合があります。他に隠れ場所もありませんし、とりあえず逃げこむこともあるのでは」

あのあたりの捜査はだれだ、といった風に捜査員達がきょろきょろすると、痩せた同僚刑事が立った。

「『鈴の音』という個人経営の喫茶店です。聞き込みしましたが、不審な人物は来店しなかったみたいです。六時以降に黒髪でショートヘアの女性もきていません」

「やけに早く席を立った客とか、逆に異様に遅くまでいた客とかは」と私は訊く。

「この店にはインターネットやマンガ雑誌がありまして、それを利用して長居する客がほとんどみたいですね。閉店まで何時間もいる人も珍しくないみたいです。昨日もそうだったと」

井之上がまたうなった。「南門から出ても駅には向かえるんだったな。駅付近の監視カメラは」

今度は対象的に肥った刑事が立ち上がった。

「駅に向かう途中の商店街のカメラを確認したところ、昨日の六時すぎから、ひとまず八時のあいだまでを調べましたが、サンパーク方面から駅方面にもどってきた人物で、条件に合う人はいません。祝日ですから帰宅ラッシュもないので、人はわずかでした。まあ間違いないかと」彼がすわると椅子がきしんだ。すわってから、「ああ、タクシー会社にも問い合わせましたが、事件があった時間帯にサンパークあたりで利用客はなかったそうです。バスは駅まで行かないと通ってません」と補足した。なかなかしっかりしらべてある。

井之上は机の上で手の平を組んだ。「まあ、わざわざ南門から逃げたことを考えても、その女は住宅街に潜んだと考えるのが自然かもしれんな」

何人かの捜査員が相槌をうった。ホームレスが嫌われていなかったにしても、やはり住民説を疑う連中が大半らしい。私もそうだった。

そんな中、ああ、となにか思い出したような声を出したのは楠木刑事だった。

「条件にはまるではまりませんが、茶髪の若い女が、泊めてくれと尋ねてきた民家がいくつかありましたよ。まあ一応、報告を」

だれも興味を示さなかったが、私だけはいきおいよく彼を見た。茶髪とは――と今にも口をひらきそうになったが、「ふうん、家出かねえ」と井之上が適当な声を出したのでタイミングをうしなった。倉田を見ると彼は資料を見つめており、聞こえていなかったようだ。

――茶髪だって？　と頭の中で復唱する。

続いて、「鑑識からは今のところなにもありません」と上座のひとりが告げると、井之上が立ち上がった。

「住民なのか、知人を尋ねてきたのかはまだわからん。しかし犯人は住宅街に潜んでいる可能性が非常に高い。長髪も視野に入れて聞き込みを続け、炙り出すぞ。目撃情報、不自然な動向、昨夜から姿をくらませた人間、あらゆる角度から探れ」

威勢のいい声で部屋を満たしてから捜査員たちは席を立った。倉田が横から、おつかれさまです、といったので私も挨拶を返す。

「竹内さんは今からどうされます」

「少しやることがある」とこたえると、「だと思いました」と苦笑した。「会議中、そんな顔してましたもん」と続ける。

「くるか？」

「今日はいいです」倉田は疲れた笑顔をつくった。

「それがいいさ。また明日、たのむ」

私がいうと、返事だけは景気がよかった。倉田はもう一度労いの言葉を口にすると、倦怠感を追い出すように伸びをしてから捜査本部を出ていった。

私は上座に歩いた。まず井之上と話をしている男に用があった。ちょうど話が終わったようすだったので彼に近寄る。

「沼田さん」と声をかけると眠そうな顔で私を見た。誰もが疲れた顔をしている。頬が痩せた彼はさらにそれが際立つ。

「どないしたんや竹内」関西なまりで沼田はいった。彼は鑑識科に属している先輩だ。

「忙しいことを承知で、鑑識にお願いしたいのですが」

「承知していればたのめへんはずやろ」と彼はなじってから、「なんや」と訊いてきた。いつものやりとりだ。

きれいにたたんだハンカチを取り出して、それを一折だけ広げた。「これを鑑識に」

「髪の毛……かいな」沼田はそれを抓んで目の高さに持ち上げた。あごにうっすら生えた髭をなでる。

「ええ。この髪と同じ物が、昨夜の公園に落ちていなかったかしらべてほしいんです」

鈴木真里の髪だった。うっすらと茶色をしていて、蛇行している。本日、居酒屋で肩を寄せられた時に拝借したものだ。抜くというより、肩に垂れ下がっていたものをいただいた。

「また暴走してんなあ」皮肉な口調でいう。「犯人は黒髪やろ。別のヤマかいな」

「いいえ、このヤマです。どうも気になって」

沼田は短い息を吐いた。「まあ、竹内がいうんやからなにかあるんやろうな」そして、「鑑識も科捜研も、混み合ってるで。やってやるけど、関係のないものとなると、すぐには無理や」と真面目な顔でいった。

「それで大丈夫です、感謝します」

「まあお前のたのみやし、なるべく急ぐわ」

彼はそういって髪の毛を自分のハンカチに包むと早足で本部を出て行った。背中に一度、頭を下げた。

確かに暴走しているな、と頭に手をやった。財布も違ったというのに……

しかし、やはり気になるものは気になるのだ。目撃情報がくつがえることも有り得ないわけではない。現に、ショートヘアがロングに変わろうとしたではないか。情報は曖昧なものばかりだ。茶髪だとしても、パーマだとしても可能性はある。

勤務中は勝手に時間をむだにはできないが、夜なら自由だ。鈴木真里は容疑者とよぶにはまだまだ早い存在だが、気になるかぎりしらべるべきだろう。たとえそれで他の事件に結びついたとしても、組織としてはよろこぶばかりだ。

まずは取っかかりを見つけなければ……

不審な動きを少しでも見せてくれればいいのだが……

――張りこむか。と私は思った。少なくても、逃亡は防げる。気になる人物が行方をくらませるのは、いたたまれないものだ。

捜査本部の椅子で、今だに執務手帳を見つめる刑事が目についた。その人物にこそ尋ねたいことがあったので、早足でそばに寄った。

「楠木、ちょっといいか」といいながら隣に腰をかける。彼は腕のいい同期の刑事だ。『男』というより『漢』といった風貌がある。

「竹内……か」楠木はひと息ついて背もたれに身体をまかせた。「このヤマ、女が目撃されてっからもっと早くホシが挙がると思ったが、意外と手こずるな」

私は、「あの住宅街、広いからなあ」と口にする。

「まあ明日からはロングヘアも視野に入れるからな。なにか出るだろ」彼は両腕を伸ばしてあくびをした。「ああ、俺に用か?」と目に涙をためていう。私はあごをひいた。

「さっきの話さ。捜査会議の時の」

「さっき? ホームレスが意外と嫌われてないってやつか?」

「いや」と首をふった。「茶髪の若い女性」

「ああ、それか」と彼はうなずく。「なにか気になんのか?」

「少しな」親指と人差し指のあいだに隙間をつくる。「なあ楠木、その女ってのは、パーマじゃないのか？」

楠木が目を丸くした。クエスチョンよりエクスクラメーションが似合う表情だ。

「竹内おまえ、なんでそれを……」

私は身を乗り出した。「そうなのか？」

ああ、と声を出してから彼は遅れてうなずいた。「全部で四軒、そんなことをいう住民がいてな。今おまえがいった、ええと……」

彼が手帳をめくるので、「茶髪でパーマ」と先にいった。

「そう。そんな女性が昨夜、泊めてくれって尋ねてきたらしいんだ」

「いつ、どんな女だ」私がさえぎるように突っこむので楠木は、「落ちつけ」と平手をかざした。

彼がひとつ咳ばらいをした。そして手帳を見やる。「二十代だと思われる女だ。正確には、四軒中、最初の二軒は同一人物かわからない。遅い時間なんで、顔を出さなかったらしいんだ。しかしまあ声は若い女性だといっていたから、まず間違いはないと思う。

姿を見たのはまず、平屋に住む中年の主婦だ。十一時すぎらしいから、ここを尋ねたのは三軒目だと思う。さすがに不審だと思って玄関越しに断ったらしいんだが、女が歩いて行ったのを足音で確認してから、一応玄関をあけて姿を見たようだ。女がふり返ったから、顔も見ているといっていた。風貌はおまえのいう通りだな。

つぎは『ラピスラズリ』っていう面倒な名前のアパートだ」

「ラピスラズリ？　あの蒼いアパートか」私はさらに乗り出す。

「ああそうだが——まあ聞けよ」

「悪い。続けてくれ」

「二階の２０３号室に住む男が、似たような女が尋ねてきたといっている。特徴を訊いてみたところ、おそらく同一人物だ。時間は十一時半がまわっていたらしい。しかしここでは、泊めて、とはいっていないんだ。友達の部屋を探していて部屋を間違った、と口にしたらしい。まあ、不審だわな。貧乏な家出娘かなにかかね」

楠木は手帳を眺めて少し黙り、「その女の情報はこれだけだが」と私を見た。

「顔の特徴とかは、わからないか」早口でいう。

「ふたりとも髪型にしかふれなかったな。まあ茶髪にパーマは特徴的だからなあ。——ああ、男のほうが、かわいい、とはいってたぞ。これは好みでだいぶ差が出るがな」

私はぞわぞわとした感覚に襲われた。いびつな形をした謎が、膨らみながらふわりふわりと浮かび上がる。

——鈴木真里ではないのか。

頭の中で叫んだ。ここまで条件に合った人物がそうそういるだろうか。確かに別人だという可能性もある。しかしあの一帯に絞れば、同一人物だという確率はかなり上がるはずだ。

「ちなみに三階。３０１号室は尋ねたか?」と私はいった。

「それはもちろんだ」ふたたび手帳に目をやる。「ええと、明かりはついていたんだが、不在だったみたいだな。八時、少しまえ頃だ」

『酔夢』で鈴木真里と話をしていた時間だな、と記憶を探った。

メモをとり、楠木に礼を述べてからすぐに捜査本部をあとにした。楠木も色々と訊きたいことがあるようすだったが、今はまだなにもいえない、というと渋々うなずいていた。

確かにまだなんともいえなかった。どことなく引っ掛かっている女性が、泊めてくれと民家やアパートを夜中まえに尋ねて歩いていたかもしれない……という状況なのだ。聞かされても理解に苦しむだけだろう。

本人だろうか、と私は呟いた。それはわからないが、いやしかし本人だとして、なぜ民家に泊めてと尋ねるのだ。あの部屋の住民だというのに――

それを考えると別人だとも思える。が、やはり偶然にしてはできすぎているようにも思える。

――本当にあの部屋は彼女のものだろうか……。楠木は不在だったといったが明かりはついていたらしいし、中にだれかいたかもしれない。先ほど疑問に思ったシャンプーの件も、真実をかすめていたのかもしれない。楠木の証言と合わせれば、自分の部屋を持つ人間としてあるまじき行為であることはいうまでもない。

不動産に訊けば借主はすぐにわかろうが、警察といえど理由もなく個人情報は手に入れられない。しかし証言の女が鈴木真里と証明できれば堂々と問い合わせができるだろう。部屋がありながら他の民家に、「泊めて」といっていたならば、明らかに不審だ。

こうなるとやはり、事実確認は必死だ。もしそれが彼女ならば、彼女は昨日外出をしたことになる。となれば、部屋を出ていないという証言は少なくても嘘だ。そして、嘘をつく人間にはなにかがある。民家を尋ねて歩いたのにもきっとなにか理由があるはずだ。

あの古い財布、本当に工藤のものではないのだろうか。山本や松町のおぼえ違いではないだろうか。そうすれば、いい流れなのだ。鈴木真里は南門から逃走。目撃情報は黒髪だが、暗い時間のゆえ、これは見間違えの可能性もある。そして彼女は夜まで身をひそませる。それはあの『鈴の音』という喫茶店でもいい。本日はショートヘアの人物しか尋ねていないから、茶色でパーマなら心あたりがあるかもしれない。そして夜、行き場をうしない民家を尋ねる。なんらかの理由で、あの部屋へ……

資金があるのならビジネスホテルにでも泊まるだろう。そうしないのは持ち合わせが少ないからだ。それはますますホームレスの財布でも盗む可能性がある。

——いや……少々勘にものをいわせすぎたか。まるで確証がない。

一度リセットした。とにかくまずは張り込みだ。彼女があの部屋の住民でないとすれば、すぐにでも姿を消すおそれもある。今、見失うわけにはいかない。

警察署から出ると、外に人影があった。ひどくふるえている。倉田だった。

「行くんでしょう、鈴木真里の捜査。そんな顔してましたもん。僕も行きますよ、命令ですし」

「帰るんじゃなかったのか」

「まえに読んだ小説で、嫌だといいながらも、じつは外で待ってた刑事がすごく格好よかったんです。それをやってみました」

「その刑事は、がちがち歯を鳴らしてふるえていたのか」

「まさか。この気温のせいで大失敗ですよ」

私は笑いながら、「捜査のほうで挽回してくれ」と肩をたたいた。

桃井沙奈 3

1

しんと静まりかえっていた。私はベッドに横になり、毛布と布団を首まで上げて窓の外を見ていた。いつもと変わらない、黒い空だ。しばらくしてから、私は顔を逆に向け、隣のベッドを見た。未だに、千夏は帰ってこない。そろそろ看護師達もあわてはじめると思ったが、どうやらそのようすもない。なにも見なかったように、いや、見えていないように、自然と仕事をこなしている。

昨日と今日は、城峯加代と話ができて調子がよかった。本当に助かっている。ひとりで悩んでいれば、パニック発作を引き起こしていたかもしれない。もしそうなったら、隔離に移されるおそれもあった。自由のないあの病棟は嫌いだ。最初、短期間入っていたことがあるが、もう行きたくはない。

看護師は、薬が効いていますね、と口を揃えていた。私達患者は、薬でしかよくならないと信じているのだろう。私も人間なのだ、心がある。楽しいことがあれば、症状が落ちつく時もあるのに……

──そうやって笑顔をつくって病気を追い出そうとする君は素敵だよ。

ふと、こんな言葉を思い出した。それは今日会う予定だった、彼氏の言葉だ。私はうっすらと口角を上げた。温かい気持ちになる。薬のおかげといわれたのか、自分の努力といわれたのかでは、だいぶ違うものだ。

病気を嫌がらないのは、彼だけだった。今日は本当に、会えなくて残念だ。

目をとじた私だったが、足音を聞いて身体を起こした。見ると、城峯加代が入口に立っている。そそくさとベッドまで歩いてくると、私が挨拶するよりも早く、

「沙奈さん、あのね」

と声を出した。真面目な口調だった。

「はい。なにか」思い詰めた表情をうかがうように眉を寄せる。

「まだ睡眠薬、のんでないかしら」

「睡眠薬？」彼女がこくりとうなずいた。私もうなずき返す。「はい、今日はまだ。千夏がいつ帰ってくるかわからないから、せめて日付が変わるまでは起きていようかと思って」

そういいながら枕の下にある携帯電話をのぞいた。日付が変わるまで、あと十五分弱だった。

「その千夏さんなんだけど」ひと呼吸して、「迎えに行きましょう」

そういって彼女は私の肩に手をやった。少しだけ揺するような動きがあった。

「迎え……」理解をしていないような平たい声を出す。

「千夏さんを止めたいの。やっぱりだめよ。なにかあってからではだめなの。人を殺すなんて、いいはずがない」

夕暮れの頃も彼女がこんな表情をしていたことを思い出した。その時も、だめだよ、と繰り返していた。それは綺麗言や、ありふれた道徳的理念ではなく、「人を殺す」という言葉を心から毛嫌いしているように見えるのだった。それを口にする時、彼女は目をとじて、どこかが痛いような顔をする。

「そして千夏さん自身も、死ぬなんていったらだめ」と城峯加代は続けた。幾度となく他人に聞かされてきた言葉だが、どこか重みがあった。

「でも迎えって」布団をはぎ、ベッドから足を投げ出す。「どうやって」

「千夏さんは彼の自宅にいるかもしれない。だったら自宅に行きましょう。行く価値はあるわ。ねえ、なにかないかしら、千夏さんの彼の手掛かり」

突拍子もない、という言葉が浮かんだ。城峯加代はもう行くことが決定しているかのような口ぶりだ。朝まですら待てない、と表情が語っている。なにが彼女を動かしているのだろうか。

「そんなこと」と私がいうと、「できるわ」と彼女はすぐに返答した。「正面口の自動ドアからふつうに出ればいいの。夜は外からは入れないけど、中からは出られるもの」と続ける。

確かに看護師から聞いた話によると、そうらしかった。親に、「夜は中からしかひらきませんので、なにかありましたら外からインターホンでお知らせください」と説明していたのだ。しかし実際に試してみたことはない。もちろん千夏を止められればこの上ないし、どんなことでもしたい。だが可能なのだろうか。

「ねえ、千夏さんの彼とは話したことがあるのよね。病室に尋ねてきていたのなら、ふたりの会話を耳にする機会もあるわ」

「それはまあ」

もちろん言葉を交わしたことはあった。しかし、彼の自宅に関わることを聞いただろうか。こんな時にかぎって、とりとめのない会話しか思い出せない。好きな食べ物や好みの車、アイドル、髪型、ファッション雑誌……

あ、と私は声を出した。頭のすみに、ふとなにかが引っ掛かった。「サンパーク……」

「さんぱーく？　公園ね」

「うん。自宅……アパート？　の近くに、そんな名前の公園があるって」

——俺のぼろアパートの近くにあるんだよ。そんな名前なのに寂れててさ。暗くて日の光があたらないような環境なんだぜ。笑えるだろ。

そう彼がいっていたのを思い出した。しかし、これだけだ。病室ではあまり彼と言葉を交わしていない。

「ごめんなさい、これじゃあ無理ですよね」と私はあやまった。

城峯加代から返事はなかった。こめかみに手をやり、窓のほうに身体を向けて、なにかをじっと考えている。私は黙って見ていた。

少しして、彼女はなにかに行きついたように顔を上げた。「サンパーク――それ、わたし、朝にニュースで見たわ。確か殺人事件かなにかだったと思う。ええ、間違いないわ。どうも聞いたことがあると思ったの」

本当ですか、と明るい声を出す。近いんですか、ともいった。

「××市っていっていたから……歩けば二時間ってところかしら」

「今からだと、つくのは二時をすぎてしまいますね。それに、公園の名前だけですぐに見つかるとはとても……」

城峯加代は、うーん、と考えて、「そうだ。外に出たら、タクシーをひろいましょう。それならすぐよ。ニュースになった公園の場所なら、きっと知ってるわよ」

私は立ち上がって相槌をうつ。なぜか千夏に会えるような気になった。

「ああ、そういえば、彼の名前は？　アパートを捜すなら、これは大事よね」城峯加代は手の平に拳を落とす。

「千夏はカズくんってよんでましたけど」

「カズくん……それだけ？　フルネームは？」

わかりません、と首をふる。

彼女は、そっか、と頭を抱えて、「公園についたら、そのカズって名前を手掛かりにするしかないわね。アパートなら、郵便受けとかに名前が書いてあるかもしれないもの」

それしかないだろうな、と私も思った。もし書いていなかったら、とは今いってもしかたがないだろう。苦労しそうだ。ばったり再会などという奇跡は訪れてくれるわけがない。しかし、千夏を止められるのなら……


城峯加代は一度部屋にもどって私服に着替えてからふたたび顔を出した。私もそのあいだに着替えていた。遊びに行くわけではないが、かるく化粧をした。急いでいるので少々雑になったが、ひいき目で合格点を出す。城峯加代も同じ気分だったらしく、これって癖よね、とファンデーションのぬられた顔で照れ笑いをのぞかせた。

行きましょう、と彼女がいう。今までも声量はしぼっていたが、さらにトーンを低くした。今から看護師に見られないように一階まで降り、正面出入口から出なければならない。この病院は患者服の代わりに私服を着てもかまわないのだが、さすがに今の厚着姿を見られれば不審を抱かせるだろう。

病室から顔だけを出して左右を見た。こんな場面をドラマで見かけたことがあるな、と思う。まさか自分がやるとは考えてもいなかった。

「エレベーターでいいでしょうか」私はかすれた小声で訊いた。

「そうねえ」少し考えて、「ええ、そうしましょう」

私は同意をつたえる相槌をした。ここは七階だ。階段だと時間がかかるし、足音もする。なにより、ここの職員は階段を優先してつかうように指導されているようだった。

足音を消して小走りで走り、エレベーターのボタンを押した。一階で点灯していた光が二階に移動した。運よくこの階に停まっているのを願っていたが、とんでもなかったようだ。一階は一番遠い。

前方に見えるナースステーションから白い明かりがもれている。今にも看護師が巡回に現れそうで、胸が鳴った。落ちつけ、と心の中でいうと、鼓動はさらに増したように感じる。たいがい、この言葉を自分にいうときは手遅れの時だ。

三階が光った。ちょうどその時、ナースステーションから笑い声が聞こえた。私はなぜかそれにあせらされ、意味がないとわかりつつエレベーターのボタンを何回か押しこむ。城峯加代の視線は階の表示とステーションを行ったりきたりしていた。

そして五階が光った時、私は口を押さえた。看護師がひとり出てきたのだ。私は幽霊でも見てしまったかのようにぞくりとした。ちらりと城峯加代と視線を合わせる。彼女も意味はないとわかりつつ息を殺していた。

しかし私達は、看護師から指をさされることもなければ、なにをしているのですか、と声をかけられることもなかった。ステーションから出た看護師は私達のほうではなく、反対方向へ歩いたからだ。世間では白衣の天使などとよばれているナースが、不気味な足音を廊下に鳴らす。今にもふり返りそうだと足音ひとつひとつに胸が跳ねたが、その背中は奥の暗闇に霞んでいった。

七階が光った。ドアがひらききるまえに、エレベーターに飛びこんだ。私が入ると、先に入った城峯加代がすでに一階のボタンを押していたようで、すぐに扉がしまりだす。とじるぎりぎりのところで手が出てくるような被害妄想がかすめたが、そんな映画のワンシーンは起こらなかった。

「見つかるかと思いました」

息を吐いてから、私は素直で正直な気持ちを口にした。私もよ、と城峯加代は胸に手をあてて眉を下げた。

階の表示が今度は下がってきている。今は三階が光っていた。

「扉があいたら、看護師とばったり、なんてことにならなければいいけど」彼女は表示を見上げていった。

もう、と私は城峯加代の肩を叩く。「どきどきするじゃないですか」

彼女は笑って、ごめんごめん、と私の背中を撫でる。ちょうどその時、一階についた。彼女が私を見て人差し指を唇にあてたので、ひとつうなずいた。

看護師とばったり、ということはもちろんなかった。私達は暗いロビーに降り、出入口へ歩く。非常口を知らせる緑色をした明かりが、暗闇の中で一際目立っている。それは鮮やかというよりも、不気味だった。

細い廊下をまっすぐに歩いていくと、広い受付ロビーに出る。右手奥に窓口があって、そこにはまだ明かりがついていた。若い男性職員がひとりすわっていて、パソコンと向きあっている。正面の外来用の椅子にはだれもいないので、どこか人気のない講義室を思わせて寂しい。

左手前方に自動ドアが見えた。表口だ。天井の明かりは消えているが、自動販売機がいくつかならんでいるのでうっすらと明るい。このまますすめば、職員に見られるおそれがある。顔まではわからないだろうが、患者が出ていこうとしているならば不審に思うだろう。

――いや、今の私達は患者に見えるだろうか。ふつうの私服姿なのだ。職員も表口から外へ出ていくのだから、顔を見られなければ仕事を終えた看護師に間違われてもおかしくないのではないだろうか。

私を見た城峯加代が、「自然に、出よう」といった。どうやら考えていることは同じらしい。私はなぜか姿勢をただしてうなずいた。

ふたりでならんで、不自然でない程度に早足で歩く。視界の端で男性職員のようすをうかがってみると、なにも気にせずパソコンを眺めていた。私達の存在にすら気づいてないようだ。唾をのみこむと、思っていたより喉が鳴った。職員に聞こえるはずもないのだが、しまった、と苦い表情をする。

　出入口である自動ドアが、低い音を立ててひらきだした。その動きがやけにゆっくり見えて腹立たしい。

「ああどうも」

　と声がした。男の声だ。私達は今にも出そうとしていた足を止める。ふたりでゆっくりと受付カウンターのほうを見た。男性職員は私達のどちらを見ているかわからないが、笑顔で頭を下げた。城峯加代が小さく頭を下げたので、私も続く。

「おつかれさまです。お早いあがりですね」やはり職員だと思っているらしく、男性はそういった。

　私達はふたりとも、なにもいわなかった。いえるはずがない。

　自動ドアが一度とじて、もう一度ひらいたので、私達は外に視線を向けて、逃げるように外へ出た。――ばれた？　――見られた？　と考えながらふり返る。しかし男性職員は少し首をかしげただけで、ふたたびパソコンを眺めはじめた。

　病院の外に出た。薬品臭もしないし、空気がいい。

　表の大通りを、車が走りぬける。ふたりとも一応、顔を伏せた。院内では聞くことのない雑な音は不快にも感じられ、また新鮮でもある。

　まもなく、落ち葉が舞いあがりそうな風が流れた。そうだこれが冬だ、と思い出させるような寒さに全身をふるわせる。安堵するよりも先に、寒い、と口にした。

城峯加代は、今、車が走って行ったほうを見ている。××市の方角だ。

今からが大事だ。手をあわせてよろこんでいる暇はない。

「行きましょう」

城峯加代がいった。

2

枝わかれする大通りをしばらく歩いた。するといつのまにやら街を抜け、人気のない一本道になっていた。ゆるい登り坂で、街灯が点々とならんでいる。この時間となると、人通りはもちろん、車の往来もほとんどない。

今のところタクシーは見当たらない。歩きながら見まわして、そのたびに吐息をつく。きっと通るわ、と横から城峯加代がいった。はい、と返事をして手をこする。疲労や時間の心配よりも、今はこの寒さから逃れたい気持ちが強い。それなりに着込んだつもりではあったが、さらにマフラーでも巻いてくるべきだった。

「千夏さん、見つかるといいけど」

城峯加代が静かにいった。私にいったというより自分の不安をまぎらわせる口調だった。

心配そうにする彼女を見て、気になっていたことを尋ねようと思った。

「あの、どうしてここまでするんですか。千夏は他人なのに」

同情するのもわかる。人を殺すかもしれないと聞かされれば、心配するのもわかる。でも、わざわざここまで他人がするだろうか。彼女の気持ちの中には、優しさ、とは別の感情が働いているような気がするのだ。

「人を殺してほしくないの」

あたりまえでしょうといわんばかりだった。

「それはわたしも同じです」と私はいった。「でもわざわざ、こんな……」

会ったこともない患者のために病院を抜け出すなど、あまりにも大それている。

城峯加代が吐息をついた。しかたないわね、といった風に見えた。

「わたしが入院することになった理由、いってなかったわよね」

はい、と返事をする。

「父親が人を殺したの。五年前」

思わず彼女の顔を見た。好んでそうしているわけではないだろうが、彼女はほほえんでいた。

「今、服役中」

私は、そうなんですか、とだけいった。

「殺人は様々な人を不幸にするわ。加害者の家族ですら、このありさまだもの」彼女は恥ずかしそうに目をとじる。

「あの……お父さんは、どうして、その」おそるおそる声を出した。

「貧乏な家庭だったから」

「じゃあ、あの、泥棒？」あえて強盗とはいわなかった。

「お金持ちそうな民家に入ってね。でも、その家の住人に見つかったらしくて」彼女は衣類の胸のあたりをにぎった。「わたしが……大学に行きたいって父に話した夜だった。二十二歳にもなってね」だから私のせい、と続ける。

それこそなんといっていいのかわからず、私は顔を伏せて黙った。彼女が続けた。

「泣けば泣きたいのは被害者だといわれ、泣かなければ心がないのかっていわれたわ。でもそれは間違っていないから、どうしていいのかわからなかった。……心が弱かったのね。気がついたら仕事もやめて手首を切ってたわ。馬鹿よね。それこそ、そんな気持ちなのは被害者家族なのにっていわれるわ」

私が黙ったままでいると、ごめんなさいね、と彼女がいった。かぶりをふると、顔を明るくしていう。

「つまりね、人を殺すなんて千夏さんだけの問題じゃないの。彼女はもちろん、家族だってつらいし、被害者側はもっと、ね」これ以上空気を暗くしたくないのか、小学生にでも説明するかのように簡易に話をまとめた。彼女は空を見上げる。「寒空の下を歩くだけで千夏さんを加害者にしなくてすむなら、安いものよ」

心のどこかで、私は納得をした。人を殺す、という言葉を口にする時顔を歪める彼女を思い出した。きっと彼女は父親という加害者の憂えむ姿を目の前にしたはずだ。被害者の怒りや悲しみも、加害者のやり場のない嘆きも、身を持って感じたに違いない。

それを理解する者が殺人を犯そうとする人間を知れば、どんなことをしても止めたいという心理が働くはずだ。きっと今の彼女にあるのは、優しさではなく、焦りなのだ。少しでも腕を伸ばし、殺人に行きつく前に千夏という患者の肩を捕まえたいのだ。

——つらかっただろうな、と思った。つらいと思うことすらも、つらかったのだろう。そんな戒めの日々は、遠慮なく心を喰らったはずだ。

「どうしてもだれかを殺したいなら、私を殺せばいいわ」空を見上げたまま彼女がいった。

「なにをいってるんです」

「被害者家族にね、おまえを殺したいっていわれたの。だってそうよね、私のせいだもの。殺されてもいいわ」彼女は真顔だった。「あの時いえばよかった。ナイフとかノコギリを持参して、罪には問いませんから好きなように殺してくださいって。あーあ今だに後悔してるの」

罪の塊のように自分を思っている彼女は痛々しい。

「それじゃあ意味がないですよ」と私はいった。「それは殺人です。千夏は救われない。加代さんならわかるでしょう。死ぬなんていったらだめといったのも加代さんです」

城峯加代は我に返ったような顔をした。「あら、ごめんなさい。なにをいっているのかしら。そうよね」なにか楽しい話をしましょう、と添える。

反対斜線を車が走ったので車体を確認した。タクシーではなかった。

「沙奈さん、夢は？　将来の夢」いつもの調子にもどして、城峯加代が訊いてきた。

「ゆめ？」少し笑ってしまった。「入院してると、あんまり考えませんね」

そうよね、と彼女も手を口にあてた。「退院することが夢だったりするものね」

「わたしもそれかなあ」と照れ笑いする。

なにも浮かばなかった。小さい頃から、夢はお嫁さん、と書いてしまう頭の悪い子だった。それを冗談のつもりでいうと、「それでいいんじゃないかしら」と彼女がいった。「彼氏いるんでしょう？」と笑う。

私は、あれ、と声を出す。「私、いいましたっけ？」

「ううん。でも、沙奈さんはかわいい顔をしているもの。きっといると思って」

そんなことをいわれたのははじめてだったので、少し照れた。不自然な手つきで髪を撫でる。

「もう、付き合って長いの？」

「ええと。まだあまり」

「どれくらい？　同級生かなにか？」

私はなんと答えようか迷い、「それよりも、加代さんの好きな人のこと教えてくださいよ」

と話題を変える。咄嗟のことで、説明方法が浮かばなかったのだ。

城峯加代は、さっそく私の番かぁ、と、うれしさと恥ずかしさの混じった顔をした。そんな彼女を、「結婚、したいんですよね」とひやかす。肩をぶたれた。

「結婚なんて考えてないわ」と彼女はいった。またまた、といいたい気持ちもあったが、照れ隠しにはみえなかった。「だから気持ちも伝えてないの」

「でも好きなんですよね」私がいうと、「彼は刑事なの」と返ってきた。

警察、と私は呟く。

「五年前の事件で知り合った」

「それって、お父さんの……」

「彼はわたしの父親を、逮捕した人よ」少し寂しそうな顔をしてからうっすらとほほえんだ。

「だからってうらんでいるんじゃないのよ。逆よ。彼はそれからずっと、わたしをはげましてくれている人なの。彼がいなければ、わたしは死んでた」

そんな悲しい出会いもあるものなのか、と思った。世の中とは無意識のうちにドラマを制作している。

「でもそれならなおさら、気持ちを伝えたいんじゃ……」

城峯加代は首をふった。「彼は有能な刑事なの。殺人犯の娘が恋人なんて、足を引っ張るだけよ」

なにもいえなくなって、ゆっくりと視線を下げた。素直に、優しい人、と思った。シンプルではあるが、現代人では稀な、自分を犠牲にできる優しさだ。

それに比べて、私は……

つい最近犯した、ひとつの罪を思い出す。だがすぐに首をふって掻き消した。胸が注射針で刺されたように、ちくりとした。

それに——と城峯加代はいった。私は同じ言葉にクエスチョンをつけて訊きかえす。

「やっぱりわたしは……べきだから」

呟くような声だった。それにちょうど車が路上を走り抜けたので、はっきりと聞こえなかった。

しかし、聞こえなかったが、このように口を動かしたような気がしたのだ。

「やっぱりわたしは殺されるべきだから」と……

もう一度いってください、とはいえず、かといって聞き違えていてはいけないので、そんなことありません、ともいえず、結局静かにしていた。

「あっ」城峯加代が急に正面を指さした。かと思うと、小学生が問題の解答をひらめいたように、すぐにその手をあげる。前方に空車のタクシーが見えた。私もあわてて手をあげる。車体がゆっくりと減速するのがわかった。

歩いていた時を思うと、何倍もの速さで景色が流れていた。お互い外を眺めているために車内は静かで、不規則に揺れる感覚には眠気もおぼえた。乗ってから十分ほどが経ったと思う。深夜、一時だった。

高齢の男性運転手は城峯加代の予想通り、サンパーク、という名前を知っていた。こんな時間に殺人があった公園をいうので少々怪訝な顔をしたが、なにも訊いてくることなくタクシーを走らせはじめた。

「長く病院にいるとだめね、少し歩くだけで息が切れちゃう」

三人のだれが最初に沈黙をやぶるかと思っていたが、城峯加代だった。

「わたし、今日なら薬なしでも眠れそうです」

そういうと、ふふふ、と彼女が笑う。「千夏さんもきっと、タクシーを使ったはずだわ。それくらいのお金は、持ってるはずよね」

一人つぶやいただけだと思ったが、私のほうを見ていたので質問だと気づいた。

「ああ、はい。千夏の家、お金持ちみたいだし。お金で困っているの、見たことありません」

「そうなの」彼女はうれしそうにした。

「でも」と私はいう。「千夏は歩いたかも。ひとりでタクシーは、ちょっと」

「そっか……対人恐怖」すぐに暗い顔になった。

妙な会話だと思ったのか、運転手が鏡越しに、ちらりと後部座席を見た。ちょうど赤信号に引っ掛かる。

「それより」と私はいった。一度、運転手を気にしてから、「大丈夫かな」と続ける。病院は私達がいなくなったことに気づいてあわてていないだろうか、という意味をこめた。

どうやら城峯加代は理解をしたらしく、「だれからも連絡ないし、まだ気づいていないと思うけど、まあ、あとで怒られるのは確実でしょうね。……巻き添えにしちゃってごめんなさい」

「そんなっ」首をふる。巻き添えというなら彼女こそがそうだ。それに私自身も後悔はしていない。もし千夏を連れて帰れるのならば、いくら怒られてもかまわない。

「ええと、あのですねえ」と運転手がいった。

はい、といったのは、ほぼ同時だった。いつのまにやら、どこかの商店街の中を走っている。もっともこの時間であるから、明かりがある店はない。

「公園の北門でよかったですかね。あの公園は暗いし、ぶっそうな世の中だしね、住宅街に抜けるなら南門までまわりますけど」

親切心なのか、料金の吊り上げが目的かはわからないが、運転手はそういった。

「北門で」どちらでもかまわないので、城峯加代がそういった。

少しして、車は停車した。多くの信号に足止めされたが、乗ってから二十分もかからなかったように思う。慣れた手つきで城峯加代が支払いをすませた。私も財布を出そうとしたのだが、彼女が止めたので素直に甘えたのだ。大人の手つきだった。

3

タクシーから降りると、静かな夜にかこまれた。

目のまえには、サンパークと石彫りされた公園があった。門から延びるレンガ造りの道に、点々とL字の電灯が続いている。その明かりが、ぼんやりとその公園を照らしていた。

「運転手は、反対側が住宅街っていっていたわね」城峯加代がいった。寒そうな声だ。風が入らないように襟をにぎっている。

私はひとつうなずいた。北門というらしいこちら側にも、民家がまったくないというわけではないが、南門という反対側のほうが住宅は立ちならんでいるのだろう。私の実家も密集した住宅街にあるから、そこの景色を想像してみた。

見まわしてみたところ、こちら側にはアパートらしい影はなかった。なので私達は南門へ抜けることにした。

レンガの道を歩く。周囲に目をやると、古びた遊具がならんでいる。レンガも所々ががたついているし、ハイヒールならば踵がはまってしまいそうな溝もある。なるほど、「笑えるだろ」と彼がいっていた意味がよくわかる。間違いなくここが彼のいっていた公園だ。冬場なので街灯に群がる羽虫は少ないが、ここで遊ぶ人の数よりはずっと多いだろう。

南門の近くに、黄色いテープでかこまれた場所があった。よく見てみると、そこは小さな住居らしく、それが横にみっつならんでいる。どんな人間が住んでいるのか、私にもすぐにわかった。

「ホームレスのかたが住んでいるみたいなの。亡くなったのは、そのうちのひとりだってニュースでいっていたわ」

城峯加代が教えてくれた。しかし殺人事件だといっていたから、亡くなった、のではなく、殺された、が正しいのだろう。そう思うと、少しこわくもなった。この公園は暗い。昔から、その類の話が苦手だ。

南門から出て、あたりを見まわした。運転手のいった通り、こちらのほうが住宅街とよぶにはふさわしかった。左右に道が延び、家々が連なっている。

困ったように城峯加代が吐息をついた。「アパート、ないなあ」

確かに、平屋は目立つが、背の高い建物は、このあたりにはない。

「近くといっても、このへんかどうかわかりませんもんね」と私はいった。

それもそうよね、と彼女は肯く。「向こう側から、探してみましょう」道の左手を指さした。

道の先にアパートはいくつかあった。彼が、ぼろアパート、と表現していたので、古いものを優先的にあたり、扉や郵便受けを確認する。しかしどれにも、カズ、という文字がふくまれている名前は見当たらない。そして中には案の定、住居者の名前がいっさい書かれていない厄介なアパートもあって、その度に城峯加代は、ここかもしれないのにな……とやりきれない声を出していた。

「このあたりは、こんなものね」

しばらくして、私にいったというよりはひとり言のように城峯加代がいった。確かにこれ以上進めば、近く、という表現かどうかわからなくなってしまう距離まで来ていた。

「一度公園までもどって、反対側も探してみませんか」

と私はいった。城峯加代は賛成の色をみせる。手応えは未だに感じられないが、少しもあきらめるようすはない。さっそくふたりで路地をもどりだした。

夜道の先に千夏の幻を見た。彼女は、こないで、という風に口を動かして奥の闇に消えていく。幻だと自覚しているのだが、追いかけたくなる衝動にかられる。

「そういえば」と私は呟く。千夏の姿を見てふと思ったのだ。「加代さんは、千夏のこと、どんな人か気にならないんですか？」

「千夏さんのこと？」首をかしげた。「沙奈さんが色々おしえてくれたわ。きっと純粋で優しい人よね」

「そうではなくて、顔つきとか髪型とか……」

ああ、と城峯加代は納得したそぶりをみせた。「それもそうね。どこかですれ違いでもしたらわからないものね」そうだそうだ、とうなずく彼女はどこかぎこちなかった。「千夏さんを止めたいっていうのに必死で、気がまわらなかったわ」

私は少しの違和感はとりあえず気にせず、「優しいんですね」といった。千夏を止めたいという言葉がうれしかったのだ。

「ふふふ、じゃあ、おしえてもらえるかしら。どんな人？　かわいい？」

「千夏は美人です。髪がながくて――」

そこまで話した時、音が鳴った。急なことだったのでふたりとも肩を跳ねさせて驚く。すぐに携帯電話の音だとわかった。メロディではなく業務的な音だ。自分のものではないので、鳴っているのは城峯加代のほうだろう。彼女はポケットに手をいれて機体を取り出した。雪のように真っ白いものだった。

彼女は液晶画面を見て、「お母さん」と呟く。それを聞いて、ぽつりと焦燥感が生まれる。電話は母親かららしかった。こんな時間だ、それはどういうことか理解できる。

彼女は画面をしばらく見つめ、鳴り続ける携帯電話をポケットにしまった。

「病院から、連絡があったのかも」と彼女はいった。

「ばれちゃったかな」

「そうかもしれない」

それ以外は考えられなかった。病院を出てから二時間弱がすぎようとしている。そのあいだに巡回があれば、気づかれてもおかしくない。焦りからくる倦怠感が身体にのしかかった。

携帯電話はしつこく鳴っていたが、しばらくして急に黙った。

「もう少したってからだと思ったんだけどな」悔しそうに彼女はいった。

「どうしよう」眉を下げる。私の母親が知るのも時間の問題だろう。いや、すでに知っていて今にも電話がかかってくるかもしれない。

「せめて公園の近くだけでもまわりたいわ。ここまできたんだもの」

私はうなずいた。それはそうだ。千夏が近くにいるかもしれないのだ。あと一歩で、彼の安否も確かめることができるかもしれない。

「警察にでも通報されたら大変だわ。急ぎましょう」

私達は歩調を早めた。城峯加代は携帯電話をふたたび出して、メールをうつかのように文字盤を押している。母親に、心配しないで、とでも送るのだろう。それを見ていて、私もそうしたほうがいい気がしてきた。こちらも母親に大丈夫だという旨を送信した。

「もしアパートが見つからなかったら、どうしますか」と私は訊いた。住人の名前がない部屋は、予想よりも多かった。あきらめの顔を見せない城峯加代と違い、私は、「見つからないかもしれない」と少し考えはじめているのだ。なにからなにまで頼って申し訳ないが、私の頭には、「千夏が帰ってくるのを待っているしかない」それくらいしかなかった。

彼女は携帯電話をしまって、「そうね」と呟く。「明日はもう、抜け出せないでしょうしね」

とため息まじりにいった。

城峯加代はしばらく考える仕草をしたあとで、「彼の職場に連絡はできないかしら」と私の顔を見ていった。「明日は水曜日だから、ふつうなら美容室は営業しているはずよね。電話でもかければ、少なくとも彼の安否はわかるし、あわよくば千夏さんのこともなにか聞けるかもしれない」

私は、そうか、という風に拳をにぎった。しかし、あ、と小さな声を出してすぐに力をゆるめる。「でも私、彼の職場、わからないんです」

城峯加代は私の肩に手をのせた。「場所はわからなくてもいいの、美容室の名前はどう？　それだけわかれば、電話番号がしらべられるわ」

「名前……」呟く。

「千夏さんと彼、美容室の話、してなかった？」

私は目線を左上にあげて考えた。美容室の話を——彼はしていた。それも千夏にではなく、私と会話をしている時だったからおぼえている。しかし……

「思い出せない」と私はいった。

「よく考えて」肩をゆする。

「英語……だったかな」英語？　いや、違う。「ううん、フランス語」

目をとじた。そして彼の声を思い出した。

──俺の美容室……っていうんだ。オーナーはパリで修業した人でさ、素敵、が口癖でうけるんだよ。こんどこいよ、フクロウの看板が目立つから、すぐわかるぜ。

「フクロウの看板」目をあけていう。あのあと場所も教えられたのだろうが、行くこともないだろうと思い、まったく集中して聞いていなかった。今さら悔やまれる。

「ふくろう？　猛禽類のよね」と城峯加代が私の顔をのぞいた。

「だと思う」

「名前はわからない？」

「名前は……」

私はもう一度目をとじた。

──俺の美容室……っていうんだ。……っていうんだ。……って。

頭をかかえた。そして、「ごめんなさい」とあやまる。どうしても名前が出てこない。深いため息をつく。吐息は白かった。

城峯加代は髪をくるくると指に巻いた。「フクロウの看板、か」

「これだけじゃあ探せませんよね」

むずかしいわね、と彼女はいう。少なくても時間がかかる、ともいった。今すぐにでも千夏を止めたいであろう彼女はやるせない表情をしている。もしもアパートが見つからなかった場合は、待つ以外の手段を失ってしまうのだ。

――いやまてよ。私はこの瞬間、あることを思い出した。その職業には死ぬまで縁はないと思っていたのだが、なぜか今はそれこそが必要な気がした。景色がきれいな角部屋が空いている病院を探してくれるのだから、フクロウの看板の美容室も探してくれるのではないだろうか、そんな期待の芽がひょっこり顔を出したのだ。

「加代さん、探偵さんなら見つけられるかも」と私はいった。「昨日病室にきていたの、探偵さんでしたよね」

城峯加代は目を見張り、なんともいえない声を短く出した。そして、それから何度かうなずきながら、「そうか、そうよね」と声を出した。はじめて役に立つことがいえた気がする。

「お金はあまりないけど、必ず払いますから、もしアパートが見つからなければ、依頼してもらえませんか？」

「ええ、その時はお願いしてみるわ。きっと美容室を探すくらいなら、時間もお金もそんなにかからないわよ」

ふたりでうなずいた。まえを見据えて、それからしばらく無言で歩いた。なににしても、今はまずアパートを探さなくてはならない。今にもふたたび携帯電話が鳴りそうで、気持ちは焦るばかりだった。

少しして、私達は暗い公園にもどってきた。真夜中を迎え、園内の雰囲気はますます寂しさを増している。その淀んだ空間は、公園という箱にとじこめられているようにも見えた。

「お姉さん、こんな遅くにどうしたの？」

ちょうど入口のところまできた時に声がした。ふたりで同時にふり向くと、公園の中から男が姿をあらわした。どうやら暗くて、見えてなかったらしい。私達が警戒の色を見せると、「物騒だから気をつけたほうがいいよ」と男は笑った。

私は男の頭から足元までを顔を動かさずに一瞥した。背は私達よりも高く、細身でありながらもなかなか体格がいい。うっすらと黒い肌が、街灯に照らされている。そんな姿を見て、私はどこか違和感があった。大人のなりはしているが、不思議と顔には幼さが残っているのだ。見かたによっては私よりも若く見える。

「ありがとう」城峯加代がいった。「それよりも、あなたこそ学生でしょ？　もう遅いし、帰ったほうがいいわ」

彼女は私と同じ違和感を感じたらしく、男のことを学生といった。

男は髪の短い頭をごしごしと掻いた。表情を見るかぎり、図星のようだった。「いつもはもっと年上に見られんのにな」と苦笑いする。「高校生？」と私が問うと、男は仕方なさそうにあごをひいた。

「説教はかんべんな。もう帰るとこだからさ」男はポケットに手を入れた。高校生とわかってしまうと、たちまちそうにしか見えなくなる。冷静に聞けば、口調もまだ若い。

「それよりお姉さん達はなにしてんの、なんか困った顔してる」

「ええと」と彼女は渋った。それから、一応といった風に「ちょっと人捜し」とこたえる。

相手は反応を見せた。「まじまじ？　それなら俺、このへん詳しいって」自分を指さす。

そうか、と思った。この住宅街に住む人ならば、このあたりに詳しいのは当然だ。それなら、近くのアパート、そして、名前にカズがつく美容師の男性、それらを訊いてみる価値はある。あやしい奴だと警戒したが、逆にこれは思わぬ助っ人かもしれない。

城峯加代が私の顔を見た。「尋ねてみる？」の表情に見えたので、とりあえず顔を縦にふった。

「なになに？　だれ捜してんの？」

にやにやしながら男が一歩詰め寄ったので、反射的に身をひいた。もともと男性は苦手なのだ。避けられたにもかかわらず、男はなぜか楽しそうな顔をしていた。

「曖昧なのだけど、カズがつく名前の美容師を捜しているの。この近くのアパートに住んでるはずなんだけど、心あたりないわよね」城峯加代が訊いた。カズが名前かもしれないし名前の一部かもしれない、と補足する。

「カズ……か」男はまた頭を掻いた。とりあえずまじめに考えているような表情は浮かべている。

その時、公園の中からもうひとり男が出てきた。短髪の男の知人らしく、「なにしてんだよ」

と背中を叩いて訊いてきた。肥満体型で身体は大きいが、こちらの男は見るからに高校生といった雰囲気をしている。

城峯加代がなにかをいおうとしたが、先に短髪の男が口をひらいた。早口で事情を説明している。知人の男はうんうんとうなずいていた。

「いくつくらいの？」事情を聞いた男がこういった。城峯加代が私を見たので、「三十歳」とこたえる。

「それ、あいつじゃあないかな」太った男がいった。ほら、と短髪の男の肩をいくつか叩く。すると相手も、あ、と反応を見せた。

「知っているの？」城峯加代が身体を乗り出して声を出す。

「カズさんか」と短髪の男が太った男の顔を指さした。「美容師のカズさんだ」

太った男は自分が思い出したにもかかわらず、だれだよそれ、という風に笑って、「そうそう」とうなずきながらふたたび男の肩を叩いた。

「カズさん？」と私は呟いた。

短髪の男が道の先を指さした。「俺の兄貴の知り合いなんだ。向こうのアパートに住んでる。確か、三十歳で美容師だ。職場とかフルネームもわからないけど、そうじゃないかな」

私達は顔を見合わせた。心のどこかで期待はしていたが、まさかと思っていた。本当に知っているとは。

「でもそれって、千夏さんの彼なのかしら」

「さあ」とかしげる。「でもそこまで条件にはまった人がそういるとは……」

太った男が手招きをした。「行けばわかるんじゃないの」

確かにその通りだ。私達は互いに一度うなずいた。「じゃあ案内、お願いできるかしら」と城峯加代がいうと、高校生のふたりは頼もしく親指を立ててまえを歩き出した。

いくつか道を折れて、入り組んだ路地の中へと入っていく。公園から出て右手に歩いてきたのだが、こちらのほうが密集度は高いように思える。立ちならぶ住宅の一界隈には喫茶店らしき看板をかかげる民家もあった。場所柄から不自然だが、『鈴の音』というその喫茶店の造りは住宅街に馴染んでいた。もともとはふつうの住居で、それを改築したものかもしれない。

これだけ家があっても、この時間だからか、どこの家も明かりは消えてしまっている。もしこのまま彼のアパートが見つかったとしても、もちろんその部屋の明かりは消えているだろう。ならば、玄関ブザーを鳴らすか扉を叩くかして、迷惑な客にならざるをえない。それは仕方がない。だが、もしそれでも彼が出てこなければ私達はどのように解釈をすればいいのだろうか。そしてもし、彼と千夏がふつうに仲直りをしていれば、私はどんな顔をすればいいのだろうか。きっと城峯加代なら、彼が不在でも明日から自分にできることを考え、千夏と彼が仲直りをしていようが、ここまできた苦労や心身の苦痛を話すこともなく安堵の笑顔をつくるだろう。それがいいかもしれない。私も……そうしよう。

しばらく止んでいた冬の風が、路地を這うように流れた。所々の枯れ葉が渦を巻いて舞いあがっているのが見える。まえを歩く高校生ふたりが、さみい、と若々しい声を出した。私はそれが、あまり好きな声ではなかった。高校生の時に私をいじめていた連中が、ちょうどこんな声をしていた。視線が重なっただけで他人と争いをし、自分より有能だったり目立ったりする人間に理不尽な悪意を持っては、陰口や陰湿な暴力でおとしいれていた、そんな連中の声だ。

そんな声を聞き、何度か逃げ出したくなった。しかし、千夏に会えるかもしれないとなると、そうもいかない。ふたりのあとについていくしかないのだ。

「捜してる人ならいいね」と短髪の男がいった。

「ええ」城峯加代がこたえた。「もしそうなら、本当に助かるわ。こんな遅くにごめんなさいね」

いいって、と太った男がこたえた。髪をかきあげたが、あまりいけてなかった。

「お礼にキスしてくれよな」にやにやしながら短髪がいう。かきあげる髪はない。

「それはできないけど、そうね、なにかお礼がしたいものだわ」すまして彼女はこたえた。

ふたりが顔を見合わせて意味ありげに笑う。真意の見えない面容だった。

つぎの角をまがった時、二十代前半だと思われる男性と鉢合わせた。高校生のふたりは補導でもされると思ったのか、私達を保護者だと思わせるように身を寄せる。男性はちらりとこちらを見てから、高校生には目もくれず、すぐに城峯加代に視線をやった。そして男性はなぜか、しばらく彼女を見る。確かに彼女は魅力的な女性だが、やけにじっと見据えていた。すれ違ったあとも、私がふり返ってみると男性もふり返っていた。よほど惹かれたのかもしれない。しかし当の城峯加代は携帯電話を眺め、見られていることにも気づいていないようすだった。

彼女がしているように、私も携帯電話を眺めた。メールはしておいたものの、それぞろ私にも連絡があっていいはすなのだ。

「あ」と声を出した。見ると、着信はちゃんと入っていた。液晶画面に『不在着信4件』と表示されている。すべて実家の電話番号からだった。そういえば音が鳴るように設定していなかったことを思い出す。病院を出てそのままだった。なかなか鳴らないはずだ。

「入ってた?」横から城峯加代が小声で訊いてきた。もちろん、電話が、という意味なので、あごをひく。「そう……」と、彼女は吐息をひとつついた。

――電話が鳴った。さっきも聞いた業務的な音だ。今回ももちろん私のものではない。城峯加代はすぐに液晶画面を見た。ふたたび親からの着信かと予想したのだが、母親の時とは違い、彼女は怪訝な顔をしている。高校生のふたりは一瞬だけふり返ったが、すぐに向き直った。もはや高校生はもちろん、義務教育世代にとっても携帯電話がめずらしい時代ではない。

彼女は何秒か見ているだけだったのだが、やがて携帯電話を耳にあてた。出ないだろうと考えていたので、私は少々おどろいた。

「もしもし」悪いことをした子供のようにばつの悪い声を彼女は出した。

「お前の母親から連絡があった。どういうことだ」

通話音量を大きく設定しているのだろう、男性の低い声がした。怒気をはらむというよりは、状況を把握したいといった声だ。まえを歩くふたりには聞こえていないかもしれないが、横を歩く私にははっきりと聞こえる。

私は直感した。彼女の父親から電話が入るわけがない。ならばこの声こそ、話に聞いている刑事の彼ではないだろうか。付き合いは長いらしいし、娘になにかあれば信頼する刑事に連絡をすることは不自然ではない。母親から連絡を受けたといっているし、その確率は高いはずだ。

「どういうことだ」ともう一度聞こえた。「なぜ外にいる」

「それは」口ごもっていた彼女がやっと言葉を口にした。「説明すると、少し長くなるの。今は話せない」

「なにをいっているのさ、君は病院を抜け出しているんだ、そうですかと納得するわけがないだろう」

「急いでいるの。もうすぐ帰れるわ。帰ったら必ず説明する」早口で、しかし小さな声で彼女はいう。

「もう夜中だ、なにかあったらどうするんだ」

「大丈夫。お願い。私には、とても大事なことなの」

「どこにいるんだ」

「ごめんなさい、切るわ」

男性はまだなにかをしゃべっていたようだったが、それも中場で途切れ、通話後の連続的な効果音に変わった。ごめんなさい、と、もう一度彼女はいった。

「もしかして、刑事の彼からですか」

私は訊いた。彼女は予想通りの反応をみせて吐息をつく。私も似たような気分だった。偶然だとしても、警察がひとりでもからむとバスジャックでもやらかしてしまったような気分になってくる。生中継と表示されたテレビ画面に、今にも私達の姿が映し出されそうな感覚だ。

私は見上げてみた。まさか中継のヘリコプターが浮かんでいるはずもない。はずもないのだが、少しほっとした。

4

「ついたよ」

太った男が立ち止まっていった。

右手にまっ白い二階建てのアパートがあった。小さいがお洒落な造りだ。細い路地を挟んだ反対側には古い町工場らしい建物があるので、昭和と平成が向き合っているように見える。

おかしいな、と思った。ここは、彼のアパートではない。

わたしのようすに気が付いた城峯加代が、「沙奈さん?」と訊いてくる。

「三階建て……だったような」

「そういってたの?」

「ああ、はい」

低い笑い声を耳にした。高校生のふたりだった。

「お姉さん、ちがうちがう。行くのはこっちだよ」と短髪の男が指をさした。それはアパートの反対側の町工場だった。

「どういうこと? そこはアパートじゃないわ」城峯加代がいった。

ふたりがまた、意味ありげに笑った。いやな予感がまとわりつくような、不気味な笑いだった。城峯加代は事情を訊こうとしてなのか、彼らに近寄る。しかしそうするべきではなかった。私達はすぐに走り去るべきだったのだ。気がつけば、ふたりは刃物を手にしていた。太った男が城峯加代の、短髪の男が私の腹部に刃先をあてている。折りたたみ式の小型ナイフだ。この闇夜でもぎらりと光沢している。数秒のあいだ、息が止まった。

「大きな声を出したら、刺すよ」と、耳もとで声がした。「俺達のいうこと聞けばいいから」

「あなた達……」小さな声で城峯加代がいった。

「カズだっけ? そんなやつ知ってるはずないだろ。馬鹿じゃん」太った男がいった。「早く入りなよ、みんな待ってる」

「みんな?」

私は細い声を出したが、ふたりには聞こえなかったらしい。うすら笑いを浮かべながら私達のうしろにまわり、町工場のほうへと身体を押す。

「入れよ」と乱暴にいわれたので、私がまず扉をあけて入った。

入るとすぐに、みんな、の意味がわかった。薄暗い工場の中にはランプのようなものが置かれていたので、その明かりによって四人の男の姿をとらえることができた。座っていたようだったが、一斉に立ち上がる。全員、学生のようにみえる。

空気が埃臭かった。見るかぎり、すでにつかわれていない施設だとわかる。きっと鍵があいたままになっているので、たまり場になっているのだろう。

男たちがそれぞれの歩調で近寄ってきた。足もとからぞわぞわと不安がのぼってくる。かこまれると、寒さからではないふるえで身体が揺れた。

「おおー、かわいいじゃん」一際背の高い男が私たちの顔をのぞきこんでからいった。工場内は声がよく響く。

「だろ。サンパークで捕まえた」太った男がこたえた。

城峯加代はもちろん、私もすでに理解できていた。単純に、嘘だったのだ。この場所へと連れてくるための口実だったのだ。

何度かいやな感じがしていた……なのに。すこしでもはやく千夏の所在を確認したくて、判断が鈍っていた気がする。心中を後悔が襲った。

缶ビールを手にした男が肩を組んでくる。「お姉さん遊ぼうよ」うつむいていると、男の手が私の胸をつかんだ。思わず突き飛ばす。男はこけそうになりながら後退し、けらけらと笑った。若者特有の、わざとらしいヒステリックな声だ。

「やめてっ」城峯加代が叫ぶ。

「黙れよ」ひとりの男が彼女の髪をつかんで揺らした。「大きな声だしたら……わかるよね？」彼女の右胸にナイフを押しつける。

男が私に抱きついてきた。つよい力だ。怖くて抵抗できなかった。今にも過呼吸を引き起こしそうで、息が荒くなる。なにを勘違いしたのか、男は、「感じてんの？」と耳元で卑猥な声を聞かせた。

「お金ならあげるわ、だからなにもしないで」城峯加代は静かにいった。

「んー、お金も好きなんだけど、いまはべつのがいいかなー」城峯加代に刃物を突きつける男が、彼女の頬をなでる。「わかる？」

「高校生が、こんなこと、したら、だめよ」城峯加代が途切れ途切れの声を出す。恐怖心がまったくないはずがない。

「そうですね先生」と男のひとりがふざけた。「僕は先月退学になりました」と笑う男もいた。どうやら学生だけではないらしい。そんな輩は、ますます後先を考えないだろう。

「わかったわ」城峯加代が泣きそうな声でいう。「わたしがいうことをきく。その子にはなにもしないで」

彼女は震えている。私はだめといいたかったが、声にならない。

何人かが手をたたいた。「おー、えらいえらい」とひとりがいった。

この声のあとに、彼女は男にかこまれた。

叫びたい。でも声が出ない。私はぺたりと床に腰をおろした。

――その時。

なにか大きな音を聞いた。入口のほうだ。

すこし沈黙が流れたあと、「だれだよテメェ」と男のひとりが野蛮に吠えた。

出入口の錆びた扉がひらいていた。いま聞いた大きな音は、いきおいよく開かれた音だったらしい。

「警察だ」と声がした。

男だ。ふたりいる。ドラマで見るような警察手帳を手にした男性が、ならんでいた。もちろん見たことのない顔だ――いや、片方の若い男性は、どこかで……。いやそれよりも、警察がなぜここに……

そんなことを考えていると、「刺すぞてめえ」と、またたれかが吠えた。

警察官がいう。「やれるものならやってみろ。本当に刺す度胸があるかどうか、それくらいすぐにわかる。その刃物がおもちゃだということもな」

「――ざ、ざけんじゃねえぞ」

男がひとり、ふたりに近づいていき拳を振り上げるのが見えた。若者らしい、俊敏な動きだ。しかし、早くも床に転がっている。警察官のひとりが腕をひねっていた。子供をあやすような手つきだった。

「倉田、通報はしているな」もうひとりがいった。

「とっくに」倉田というらしい警察官が首肯する。「すぐに機捜がくるでしょう。いや、交番の警官が早いですかね」

「かもな。――さて」長身の警察官がまえにでた。「喧嘩したいやつは、いまのうちにこいよ」人差し指を挑発的に揺らす。冷静だとも怒っているともとれる声だ。

挑発に乗った男がひとり飛びかかったが、すぐに太った男と共に床に転がった。なにをされたのか、顔面を両手で押さえている。

「警察官を格闘技のプロだと思ったら大間違いだ」彼は関節を鳴らしてからいった。「警察学校は殴り合いからはじまる。卒業するころには、どんなにおとなしそうなやつもすっかり喧嘩のプロだ」

残った三人の男たちが後ずさりをはじめる。床でもがく仲間を見て、もはや向かっていく者はいないらしい。「俺は関係ねえ」と訴える者もいた。

ちょうど、扉の向こうが赤く染まった。あの独特な朱色はパトカーの赤色灯だ。あきらめたようなうなり声をだれかがもらした。

入ってきた数人の警察官は、じつに手際がよかった。暴れてわめく若者達を流れるように連行していく。そんな中、私はいまだに腰を上げられず、短い時間内に起きた様々なことを放心状態で眺めている。

「大丈夫ですか」と倉田刑事に声をかけられ我に返った。刑事だということは警察官同士の会話でなにげなく耳にした。彼は先ほどとはだいぶ違う雰囲気をしている。どこか緊張しているようでもある。

私は、はい、というつもりだったが、声にはならず口だけが動いた。唇がまだふるえている。肩をささえられて立ち上がる。横を見ると、長身の男性が同じように城峯加代をささえていた。彼も刑事らしい。竹内とよばれていたと思う。皆の態度を見ているかぎりでは、少なからず階級が上の人らしかった。冷静になってから見ると、スタイルがよく整った顔立ちをしている。警察というより芸能人のようだ。

「君も『星見苑』の患者だね。桃井沙奈さん」

竹内という刑事がいった。私は、どうして知っているのか？　という顔をしたらしく、彼は、「私は加代の知人です。あなたたちがいなくなったことを、彼女の母親から聞きました」と続けた。そこで私はわかった。おそらく城峯加代をささえている男性は、彼女が好意を寄せる彼だ。しかしなぜ、その彼が……

「はい」いくつか疑問があるものの、とりあえず頭を下げる。「ごめんなさい」

顔を上げると、竹内刑事は私の目をみつめた。「なにより無事でよかった。そしてもちろん悪いのはあのガキ共だ。――しかし、この事件は、君達が病院にいれば起こらなかった」

さんざんな結末に、私はふたたびあやまるしかなかった。

「いったでしょ、私が沙奈さんを連れ出したの」

城峯加代が口をはさんだ。どうやら私が放心しているあいだに少しは言葉をかわしたらしい。

「悪いのは私よ」

「ああ、悪いのは君だ」と竹内刑事はいった。多少の怒気が感じられる。「心を病む患者に、さらに苦い記憶を植えつけるところだった。おまえらしくもない」

叱られる彼女を見て、声を出す。「違います。加代さんは私のために連れ出してくれたんです。私の友達を心配してくれて、それで……」

竹内刑事が私を見た。「なにかあるのはわかってるさ。しかしここまでする必要があったのかな」

「人を……」私は話そうと思った。どの道、つぎは説明をもとめられる。「私の友達が人を殺すといって、病室からいなくなったんです」

え、と倉田刑事がいった。竹内刑事も少々目を見張る。私は続けた。

「刑事さんは知ってるでしょ。加代さんは殺人を嫌っています。だから、いてもたってもいられなくなって……。加代さんには、ここまでする必要があったんです」

なぜか泣き声になった。「寒空の下を歩くだけで千夏さんを加害者にしなくてすむなら安いものよ」と口にした彼女を思い出したからかもしれない。

竹内刑事は城峯加代を見てひと息ついた。そして話をまとめるように、目をとじてこめかみを指先で小突いた。

「友達が殺人をほのめかしていなくなり、行った先がこのあたりだと知っていた。だから君達はここまできた。つまりこういうことかな」

「知っていたというより、予想ね」城峯加代が静かに補足した。「その子は恋人を殺すっていっていたみたいなのだけど、その恋人が、自宅はサンパークという公園の近くにあるアパートだって話していたみたいなの」

「なるほど、それであのガキ達に会ったんだな。知ってるとでもいわれたんだろう」

「ええ」彼女は嫌なことを思い出したように顔を歪めてあごをひいた。

竹内刑事が彼女の背中をさするのが見える。君のせいだ、と厳しいことはいっても、優しさがにじんでいる。

刑事ふたりはこのあといくつか質問をしてきた。その問いに私と城峯加代が交互にこたえると、彼らはだいたいの事情を把握したらしかった。

「あの病院も病院だな」と、竹内刑事は吐息をつく。ひどくあきれたようすだ。理由を知ると、私達を責めることはもうしなかった。

静かな住宅街を歩きはじめた。病院まで車で送ってくれるらしい。

「どうにかならないかしら」歩きながら城峯加代がいった。千夏のことだ。

竹内刑事は腕を組んだ。「そうだな。捜索願いは友人でも出せる、が……そのまえに、一応、千夏さんとやらの親をあたってみるか。ほっとくなんてどうかしてる」

「ごめんなさい、事件があるのに。あなたに迷惑はかけないつもりだったのに結局は」

彼女が頭を下げたので、私もお礼を口にした。本当にありがたかった。今ならば、警察を税金泥棒と揶揄する輩に私ひとりでも抗議ができる。

「気にするな、休憩時間を使うさ。まあ、なにかの縁だな」彼はあくびをひとつした。「ええと、名前はスズキチカさんだったたな」

「え？　ええ」城峯加代はとまどいながらうなずいて、顔を伏せる。先ほど、竹内刑事にはじめて千夏の名前を教えた時も、ちょうどこんな風に逡巡していた。

「頭を悩ませる鈴木がふたりか……」竹内刑事がそう呟く。城峯加代は顔を伏せたままだ。

私は彼女に理由を尋ねようかと思った。だがしかし、それよりも先に解決しておくべき疑問を思い出して、「あの」と竹内刑事に声をかける。いついい出せばいいのか考えていたことでもあった。それぞれが一斉に私を見たので少し緊張した。

「刑事さん達は、どうしてあの場所にきたんですか？　偶然ですか？」

ああ、と竹内刑事はいって不思議そうに片眉を上げた。ちらりと城峯加代を見る。彼女はくすくすと笑った。

「やだ沙奈さん、さっき聞いてなかったのね。説明してたのに」

「え」と私はいった。本当に記憶がない。どうやら放心しているあいだに、そのわけを竹内刑事は私達に説明したらしかった。確かに考えてみれば、それについて城峯加代がなにも尋ねないはずもない。

「まあ混乱していましたしね」倉田刑事がいきなりフォローしてくれた。やはりどこか緊張した口調だ。

「そうだな」竹内刑事がうなずいた。そして、「偶然といえば偶然だったさ」と続ける。

「そうなんですか？」

「詳細はいえないが、サンパークで起きた殺人事件の捜査のために、このあたりにいたのさ。しばらくして腹がへってきたので、倉田に駅のほうのコンビニまで買い出しをたのんだ」

「だめよ、部下とはいえパシリみたいに」城峯加代が割りこむと、「いや、じつは腹がへったのは僕だけなんです」と倉田刑事が頭に手をやり白状した。気にせず竹内刑事は続ける。

「その途中、倉田は加代を見かけた。いや、らしき人物だな。まさか若い男と夜中に歩いているとは思わない」

　私は記憶を反芻し、思い出した。高校生ふたりと歩いていた時、すれ違った男性がいた。その男はやけに城峯加代を見つめていたのだ。きっと倉田刑事は城峯加代と面識があり、病院にいるはずの彼女がなぜ夜道を若者と歩いているのだろうと不思議に思い見ていたのだろう。そうだ、どこかで見たことがあると思ったら、あの時だ。どうも既視感があるはずだ。

「倉田はまさかと思ったらしいが、一応、私に連絡をくれてね。それがよかったのさ。その頃、私もある連絡をうけていた」

「加代さんの……」と私がいうと竹内刑事があごをひいた。母親から城峯加代がいなくなったという連絡があったのだろう。

「正直、まさかこの付近にいるとは考えづらかったが、とりあえず倉田に追うようにたのんだ。そして倉田は君達があの中に入っていくのを見た。あんな場所だ、少なくとも犯罪の臭いがする。それを聞いて私もすぐに向かった。合流すると、中に入ったというわけさ。出会ってみると、案の定だ」

　流れるような説明で、疑問はやっと晴れた。運がいいのか悪いのか、わかりづらい状況だったらしい。私は肩の力を抜いて、「ありがとうございました」とあらためて頭を下げる。警察も大変だ、と労いの気持ちがわいた。

　竹内刑事は手をふった。そして親指を倉田刑事に向ける。「彼の手柄が大きい。よく加代に気づいた」

そういうので、私は倉田刑事にも頭を下げる。するとなぜか敬礼を返されたので、私は少し笑ってしまった。ずいぶんひさしぶりだと感じられる、自分の笑い声だった。

5

サンパークの北門に私達は立っていた。倉田刑事が車をここまでまわしてくれるらしい。竹内刑事は少しはなれたところで携帯電話を耳にあてていた。さっきの件で、色々と手続きがあるのだと思う。

「ごめんなさいね。恐かったでしょう」城峯加代がいった。

「ええまあ……」でも、と私は続ける。「もともとは私の責任です。千夏の話、加代さんにしたから」

「でも病院から連れ出したのは私よ。あの人のいう通り、病院にいればなにもなかった」

「私はうれしかったですよ。私の悩みを真面目に聞いてくれて、わざわざここまで連れてきてくれて……。今日は千夏、見つからなかったけど、竹内さんも力になってくれるみたいですし、きっと見つかります。そんな気がします」

「ありがとう」彼女はほほえんだ。そして、千夏さんも彼も無事でいてほしいわ、と空を見上げた。

「そうそう」と私は手を叩いた。「竹内さん、かっこいいですね」

「ええ？」と彼女は照れ笑った。

「優しいし男らしいし、加代さんが好きになるのもわかります」

そういうと、城峯加代はあわてて人差し指を口のまえに立てた。彼のほうを気にする彼女はかわいくて、私は笑ってしまった。いずれ、よいカップルになるような気がする。

「あ」と今度は彼女が手を叩いた。唇にあてていた人差し指を私に向ける、「美容室」

その言葉を聞いて、私も思い出す。見つからなかった場合は、探偵にお願いするという話だ。まさかこの件まで竹内刑事をたよるわけにはいかない。仮にも今だって、捜査中に邪魔をしたのだ。

「お願いできますか？」

もちろん、と彼女はうなずいた。「彼の安否だけでも確認できれば、だいぶ安心するものね。ひょっとすると、千夏さんも見つかるかもしれないし」

まさにその通りだ。私はひとつうなずいた。

「善は急げね」

城峯加代はそういって携帯電話を取り出す。私は、まさか今から電話をするとは思っていなかったので、おどろいた。

「もう真夜中ですよ？　大丈夫ですか？」と私がいうと、彼女は、「探偵は昼も夜も起きてるイメージだから」と不思議な理屈をのべた。じゃあいつ眠るんですか、といいたかったが、私自身も気が急いでいるために黙っていた。

城峯加代は携帯電話を耳にあてた。周囲は静まり返っているので、コールする音が私にもはっきりと聞こえる。

八回ほど鳴った頃に、「氷上です」と携帯電話から声がした。野蛮な声ではなく、よく通る、冷静でまっすぐな声だ。眠そうではないようなので、どうやら本当にまだ眠っていなかったらしい。城峯加代が私を見てにこりとした。つながって安心したとみえる。

「こんな時間にごめんなさい。大丈夫でしょうか」城峯加代は頭を下げていった。こんな時間に、とはよくいったものだ。彼女は意外としたたかな節がある。

「問題ありません」と聞こえた。「探偵には昼も夜もありませんから」

探偵は流れるように話す。彼女のセリフを聞いていたかのような言葉に、私は少し笑ってしまった。

「じつは、また依頼したいことがあるんです」と足早に城峯加代は切り出した。なにか、と相手がいったあとに、「ある美容室を探してほしくて」と続ける。

「髪が切りたいのですか」

探偵は本気か冗談かわかりづらい口調でいう。彼女は冗談だと受け取ったらしく、くすくす笑った。しかし相手の反応はないので、冗談ではないのかもしれない。

「そうではないの」城峯加代はいった。今の髪型は気に入っているわ、と頭を一度撫でる。

「確かに似合っていた」と携帯電話がいった。これも本気なのかお世辞なのかわからなかった。感情のよめない声だ。

ありがとう、と業務的にいってから城峯加代は私を見た。「沙奈さん、話がわかりやすいように経緯を説明したいのだけど、千夏さんのことも話していいかしら」

はい、と私はいった。彼女はうなずいて口をひらく。だが、しゃべり出したのは探偵のほうが少し早かった。城峯加代はその言葉を聞くために黙る。

「近くに詳しい人がいるのですか？」探偵はそういったように聞こえた。

「ええ」と、こたえる。「隣にいるわ」

「でしたら代わっていただきたい」

「ああ」彼女は、そうか、といった風にいくつかうなずいた。「はい、そうですよね」と口にしてから私を見る。聞こえてた？　と訊かれているような気がして、私は相槌をうつ。確かに、わざわざ彼女が話さなくても詳細を知っている私と話したほうがいいだろう。

私は手渡された携帯電話を耳にあてた。「もしもし」

「氷上です」と声がした。聞こえていた声よりきれいだ。周りが少し騒がしいので、どこかの繁華街かもしれない。

急なことだったので、ええと、と呟きながら頭の中で話をまとめ、「実は……」と今にいたるまでの経緯を説明する。顔も知らない男性と話をするのはひさしぶりだったので、何度も話が行き詰まった。私はそろそろ、はやく用件をいえ、とでもいわれるかと思い、はらはらしていたが、探偵はなにも口にせず静かに聞いていた。そんな対応に不思議と心が落ちついてきて、最終的に、私は予想よりもうまく説明できたと思う。

「なるほど。では今は、彼の安否だけでも確認したいがために、その美容室がどこにあるかが知りたいわけですね」

はい、と私はいった。

「シュエットでしょうね」探偵が不思議な言葉を口にした。

「はい？」私は首をかしげる。

「ですから、名前です」

「え？」城峯加代に助けをもとめたかったが、彼女は電話をする竹内刑事のほうを眺めていた。

探偵は続けた。「美容室の名前ですよ。シュエット。綴りはC、H、O、U、E、T、T、E。フランス語です」

「はあ」と私は口にした。未だに理解ができない。

「いいですか」氷上という探偵が向こうで人差し指を立てた気がした。「美容室の目印はフクロウの看板。そしてそこに勤めている彼は、『パリで修業をしていた、素敵、が口癖のオーナー』だといっていたらしいですね。だからシュエットですよ。このフランス語は『素敵』と『ふくろう』の意味があります。きっと素敵という言葉が好きなので、看板にはフランス語にすれば同じ意味をもつフクロウと洒落たのでしょう。確か××市には、偶然にもそんな名前の美容室があります。おどろきです。もちろん、私は看板の柄もオーナーの口癖も知りませんので確実とはいえません。いえませんが、可能性は高いと思いませんか」

渓流のように語られたが、十分に理解はできた。しかし私は、「はあ」と曖昧な声を出す。呆気にとられていた。やはりプロはいるものなのだな、と感心していた。

シュエット――そんな名前だった気がする。たぶん間違いない。いやきっとそうだ。しかし……

「あの、いいんですか？　そこまで教えてもらえると、あとは私達でしらべられます。そしてもし、その美容室だとしたら、結局は私達が探したことになります。そしたら依頼金も……」

吐息が聞こえた。「もともと、その程度の依頼で金銭はいただいていません。今のは依頼というより、ただの悩み相談です」

探偵はきっぱりいいきった。彼なりのプライドもあるのだろうか。探偵の常識はまるでわからないが、もしかしたら失礼なことをいったかもしれない。

一応、「ごめんなさい」といった。病院にいると不便で、ともいう。

吐息がまたひとつ聞こえた。

「そもそも」探偵は相変わらずの調子でしゃべる。「その依頼はレンコンみたいにすかすかだ。それではなにも解決しない。その彼が美容室に出勤していれば安心するかもしれませんが、いなかったらどうするんです。急に休んでる、とでもいわれれば不安になるだけだ」

「そうなんですけど」と私も息をつく。「でも予算があまりないし、これくらいしか……。それはもちろん彼の住所がわかれば一番なんですが、そういうのって高いんですよね？」

二十三歳の入院患者が所持している金額なんて、たかが知れている。命とお金はくらべられないが、後先を考えなければ両親に迷惑がかかる。入院費用でも十分に迷惑をかけているのだ。できればそれは避けたい。

「安いとはいえませんね」と声が返ってきたので、私は肩を落とす。だがこのあとの言葉は意外なものだった。「しかしなるほど、依頼金の問題ですか。それなら大丈夫です。お金ならすでにいただいています」

探偵は、そんな不思議なことを平然といった。

「はい？」またこの人は変なことをいう、と思った。本当に真意が見えない。

「城峯さんからです」

「加代さん？」隣を見る。彼女は少し先で電話を終えた竹内刑事と話をしていた。「いくらです？」と探偵に問う。

「ひゃくまんえん」

「ひゃく……それ本当?」この時ばかりは敬語を忘れた。耳をうたがったが、確かに百万円といったはずだ。

「ええ。ですからあなたは、依頼内容をあらためるべきです。私は依頼人が一番しらべてほしいことをしらべます」

「え?　でも」何度か城峯加代の背中に目をやる。彼女がいつのまに支払ったというのだろうか。

「依頼内容は、彼の住所をしらべる、それでいいですね」探偵はつらつらと話す。「もちろん美容室に出勤しているかどうかもついでにしらべます。これは午前中にでもわかるので連絡をいれます。他の仕事もありますが、住所も夜までにはしらべましょう」

　私は正直、状況を把握しきれなかった。しかし、心に一筋の光が射したことだけはわかった。そして気づけば、「お願いします」と口にしていた。

「引き受けました」

　探偵の冷静な声がした。私は最後になにかいおうかと考えたが、彼はその言葉を口にするとすぐに電話を切っていた。


　耳にあてていた携帯電話をはなすと、ちょうど城峯加代と目が合った。竹内刑事はふたたび電話をはじめていたので、彼女はひょこひょこと小走りで私のところにやってきた。思いなしかほころんだ顔つきで、さむいさむい、と呟いている。

「どうだった？　氷上さん、やってくれそうかしら」

「ああ、はい」訊きたいことがあるが、私はとりあえず、うなずいた。「でも、少し依頼内容が変わりまして」

そういうと彼女は無言で首をかしげた。

「ええと、美容室のことは知ってて。でもその依頼内容じゃ、レンコンがどうとか……」

だいぶ頭が煩雑化していて、頭に浮かんだままを言葉にした。自分でも理解に苦しむので、相手にもきっと伝わっていないはずだ。案の定、彼女はますます怪訝な顔をするだけだった。

私は一度、頭の中を整理してから冷静に説明した。美容室の名前を予想したこと、そしてそれでは意味がないと言及したこと。

「やっぱり氷上さんはすごいな」彼女はやっと首をまっすぐにして内容をつかんだ顔をした。

「それで、住所もしらべてくれることになったってこと？」

「はい……」彼女の顔を見る。ここまで話せば氷上という探偵に支払った金銭のことを切り出すかと思ったのだが、そんなようすはない。

「どうか、した？」私にじっと見られ、よろこぶまえにとまどった表情をした。顔になにかついていると勘違いしたのか、右手で頬や鼻をさわる。

「依頼金のことなんですけど」私はここまでいった。

「え？　うん」私が黙っていると、「もちろん、私も協力したいと思ってるわ」とさらに的外れなことを口にした。

　いよいよ私はわからなくなった。

「氷上さんが、依頼料金はいらないって」

「いらない？　そんなまさか。慈善事業じゃないでしょうに」

「加代さんからもらってあると」

　彼女は瞳を大きくした。しかしすぐに、「からかわないで」と笑う。

「それが本当なんです。百万円だとか」

「ふふふ、それはたいそうなお金ね」

　城峯加代はすっかり冗談だと思っているようすで首をふった。嘘をついているようではない。

では、あの探偵はなんのことをいったのだろうか。

　私はひとりで考えこもうとした。すると急に、「ああ」と城峯加代が声を出した。手をあご
にあてている。まさか、といった感じの顔だ。

「百万円……か。あれ、かな」

「払ったんですか？」

　彼女の顔をのぞくと、まさか、と笑われた。「昨日払った依頼料金をね、一万円だけ多く払
ったの。病院をしらべてもらった件ね」

「一万円？」

「そう」その時を思い出すように空中を見た。「彼、そのことに帰る途中で気づいたらしいんだけど、わざわざ病室まで返しにきてね。すごいでしょ？　でもまあ、それでも私は受けとらなかったってわけ」

「はあ」それでは話の筋が通らない。それをいうと彼女は続けた。

「私は入院中だし、氷上さんは、一万円でも百万円の価値がある、なんていってなかなか帰らなかったのだけど、そこは私の根気勝ちね」

――では次の機会がありましたら百万円引きにします。

探偵はそういって帰って行ったらしい。もちろん彼女は冗談としか受けとっていなかった。

「あれ本気だったのね。わからない人だわ」得しちゃった、と舌を出す。竹内刑事がいるからなのか、彼女はおちゃめな一面を見せる。

なるほど、と何度かうなずいた。あの探偵なら、そんなことを平然といいそうな気がした。

感情は把握しづらいが、彼は優しい人だと思う。美容室の名前の件にしても、理由をつければいくらでも請求できたはずなのだ。

「じゃあ、本当に加代さんのおかげなんですね。ありがとうございます」百万円なんておどろきました、と添える。

「私のほうこそよ。これは彼の好意だし、お礼なんていいわ」

とにかくこれで、彼の住所がわかる。まだなにも解決してはいないが、私はどこかほっとした。

「明日、いや、日付は変わってますから、もう今日ですね。千夏も彼も無事ならいいけど」

「ええ、本当に」彼女はまじめな顔でいった。

竹内刑事が電話を終えて歩いてきた。ちょうど、まえに止まった車から倉田刑事も顔を出す。

つめたい風に背中を押されて、私達は車に乗りこんだ。

鈴木真里　4

1

おぼろげな意識の中で、夢を見た。昨日と同じ夢だ。ひとりの男が、視界の中央に立っている。ひどく不機嫌な顔をしていたが、私が、「嘘だったのかよ」と叫ぶと冷笑を浮かべた。こんなばかなやつは見たことがない、そんな面容だ。

――信じるのがおかしいだろ。おまえ、自分のことまったくわかってないんだな。

男は表情をくずさず、首をかしげながらそういった。私はむっとして一歩足をすすめる。しかし男の強い力で肩を押されて後ずさった。

――みっともないわよ。もう帰れば？

と女性の声がした。色白でセミロングの女性が男の近くにいた。私がにらむと、やれやれと首をふる。くそ女、と私がいうと、負け犬を見るような目をされ逆に惨めだった。

今度は男が私に寄った。そして私の髪をひと抓みした。お返しといわんばかりに男の身体を両手で突き返すと、男にため息をつかれた。

――だからさ、おまえみたいな女は遊んでやるにはいいけど恋人になんてしたくないんだって。そのちゃらちゃらした髪型と色、おまけにギャルメイク、どこに魅力があるんだよ。ブスとはいわないけどさ、同棲なんかしたら二日で飽きるね。

黒髪でナチュラルメイクの女性が隣で笑った。しかしその女も姿形ばかりで、ずいぶん品のない笑い声をしている。

――わかった。

と、私は静かにいった。男はまだ私がなにかしら喚き散らすと思っていたらしく、「お、お」と意外そうに小刻みにうなずいた。

私と男を隔てるように、すぐに重そうな扉がしまった。少しほっとした。包丁でもにぎっていれば突き立てたかもしれない、と、そんな感情があったのだ。しかし相手の姿が見えなくなると、それが少しやわらいだ。

もちろんすべてが消えてなくなったわけではない。逆に水分だけ蒸発していく塩水のように、濃度はましているようだった。扉を背にして歩きだすと、心の中でちゃぷんと音がした気がした。心の底辺に溜まるどす黒い液体には蝿がたかり、復讐の臭いをふつふつとたぎらせていた。

ふと、その黒い液体が、急に色を変えた。濃い赤味の青。それはどこかで見たことのある色だ。殺意の赤に、それを許すような青を混ぜた色。まるで復讐に背く色。ラピスラズリ……青い原石……

「――あ、瑠璃色」

そう思った私は、目をあけていた。視界には白い天井があった。

「るりいろ？」

と横で声がした。同じベッドに寝ている春美だ。どうやら最後の言葉は口に出していたらしい。

「ごめん。なんでもない」

携帯で時間を確認する。九時か……と思った。昨夜も夜中遅くまで春美と話していたから眠い。彼女もまだ目を覚ましていなかったようだ。隣で横になっている。

「探しに行くんでしょう。財布」

春美がそういうので、ベッドの上で向かい合った。

「そうしなきゃ、身動きとれないからね。春美にも迷惑かけっぱなしだし」

昨夜私は、財布を落としたことを春美に話した。酔ったいきおいもあったのだが、なにより見ず知らずの私を泊めてくれている春美に話さないのは申し訳なく思ったのだ。

「だから迷惑なんかじゃないってば」と彼女はいった。むしろ昨夜、どうして早く打ち明けてくれなかったの？　と拗ねられたが、そこはまさか殺人事件に関与しているからとはいえず、他人に心配かけたくないから、と答えたのだった。

「でも本当にいいの？　もし、今日も財布が見つからなかったら……」

私が春美の顔色をうかがうと、彼女はひとつうなずいた。

「どうぞ。この際、いくらでも泊まっていって」

「でも、そういえば仕事は？　もう九時だけど」

「連休取っちゃった。せっかく真里がいるんだもん」

なんだか泣けてきた。「ありがとね。すごく助かる」昨日の朝のように冗談まじりに抱きつく。「あたし春美と結婚する」

彼女はくすくす笑っていた。


眠気のせいでしばらくベッドでぐずぐずしていたが、春美が朝食を用意してくれたので起きることにした。

私は習慣になっている薬をのんでからベッドを降りる。鼻炎も大変ね、と春美がいったので、私は、かんべんしてほしいよ、と首をふった。

薬の空くずをごみ箱に放る。入らなかったので拾ってから入れた。すると、ごみ箱の中には私の薬以外のものも入っているのが見えた。

「春美もなにかのんでるの？」と尋ねると、「風邪薬」と返事がある。そういえば昨日、風邪気味だと話していた。

朝食のトーストを食べ終えた私に、春美がティーカップをさし出してくる。相変わらず彼女は気が利く女性だ。それに私とは違い、すでに化粧もすませてあって朝から合格点だ。私は寝癖頭を撫でながら、つくづく見習わなければならないな、と思う。

小さく頭を下げてカップを受け取る。本日はコーヒーではなく紅茶だった。春がきたみたいに、いい香りがする。私はそれに何度か息を吹きかけてから啜った。熱いアールグレイは寝起きの身体にしみた。

ふと、液体の中にいる私と目が合った。

私はゆらゆらと映る自分の顔をしばらく眺める。

髪が一本はらりと落ちて、紅茶の上に浮かんだ。紅茶と似たような色をした髪だ。落ちついていた心が、少々、ぶれた。

「あ、髪の毛……。いま淹れなおすね」

その様子を見ていた春美が気を利かせてそういった。でも私は黙っていた。今朝見た、皮肉な夢を思い出したのだ。

「……春美」私はティーカップから口をはなしていった。「お金、本当にぜったい返すから、少し工面してくれないかな。できれば自分で稼ぎたいけど、身分証も財布の中だし、どうしようもなくて」

「……それはいいけど」

「美容室、いきたいんだ」

春美は私の顔と髪に何度か視線を往復させる。整ってはいるので、どうしてだろう、といった風だ。

私は自分の髪を抓んで、「いい女になりたいから」とため息ながらにいった。これも復讐のため――そうも思った。

「真里は十分かわいいけど」春美は頬杖をついて首をかしげる。

私は無理にほほえんで、「じゃあ、あたし以上の春美はお姫様だ」といい返した。

褒めかたが下手くそすぎたのか、彼女はどこか複雑そうな顔をした。

「そうそう」私は本棚を指さす。「春美ってファッション雑誌、たくさん持ってるよね」

「ああ、うん」

「新しいやつ、見せてもらってもいい？　このへんの美容室が載ってる雑誌。どうせなら評判いいところ行きたいし」

勝手に触れるとまた怒られそうなので、先に訊いてみる。

「ご自由に」と春美はいった。

雑誌をぺらぺらめくりながら、なにげなくテレビに目をやると、殺人事件の中継をしていた。それはサンパークの事件ではなかったのだが、居心地が悪くなる。

私は鞄から歯ブラシを出して、洗面所へと席を立った。

2

「手伝わなくていいの？」

ようやく準備を終え、出かけようとする私に春美がいった。

「なにいってるの」私は首をふる。「そこまでしてもらうわけにはいかないよ」そんなことをさせてしまえば、彼女は犯罪者に協力したことになる。

手を振りあって外に出てみると、空は厚い雲で蓋をされていた。陽のあたらない住宅街は、いつにもまして寂しげだ。

駅にまっすぐにむかった。一応、財布が落ちていないか道端を見まわしながらではあったが、昨日のような集中力はなかった。すでにふたつの晩がすぎているし、心のどこかでは観念しているのかもしれない。

歩いている途中に携帯電話を見ると、不在着信の履歴があることに気づいた。登録されていない番号からだ。寝るときにサイレントにしてそのままにしていたので、気がつかなかった。だれだろう。

私が不思議に思っていると、同じ番号から再び着信が入る。

怪しいと思ってほうっておいたが、着信はなかなか止まない。なので仕方なく出てみることにした。

「竹内です」と声がした。

「え？」と動揺する。「あっもしもし。竹内って……」

「昨夜、居酒屋でお会いした刑事です。真里さんですよね？」

「は、はい、真里です」

驚いてはいるが、口元はゆるんでいるのがわかった。え、うそ、ほんと、と呟く。

「とつぜん申し訳ない」と彼がいった。

「い、いえいえ、大歓迎です」

「大歓迎？」

「あ、いやその……なにか用ですか？」

「はい。今から出られませんか？　ご一緒にランチでもいかがかと思って」

「ラ、ランチ？　あたしと？」

「ご都合が悪いですか？」

「いえいえ。まさか。ちょうどあたし今、外にいるし。あ、駅の近く」

「駅？　××駅ですか」

「はい」と答えた。「駅前の……ええっと、田中書店の近くね」

「それは助かる」彼が電話の向こうで歩き出すのがわかった。そして、通話が切れた。

わけがわからず携帯を眺めていると、「どうも」と横から声がした。声の主を見た私は幽霊を見てしまったかのような顔をしたと思う。竹内刑事が立っている。

刑事は一礼した。「驚きました。私もちょうど、このあたりにいたんです」

「驚いたのはあたしです」目を見張る。「ああ、例の捜査中？」

そんなところです、と彼は曖昧な返事をする。

「……それより、出会ったばかりの一般女性と食事なんてどういう風の吹きまわし？」

期待をこめて訊ねた。

「特に意味はありません」彼の返事はそっけない。「今、部下が用で出ていましてひとりで昼食をとることになったのですが、少し寂しかったのであなたを誘おうと思ったわけです。わざわざ連絡先まで教えていただきましたから」

「もう」と拗ねる。「冗談でもいいから、あなたに会いたくなったから、っていってくれてもいいでしょ」

「それは失礼しました」

「まあいいや。お付き合いします」と笑った。「あ、でも、ということは、あたしは容疑者から外れたってこと？」

なるべく冗談っぽく続ける。引き続き、情報収集もしなくてはならない。

「警察はそんなにものわかりがよくない。なにもわからない状況でひとりだけを除外したりしません」

「竹内さん個人としては？」

「さて、どうでしょうね。しかしせっかくの食事ですから、そのあいだくらいは事件のことは忘れたいですね」

　ふふふ、と笑って私は腕に抱きつく。すると彼は仕方なさそうに私の身体を引きはなした。どうやら本当に私を誘ったのは社交辞令らしい。だが、まだわからない。人の気持ちなんて、すぐに変わる。本当に、悲しいほどすぐに。

　竹内刑事が歩き出したので私も横にならんで歩いた。

「どこにつれて行ってくれるの？　立ち食い蕎麦ってわけじゃあないんでしょう？」

「立ち食い蕎麦にはよくお世話になりますが、今日は違います。この近くにある飲食店です」

　私はふと、昨夜逃げこんだ、近くの店を想像した。「近く……それってもしかして、あの居酒屋さん？　昼からやっているんでしょう？」

　考えてみれば、歩く方向もそうだ。

　ははは、と刑事は笑った。「あの店はうまいですが、それも違います。もう少しお洒落な店ですよ。一応、女性も連れていますしね」

　一応なんて失礼しちゃうわ、と彼の肩を叩いた。「でも、それならどこ？」

「ほら、みえてきた」竹内刑事は前方に人差し指を向けた。

店に入ると、一番奥の席に案内された。落ちつく席だ。店は混んでいるのだが、偶然その席が空いたのだった。私は木目が綺麗なナチュラルカラーの椅子にすわった。テーブルには食事に気を遣いそうな、まっ白なクロスがかかっている。しかし高級レストランというわけでもない。客層はデート感覚の若者も目立つ。

『importante』と書かれたメニューをギャルソンがおいた。何語なのかもわからないが、インポルタンテと下に書いてあるのでそう読むらしい。お決まりの頃におうかがいします、と笑顔で告げてからそのスタッフは去っていった。混み合っているにもかかわらず余裕のある動きに感心した。

「なるほど、あの居酒屋から客足がはなれるのもわかります」

メニューを手にして竹内刑事がいった。「味も問題ですが、どうせならこんな空間で食事をしたいという人間も少なくない。おまけに日本人は新しいものが好きだ」

このイタリアンレストランは、昨夜寄った居酒屋の正面にある。警察から逃れるのに必死だったからか、私はあまり記憶にない。この店ができたせいで客足が減った、と店主が愚痴をこぼしていたことを竹内刑事は話した。申し訳ないが、私もどこか納得できる。

「まあ、竹内さんと食事できるなら、どこでもいいけどね」上目遣いでいった。長い睫毛を瞬いて揺らす。しかし刑事は無言でメニューを見ていた。つれない人だ。

つまらない顔をして私もメニューを眺める。ランチタイムのメニューは前菜とパスタがセットになった千円のコースと、メインやデザートまでついた二千五百円のコースがあった。

竹内刑事がすかさず、近くのギャルソンに千円のコースをふたりぶん注文した。私は大喰らいではないのでそれでよかったが、一応、「ケチ」と文句をいう。

彼は鼻を人差し指で掻いた。「昨日もいいましたが、刑事は貧乏なんです。ごちそうするので、かんべんしてください」

「嘘つき、警察の給料は高いってみんな知ってるよ、国家公務員なんだから」

「いいえ、国家公務員はいわゆるキャリア組だけで、ほとんどが地方公務員です」

「それでも一応、公務員じゃない」

「まあ、確かに事実、超過勤務などの諸手当を入れれば安くはありません。しかし捜査につかう費用は、ほとんど自腹ですからね」

「経費がおりるんでしょう？　ここの食事代だって」

小さな声で刑事は笑う。「なにかのドラマでそういってましたか？」

「ううん。でもそんなイメージ」

「いいですか」彼は人差し指を立てた。「取調室で容疑者にカツ丼を食べさせるイメージがあるでしょう。まあ、実際は容疑者に食事や煙草などを与える行為は利益誘導になるので禁止されているのですが、ドラマなんかではありますよね」

「あるね。なぜか美味しそうに見える」

「それから、一般人からなにか聞き出すために、酒をごちそうする」

「それもドラマで見た」

「また、犯人が現れるまでスナックやクラブで客を装い張りこむ」

「もはや定番」

彼は一度うなずいた。「これらはすべて自腹です。下手に経費でまかなおうとすれば、『市民の税金をなんだと思っている』と怒鳴られます」

「自腹？　本当？」

「もちろん経費がおりる場合もありますが、捜査経費は月に一万円まで、が警察の決まりですからね。確実に出費のほうが多い。もっとも、その一万円が認められたのも歴史的には近年です。昔の刑事はもっと苦労してる」

「じゃあ、お金、なくなっちゃうじゃない。捜査は毎日でしょう？」

「だからいったでしょう。刑事は貧乏なんです」ですから警察を税金泥棒とよばないでくださいね、と彼は笑う。

「警察も大変なんだ」頬杖をつく。

ちょうど前菜が運ばれてきた。トマトとモッツァレラチーズにバジルソースがかかっている、いわゆるカプレーゼだった。

「一杯くらいのまない？」と私はいった。料理をまえにすると、そんな気分になる。

「職務中です」掌をこちらに向ける。予想通りの反応だった。

「食事できてうれしいのは私のほうだけど、一応、誘ったのは竹内さんよ？　一杯くらい、付き合ってくれてもよろしいでしょう？」悪戯な目で見る。

やれやれ、と彼は首をふった。わがままな妹に付き合わされる温厚な兄のようだ。「なににしますか？」

やった、と私は両手をにぎった。「竹内さんワインはやる？」

彼は平手をふった。「いいえ、根っからビールかウィスキーでして」

「へえ、あたしもウィスキー党」自分を指さす。

「ほう、あなたもですか」少しだけうれしそうに彼は私を見た。「なにをお好みで？」

「ウィスキーはつまるところシングル・モルト」

「ははあ、見あげたものです。いや、私もモルトが好きでしてね。先日も、マッカランをやったところです」

「十五年もの？　いや、貧乏なんていってるから、十二年かな？」

刑事は照れ笑った「十年です。これでも贅沢なくらいですよ」

「あらあら、私みたいな小娘が、部屋でアードベックなんてのんでいるのは申し訳ない」

「それはぜいたくだ。ぜひ貧乏刑事にわけていただきたい」

「ふふふ」私は片目をとじた。「あたしたち、意外と気が合うかもよ」

いつもなら無視する彼が、うっすらとほほえんだ。「しかし、この店にウィスキーはありませんね」

イタリア産のビールとワイン、そしてグラッパのみを扱っている。

「そうなのよね。さっそくグラッパというわけにもいかないし、ビールにしよっか」

例によって国産のビールがなかったので、モレッティをオーダーした。細身のビアグラスで出されたビールはシャンパンのように美しかった。

一杯だけといいながらも、パスタを食べ終わる頃には、私は二杯を空けていた。竹内刑事はあいかわらず、しかたなさそうに眺めている。しかし、さめた表情ではなく、それなりにこの空間を楽しんでいるらしかった。話が合うと感じたのは私だけではないと思う。私もまさか、会話がはずむとは思っていなかった。お互いが黙っていた時間はなかったと思う。もしかすれば、店内にいるカップルよりも、私達のほうが恋人同士らしく見えたかもしれない。

「パスタはふだん食べませんが、なかなかいいものです」

そういった竹内刑事の表情はずいぶん打ち解けて見えた。彼がほほえむと、私もうれしい。

「竹内さん」と私はいった。

「なんでしょう」ティーカップを口のまえに止めていう。彼はビールのあとから、ローズマリーのハーブティーをのんでいる。

「あたし、意外といい女でしょう？　付き合ってみない？」もう少しふざけながらいうつもりだったが、意外とまじめな口調になってしまった。「私とランチデートしてくれるんだから、彼女、いないんでしょう？」

竹内刑事は目をとじてハーブティーを啜った。「確かに、仲のよい女性はいますが、恋人とよべる人はいません」

「だったらさ」と身を乗り出す。

「なにか理由がおありですか」

「え？」と目を見張った。その《理由》が、頭の中をトラックのような轟音をたてながら通りすぎた。

「警察は、正義の味方で人気者のイメージもあるみたいですが、あまり異性に好かれない職業です。ですからほとんどは職場内で恋愛をする」もう一口啜った。「だから不思議なんですよ、会ったばかりの刑事に一般人が恋をするとは思えないんです。――あ、真里さんは看護師ではありませんよね。意外とナースには好かれるんです」

どうして、と訊くと、同じく不規則な職業ですから気が合うんです、と彼はこたえた。血や死体といった話にも慣れていますしね、ともいう。

「どちらも苦手」私は苦笑する。「ただの一目惚れ、じゃだめなの？」

「そうなんですか？」

「もう、いわせないでよ、恥ずかしいわね」わざときょろきょろした。

竹内刑事は何秒か私の顔を見てから、さて、と立ち上がった。「なるほど。一目惚れは半信半疑ですが、まあよかったですよ。昨夜、拳銃をうたせてとかいっていたので、それ目的かと思いました」

「やだ、鉄砲が目的ってこと？　刑事のブラックジョーク？」

そういいながら私も続いて立ちあがる。

レジで会計をすませると、「来店の記念に、お写真をお持ち帰りしませんか？」と女性のスタッフがなつっこい笑顔で訊いてきた。「ご来店されたお客様の写真を撮らせていただいて、店内に貼らせてもらっているんです」と説明される。店内を見てみると、確かに、まだ意識をしなければわからない数だが、壁の所々には写真が貼られている。

「お願いしましょう」と竹内刑事がいった。私を見て、「かまいませんか？」といったので、「よろこんで」と腕を組む。店員は恋人同士だと思っているらしく、ほほえましく笑っていた。

リーソ、と掛け声をかけてシャッターは切られた。イタリア語で笑顔の意味らしい。用意されていたのは、おもちゃのようなポラロイドカメラだったのだが、写りはなかなかよかった。

もう一枚いきます、と店員がいったので、片目を閉じる。

「楽しい食事でした」寒空の下に出てから彼がいった。

「ごちそうさま」と私は頭を下げる。

竹内刑事は、「それでは捜査がありますので」と早々と去ろうとするが、私は彼の腕をつかんで、「返事がまだ」と詰め寄った。

「返事?」

「あたし、告白したんだけど」

「ああ」彼は困った顔をした。「結局、冗談だとばかり。お酒ものんでいるし」

「もう、本気よ」

拗ねた顔をした。「でも、やっぱり返事は今度でいいから」

「今度?」と彼は怪訝な顔をした。「といいますと」

「また近いうち、デートしようってこと。その時、聞かせて」

今返事を聞いたところで、なんといわれるかわかっている。ならばやはり、美容室に行ったあとで聞きたいところだ。なにより、また会うための口実が他に浮かばないのもあった。

私が、ね?　とせかすと、「では事件が終われば」とこたえる。「絶対だよ」と念をおすと、彼はひとつうなずいた。特別嫌そうでもなかった。

3

彼の背中を見送ったあと、私は駅前からタクシーに乗った。鞄から雑誌を取り出して住所を告げると、運転手は、「ああ美容室」とこたえる。雑誌に載っているだけあって、このあたりでは有名なのだろう。

乗車してから十分もかからなかったと思う。タクシーは大通りで停車した。今まで食事をしていた貧相な商店街とは違い、ならんでいる飲食店やブティックもお洒落だ。

数メートル先にお目当ての美容室があった。ガラス張りの近代的な造りだが、目が痛いような色彩はなく歯科医院のような清潔さがある。

入口に近寄ると、正面に立っている男がいた。店にならんでいるのかと思って店内をのぞいてみたが、入れないというほどではない。

「私は客ではありません」

先に入っていいものか足踏みしていると、こちらも見ずに男がいった。

私は、変なやつだな、と思いながら入口に向かう。なにげなくふり返り男の顔を見ると、なかなかの美男だった。青色のサングラスが妙に似合っている。

ガラス扉をあけると、さわやかな挨拶が重なって聞こえた。すぐに小柄な男性スタッフが低姿勢で近寄ってくる。

「いらっしゃいませ。ええとお客様は、ご予約されていますか」

「ううん。さっき雑誌で見て」

「ああ、そうでしたか」深々と頭を下げる。「ええと、しかしですね、現在予約のお客様が立てこんでいまして、手のあいているスタッフはシニアしかいないんです。もしそれ以上のスタッフを希望でしたら、だいぶお待ちになってもらうことになるのですが」

私は小さな声で、まじ、といった。この美容室では美容師によって、シニアスタイリスト、トップスタイリスト、ディレクター、アートディレクター、ヘアマスター、というランクがあることは雑誌に載っていた。シニアとなると、値段こそ安いが、いわば新人ということになる。男性スタッフが眉を下げて見つめてくる。美容室の待ち時間が長いことはよくわかっているので私は悩んだ。

「あれ？」と私は指をさした。「あの人……」

男性スタッフが私の指の先を見る。そこには女性の髪を切っている途中の男がいた。「ディレクターの葛西友也です。お知り合いですか？」

「カサイ？　ああ、うん、ちょっと」私はもう一度その男をよく見る。確かにあの男だ。「あのさ、彼にたのめない？」

スタッフはそばにある一枚の紙をちらりと見て、「二時間ほどお待ちになってもらいますが」と申し訳なさそうにいった。

私は、二時間かあ、と渋ったが、最終的には、わかった、とうなずいた。

竹内秋人　4

1

最近ではすっかり倉田の運転で車に乗ることが多くなってしまっていたので、ハンドルをにぎるのはひさしぶりだった。

一軒の民家のまえに車を停めた。時間を見ると午後一時だった。これは捜査と関係のないことなので、急がなければならないと思い手早くエンジンを切る。鈴木真里とイタリアンレストランに行っていたので、ますます自由にできる時間が減ってしまっていた。

車から降りると、通りに面した洋風の民家を見上げる。なかなかの豪邸だった。ひろい敷地、それでいて二階建てという造り。それに、もう一軒それを建てられそうな庭もある。私の人生では、どんなに貯金をしてもこのような家の主にはなれそうもない。

門に『鈴木』と彫られてあった。それを確認してから玄関まで続く、つぶのちいさな砂利の道を歩いていく。洋風の邸宅だが、庭は和風だ。

ここが鈴木千夏の家……

見まわしながら思った。昨夜、加代と桃井沙奈という女性にたのまれたので、時間を見つけて訪ねることになったのだ。もちろん自宅などわからなかったので病院から聞かねばならなかったのだが、警察の私が、「事件に巻きこまれるおそれもありますので」と話すと、素直に住所をおしえてくれたのだった。むしろ、私達は関係ありませんから、とばかりの対応は少々不快なほどスムーズだった。

私は玄関をまえにした。なるほど、門ともいえそうな立派な扉だ。玄関ブザーを鳴らすと、品のいい音がした。

何秒かしてから、四角い玄関ブザーから、「なんだね」と男性の声がする。中から話ができるタイプのものらしい。私は住人がいてほっとした。昼間なので不在の確率のほうが高いと思っていたのだ。

「××警察署の竹内といいます。鈴木千夏さんのことで少しお話が」カメラだと思われるレンズに手帳をかざす。

「警察……」

相手の男性はそう呟いた。音声通話が切れたような気配があると、すぐに玄関に足音が近づいてくる。鍵の外れる音がしたあと、男が顔を出した。六十にはなると思われる、体格のいい男だ。しかしその身体の大きさが鍛えたものではないことは見てとれる。見苦しいほどに出ている腹が呼吸するたびに揺れた。贅沢をためこんだ身体だ。

「警察がなんの用ですかな」挨拶よりも先に男がいった。性格の悪い人間が、わざと丁寧に話しているような口調だ。

「娘さんの鈴木千夏さんが病院からいなくなったのです。そのことで」

「ああそれか」それを聞くと安心したように急に態度が大きくなった。「知ってますよ。病院から聞いてる。――さては、あの娘、なにかやらかしましたか」太い腹に怒気をはらんだのがわかる。

私は首をふった。「いいえ。少なくとも今は」

男はひと息ついた。

「ではなんだね」そう語る男の顔は本当にわかっていないように見える。娘がいなくなっただけでなにか？ と。

私は咳ばらいをひとつした。

「これは私がいうのもなんなんですが、同じ病室のご友人も千夏さんのことを大変心配しておりまして。もしよかったら捜索願いくらいは出したほうがよいのではないかとご相談にきたんです。やはりこういう類のものは、親御さんが出したほうがよろしいですので」

「心配いらんよ」これは即答だった。「ちゃんと帰ってくる。まえにもあったんだ、あなたも聞いているだろう」

「ええ。ですが、そうにしましても、一応。ご友人によりますと、他人を傷つけるようなことをほのめかしていたらしいですし」

男は鼻で笑った。

「心配無用ですな、ばかばかしい。あいつら病人はそんなことを平気でいうんです。親がこういってるんだ、警察にも理解をいただきたい。その友人とやらにもそういっておいてくれませんか」いい切ると不機嫌そうな顔をした。「知っているでしょうが、うちは精神クリニックをやってましてな。大事になって、とうの娘が病気なんて知れ渡ったらとんでもない」

「……医者でしたか」それは知らなかった。

「ああ、まあね。ふん、あんな娘……。さあもういいだろう。帰ってくれますかな」

半ば強引に玄関はとじられた。私はひさしぶりに冷静さを欠きそうになったが、吐息をひとつ吐くと、黙って砂利道を引き返した。これ以上、説得する気もおきない。

――どこで狂ってしまったんだろう。そう思った。と、いうのも、玄関には写真立てが飾ってあったのだ。小さなものだったのではっきりとは見えなかったが、男性が中高生くらいの女の子と仲むつまじく肩を組んでいた。きっとあれは、数年前の鈴木千夏と父親ではないのだろうか……。

頭にもう一度その写真を思い浮かべた時、ふと足を止めた。写真の中にいたその女の子の顔を、どこかで見たような気がしたのだ。

いや、しかし精神科医の娘と面識を持った記憶はない。それに最近見た顔ならおぼえているはずである。見えたのは一瞬だけであるし、きっと気のせいだろう。

私は一度ふり返り、また歩き出した。

倉田とは『酔夢』で合流することにした。彼はまだ昼食をとっていなかったらしく、そのついでだった。

倉田はカウンターの端で焼そばを食べている。「あんたも食べるかい」といつもの調子で店主がしわがれた声を張ったが、私はパスタを食べたばかりなので遠慮した。

倉田は箸をとめて、まず自分の捜査状況から話した。予想通り、これといって進歩はない。

「あの住宅街、昼間は人がいませんからね。聞き込みで歩いていると、まるで僕が空き巣に入ろうとしているみたいだ」と彼は愚痴をこぼした。「それで、竹内さんはどうだったんです？鈴木千夏さんの自宅に行ったんでしょう」

私は両手をあげて息を吐く。「父親に会ったが、ひさんなもんさ。まるで心配する気はない」

「まあ、そうでしょうね。今まで放っておくような親ですから」彼も吐息をつく。「昨夜のガキ共が、きっとそんな大人になりますよ」

確かにそうかもな、と私は思った。

倉田は相当頭にきたらしく眉間に皺の波をつくっている。昨夜もこんな顔をしていた。連行前、「ひとりじゃなにもできない野郎共」と呟いた時に、「俺ひとりで三人相手に喧嘩売ったことあるし」と、意味を解せない言葉をだれかが口にした時だった。「ああいうやつらに限って、仲間がいなくなれば自分はだれよりも不幸だと歎く。好き放題したいがために、親の愛情だとかをいい訳のために語る」倉田は低い声でいった。同じ意見さ、と私はこたえた。高校生らは警察署で、「親の興味をひくため」と明らかな嘘をいったが、未成年の上に未遂のため、厳重注意で釈放される予定だ。

「今読んでる小説に」と、口を拭ってから倉田はいった。「人を殺すことを許された人物が出てくるんです。自分勝手で理不尽ないいわけをするやつらを、『理由になってない』と、それだけいって射殺する。大人でも小学生でも関係なし」

「それがなんだ」

「いえ。ただ、昨夜も今も、その人物になりたいと一瞬思ったんです。――親の興味をひくため、とか、娘は帰ってくるはずだから心配ない、とか――」

「理由になってない――バキュン……か」撃つ真似をした。「そいつは楽だな。でもまあ、警察はそうもいかない。こうなったら、沙奈さんとやらに捜索願いを出してもらうしかないな」

倉田はうなずいてから不機嫌な顔でふたたび焼そばを食べはじめた。のみこんでから、「で、もうひとりの鈴木のほうは」とまじめな口調でいう。私の脳裏に、鈴木真里が浮かんだ。

「ああ、写真はばっちりだ」正面の店で撮影した写真を取り出した。

昨夜、鈴木真里らしき人物が尋ねてきたらしい民家で確認するためには写真が必要だった。容疑者ですらない彼女を隠し撮りするわけにもいかず、ここの店主が、「写真を撮るサービスをしている」と話していたインポルタンテという正面のイタリアンレストランに誘ったのだ。彼女には悪いが、これもしかたがない。

「鈴木真里、本当に彼女はかわいい」倉田がうらやましそうな声を出す。

「おいおい、仮にも自分たちのあいだでは容疑者だ。恋心を持つには容疑が晴れてからにしたほうがいい」

そう私がいうと、「美人に抱く無意味な恋心なんて持ち合わせていません。ただ美人が好きなだけです」と、おなじみの消極的な姿勢をみせた。

「ならいいんだが」と私は笑う。

しかし、私もそういっておきながら、多少の愛着が生まれたことは感じとっていた。彼女と交わした会話は意外にも盛り上がったし楽しかったのだ。話しているうちに、愛情とは少し違うが、やんちゃな妹ができたような、そんな柔らかな感覚が芽生えるのがわかっていた。

「犯人でないことを確かめる捜査。なにごとも、こう思えばいいですかね」

倉田がいいことをいった。

「ああ、そうだ、その通りだ」

2

夕方まで通常の捜査をしてから、私たちは楠木から聞いた民家へと向かった。中年の主婦が対応したというその民家は、台風がくれば瓦が浮かぶような年季が感じられる平家だった。

玄関ブザーがなかったので、倉田が戸を叩く。反応はすぐに見られて、背のひくい白髪混じりの頭をした女性が顔を出した。対応したのはこの女性だろう。

警察です、とふたりで頭を下げてから手帳を見せると、おなじみの嫌そうな顔をされる。

「お忙しい時間にすいません。少しいいですか」私が一歩まえに出た。「先日の夜、若い女性が泊めてくれと尋ねてきたらしいですね。その件でお話を聞かせていただきたくて」

「あのう、わたし、昨日の刑事さんに全部話しましたけど」おそるおそるといった口調でいう。

「すみません、すぐ帰ります。写真を見ていただきたいだけなんです」私は鈴木真里が写っている写真を胸ポケットから出して見せた。誤解を生むといけないので、横に写っている私の顔は人差し指でかくす。「その女性、この人ですか?」

主婦は眉を寄せて写真に顔を近づけた。彼女がなんとこたえるかで、だいぶ状況が変わってくる。私は少なからず緊張していた。

「えー……ああ、まあ確かに似てますね。ええ、この人だと……」

胸が跳ねた。「間違いありませんか」

「そういわれると……なにせ少し距離がありましたし、夜遅くでしたから暗くて。でもまあ……この人だと。ええ……似てます」うんうんとうなずく。

「それで十分です。ご協力ありがとうございます」

私は少し興奮して、足早に民家をはなれた。倉田があわてて追ってくる。

「どこか曖昧ですが、やはり、鈴木真里でしょうね」

ああ、と私はいった。

確率は高かった。ここに来るまえ、私たちは『鈴の音』という喫茶店にも聞き込んでいた。そこの女性店主が、鈴木真里とよく似た女が閉店時間まで店にいたと証言したのだ。時間は正確におぼえていなかったが、その女は夕方に来店したらしい。夕方とは、ホームレスの工藤が殺された時間帯だ。

また、鑑識の沼田からも連絡があった。現場では鈴木真里の髪と類似した毛髪が採取されているらしい。簡易な検査らしいが、ここまで条件がそろえば確率は高いはずだ。

少なくとも彼女は嘘をついている。鈴木真里はホームレスが殺されたあの日にサンパークを訪れ、その晩、民家を尋ね歩いているのだ。

「やはりあの部屋は彼女の部屋ではないということになるな」こめかみに手をやった。

倉田が訊いてきた。「泊めてもらってる……んでしょうか？　いや、本当に友達の部屋ってことも。そもそも自分の家はないんですかね？　家出？」

「さあな。それにしても、なぜあの部屋の住民は顔を出さない。そして彼女はなぜ自分の部屋だというんだ」

「竹内さんがわからないんじゃ僕にはわかりませんよ」首をふる。「でもまあ、まだ鈴木真里だと確定したわけではありませんからなにもいえませんね。つぎが大事です。見間違いなら、話はすべてふりだしです」

　確かにその通りだ。私は、そうだな、と呟いてから正面の建物を見上げた。目のまえにはアパートがあった。もうあたりは暗いが、うっすらと青い塗装が確認できる。ラピスラズリだ。二階に上がった。２０３号室の明かりはついているので、玄関ブザーをおした。この部屋の住民が認めれば、ほぼ確実だといえる。なにせ目のまえで拝んでいるのだ。

　出てきたのは私と同じくらいの年齢だと思われる男だった。細い顔に疲れが見える。ネクタイをしているので会社員だろう。私たちふたりを無言で交互に見た。

「お疲れのところすいませんね。警察です」手帳を見せる。またあの顔だ。「お訊きしたいことが」

「なんですかあ。昨日も俺、ちゃんと警察に話しましたけど」頭を掻く。

「今日は写真を見てほしいんです。先日、この部屋に尋ねてきた女性がいるらしいですね」

「ああ、あのー……友達を探しているとかの？」

　私は、ええ、と深くうなずいた。

「その女性とは、この人でしたか？」同じようにして写真を見せる。

「うんそうそう」今度は手応えが感じられた。はっきりした表情だ。

一度倉田と見合わせてからふたたび男を見た。「間違いありませんか」

「まあ目のまえで見たからね。双子とかいうオチがなければ、たぶん間違いない」

「どんなようすでしたか？」

身を乗り出すと、男は身を反らした。

「どうって、ブザー押されたから玄関に出て……そしたら、友達の部屋を探してて間違ったっていわれて……まあそれだけです」

「他になにか会話はなかったですか。気づいたこととか」と倉田。

「うーん、とにかくかわいいなって思いましたね。俺の職場男ばかりだから、ミニスカートのギャルなんてのは新鮮でね」そこまで話して男は小さな声を出した。なにかを思い出したような顔をする。「そうだ。このアパートには男性しかいないって教えてあげたな」

「男しか？」と私は眉を寄せる。「そうなんですか？」

「いや、確かなことじゃないんですが、このアパート塗装はきれいだけど建物自体は古いし、女性好みじゃないでしょ。で、案の定、女性を見かけたことがないから俺はそう思ってるわけ」

「ようするに勘ですか」

「勘だね。え、なに？　俺なにか罪になるの？」

倉田が平手をふった。「いいえまさか、ご協力ありがとうございます」

ふたりで頭を下げる。男は安心したようすで、まあがんばってよ、と陽気な声を出してから玄関をとじた。

ふたりともその場に立ったままで、しばらく黙っていた。冷たい風が空中で音を鳴らす。

「どうやら、鈴木真里で間違いなさそうですね。この部屋は男性がひとりだとわかったので、友達の部屋を探していると嘘をついたのでしょう」

倉田が静かにいった。それは間違いないだろう。

一度は崩した頭の中のパズルが組み立てられていく。鈴木真里はなんらかの理由でサンパークを訪れ、ホームレスを突き飛ばし財布を奪ったあと、喫茶店へ。そして閉店後、潜伏先を探すために民家やアパートを尋ねる。そしてあの部屋に——これなら警官を避けたことや、シャンプーの件も納得できる。

「倉田、すぐにサンパークの山本に確認をとるぞ。アパートの借主もしらべる。今尋ねてもいいが、まだあの部屋が鈴木真里の部屋ではないという証拠がないからな。それに、あまり刺激すると逃げられるおそれもある」

はい、と彼はいったが、その返事はどうも元気がなかった。あごに手をあてて、なにやら考えこんでいる。

「どうした」と訊くと、倉田は私を見た。

「しかしなんだかおかしいですよ。犯人像がまるで違います。事件発生時間に茶髪でパーマなんて目撃例はないし、だったら鈴木真里が犯人なら全員が見間違いだってことになります。そんなことって」

「確かにな」と息をつく。「だが夜は暗い。仮にも山本は短髪といったり、住民は長髪といったりしたじゃないか」

倉田は納得のいかない顔をする。「しかし茶髪でパーマですよ?」

「気持ちはわかるが、疑うべき彼女がそんな髪型なんだからしかたがないだろう。事実、サンパークで彼女の物らしき毛髪は見つかっているんだ」

「ではあの古い財布は、やっぱり工藤のものだというんですか?　それも彼らの覚え違い?」

「わからない。しかしあの財布以外にも彼女は財布を持っているかもしれない。それが工藤の財布だという確率もある」

倉田はすこし黙ったが、やっと納得したのかひとつうなずいた。「確かにそうですね。なににしても、彼女はあやしいですもんね」

彼の背中を叩いた。「山本に確認をとれば、嫌でも真実がわかるさ」

私たちはアパートの階段を下りはじめた。

階段を下りきった時、女性と出くわした。あ、と思わず倉田が声を出す。真っ黒い髪、そしてナチュラルメイク。まるで雰囲気は違うが、しかし、整った顔つきは変わらない。

「竹内さん」と女性は愛らしい笑顔で手をふった。鈴木真里だ。「どう？　イメージチェンジ」

倉田が鈴木真里に見とれているのがわかった。美容室に行ったのだろう。確かに奇麗なものだ。現代っ子まるだしだった雰囲気が、清楚なＯＬのように変貌している。

「いいじゃないですか。すごくきれいです」

彼女は、へへへ、と照れ笑いをした。「ストレートパーマかけて、色まで黒にしちゃった」

私は複雑な心境だった。うまく笑えていないのがわかる。親しみがわいている女性だとしても、目のまえにしているのは、犯人にかぎりなく近い人間なのだ。

案の定、彼女は怪訝な顔をした。

「どうかしたの？　というか、どうしてここに？　捜査？」

返事に困っていると、鈴木真里は私の手元に目をやった。一瞬だけ驚いた顔をしてから、悲しい顔をする。右手には、レストランで撮った写真がまだにぎられていた。

「なあんだ。あの食事、デートじゃなかったんだ」陽気に彼女はいったが、どこかわざとらしい。

「すみません。茶髪でパーマの女性が、この付近で目撃されていたんです。その確認のために」静かにいった。

「で？　それは、その写真の人でした？」

ひと呼吸してから、ええ、とあごをひく。鈴木真里が寂しそうに目を伏せた。それは自白をしているのと変わらない。

「お願いがあります」と私はいった。彼女は顔を上げて、私の目を見る。「出頭してください」

彼女はふたたび目を伏せて黙る。

「竹内さん。まだ証拠が」と倉田が止めたが、私は「そうしたほうが罪がかるくなることは、ご存知ですね」と続けた。どこか確信があった。

「知ってる」ふてくされた子供のように呟く。

「でしたら出頭するべきです。殺人は……罪だ」

「いやだ」と彼女はいった。いや？　と私が聞き返すと、ふるえた唇で、「だって証拠ないんでしょ」とにらんできた。

やれやれと首をふる。「サンパークであなたの毛髪が見つかっています」

「だってあそこ通ったもん」

「あなたは外出していないといった」

「疑われるのがいやだったの」

「このアパートの住民だと嘘をつく必要がありましたか」

「嘘じゃ……ないもん。証拠、あるの？」

私は写真を持ち上げた。「今からこの写真を持って、犯人を見ているホームレスのかたに確認にいきます。その人が認めれば、もう逃げられませんよ。部屋の借主も、すぐにしらべます」

「人なんだから、見間違いだってするよ」

「警察にもそう説明する気ですか」

「もうっ」彼女は声をあらげた。地面を蹴る。「勝手に確認とればいいじゃん。私は知らないっ」

鈴木真里は白く細い足で階段をかけ上がっていく。すぐに姿は見えなくなった。

どっと吹いた風が私の顔をなぐった。まるで彼女の叫びのような音がする。道端の紙くずがくるくると舞った。

「竹内さん、刺激あたえないほうがいいっていったのはあなたですよ」

「ついな。とはいっても、あれで出頭してくれればなによりだったろう」

「それはまあ……はい」

すでに黒にしかみえないアパートを見上げた。「知ってる顔に、手錠をかけたくないんだがな」

3

何度おとずれても、この公園はもの寂しい。

「この赤いレンガを歩くのも、最後にしたいものだな」

「ほんとうですよ」

木製の椅子に、山本と松町のふたりがすわっていた。昨夜、財布を確認した時と同じ場所だ。しかし本日はのんでいるものが違い、ホットのおしるこ、ではなく、一合サイズの瓶に入った日本酒だった。煙草を片手にしているその様は、ホームレスというより土木業の輩に近い雰囲気をしている。

私たちは彼らのまえにならんだ、山本と松町は白い息を吐いて日本酒をあおった。口をひらくまえに一度、殺された工藤の住居に目をやると、いくつか花束が見える。

「あいつは、いいやつだったからなあ。住民がおいていくのさ」

松町が日本酒の瓶を見つめながらいった。

「犯人が、だいたいわかりましたよ」と私はいった。

それを聞いたホームレスのふたりが、すばやく顔を上げた。目を見張っている。私は胸ポケットから写真を取り出して、山本に見せた。

「刑事さん、あんたの女かい」と山本はいった。私の顔をかくすのを忘れていたので、そう思ったらしい。

私は気にせず続けた。

「山本さん。あなたが見た若い女性は、この女ですね」

彼が目を大きくひらいて写真を見た。そして訝しげな顔をしてなにかをいった。しかし真実かもしれないその発言は風の音で聞こえなかった。

「なんですか？」と倉田が訊き返した。

山本が眉のあいだに皺をつくる。「だから、違うよ。まったく違うね」

「え？　よ、よく見てください」写真を突き出す。動揺していた。

「だから違うよ。あんたら刑事に何回も話しただろ。髪は短くて、黒だ」

「待って下さい。この女性は、工藤さんが殺された日、この公園に来ているんです」

「そんなことは知らねぇよ。二本の足がありゃあ、この公園を歩くこともあるだろうさ」

山本は写真を持つ手を押し返すが、私もまけじとまえに出す。

「お願いします。よく思い出してください。この女性のはずなんです」

「見たこともねぇな」

そういいながら手をふる。ふたたびちらりと写真を見て、今度は首をふった。はがれかけている絆創膏がはたはたと揺れる。

私は写真をつよくにぎった。

「もう暗かったはずです。現に、あなたはショートヘアだといいましたが、ロングヘアの目撃例がありました。あなた自身、そうかもしれない、ともいった。もともと暗かったから確実ではないという証言だったはずだ」

「ああ。しかし、違うかもしれん、ともいった。さっき思い出したんだよ。黒の短髪で間違いない。長髪が目撃されているとかいわれてもわからんよ。見間違いじゃないのかい」

「さっき？　それは本当ですか？」

「なぜ嘘をつくんだ。工藤を殺した犯人だぞ」山本がにらんだ。「それともなんだい。捕まえられればだれでもいいのかい。だったらその女だと認めようじゃないか。拷問でもすれば、自分が犯人だというだろうよ」

写真を持つ手が下がった。「本当に……違う、と？」

「ああ、違うね」ここ一番の煙たそうな顔をする。

つめたい風が流れたが、私の表情は変わらなかった。しばらく止めていた息を吐く。

――どうなっている。頭の中で怒鳴った。鈴木真里ではないのか？　いや、そんなまさか。さっきの彼女の顔は、罪を認めている顔だ。

「倉田。あの部屋の名義をしらべてくれ」私はどこか力ない声でいった。

「わかりました」と、となりでうなずく。彼にも落胆の色がみられる。山本たちから少し距離をとって倉田はいった。「これで、あの部屋の名義が鈴木真里なら、しばらく彼女からはなれませんか。考えてみれば、毛髪のＤＮＡ鑑定はまだですから彼女のものと決まっていません。それに、仮に彼女の毛髪であっても、この公園をふつうに通行する人も少なからずいます。疑われたくないために外出していないというのも、これはうなずけます」

「なぜ、彼女は民家を尋ねたんだ」

「それはわかりません。なにか理由があるんでしょう。あの部屋の名義をしらべてから考えましょうよ」

「山本にしても、あんなに曖昧だった証言が今さら間違いないなんて、そんなことあるかな」

「しかし、思い出したといっていますし」

私は頭を掻いた。「なんだか、めちゃくちゃさ。真実が見えてくれば、急に突き放される」

倉田は少しだまっていたが、急いでしらべます、と北門のほうに歩いて行った。その姿が暗闇に溶けてから、公園の中にある椅子に腰をかけた。近くで、山本たちはまだ酒をやっている、見ていると、私ものみたくなってきた。くしゃくしゃになった写真をポケットにしまうと、『酔夢』にでも行くかな、と真顔でひとり言をいった。

「刑事さん」という声に反応して顔を向けた。山本だった。松町もうしろにいる。「こんなに何回も捜査協力してるんだ。少しめぐんでくれよ」

山本は数字の６のような形を手でつくってみせた。

私は、確かに、と呟いて、財布から五千円札を二枚抜いて山本に渡した。勿体ないが、今はお金などどうでもよかった。

「へへへどうも」とにやにやしながらホームレスは住居へ帰っていく。山本が、これで女でも買おうかね、といいながら五千円札をポケットに押しこむのが見えた。松町は丁寧に財布に入れている。行動にも、しっかり性格が出ていた。松町の財布も古いものだ。山本の財布もきっと同じように古いものだろう。

「………」私はこめかみに手をあてた。

そんな姿を見ていて、ふと違和感が芽生えた。なにか大事なことを、今、知ったような気がしたのだ。――なんだ？　今、なにがわかった？

もう一度ホームレスの背中を見た。公園内も見まわした。

頭の中に、はじめてこの公園にきた日から今現在までが渦巻いた。

その様々な記憶が、『謎』と書かれた風船に吸いこまれていく。殺されたホームレス、逃げた若い女性、短髪、長髪、目撃例、古い財布、鈴木真里……

「まさか、な」

――ばんっ。やがて、風船は裂けた。

桃井沙奈　4

1

「千夏の親、なんていったんだろう」

　と私はいった。ベッドから足を投げ出す姿勢で腰をかけている。隣には城峯加代がいた。

「まだ秋人さんから連絡ないけど、心配してくれていたらいいわね」と彼女は暗い窓の外を見ながらいった。

「ちょっと」と声がした。入口を見ると女性看護師が立っている。「もう九時です。そろそろ消灯ですよ。城峯さんは部屋にもどって」不機嫌な声でいう。

　昨夜病院からいなくなったことで、もちろんこっぴどく怒られた。竹内刑事があいだに入ってくれなければ強制退院の可能性もあったはずだ。ゆえに、今ではふたりでいるだけでまたなにかたくらんでいる風にみられ、迷惑そうな顔をされる。ただでさえ愛想のない看護師のあたりが、さらにきつくなった。

「ええすぐに」と城峯加代はいった。消灯は十時なのでまだ時間はあるが、しかたがない。看護師が去ると、千夏のことは探してもくれないのに、と私は愚痴をこぼした。そうね、と城峯加代がうなずいた。

星のない空を眺めながら、「彼は、無事かしら」と城峯加代がいった。今日、もう何回も口にした言葉だ。

私は黙った。それについてはなにも考えたくない、千夏が彼を殺すなどと思いたくないのだ。昼まえ、今と同じように話していた時、探偵から城峯加代に連絡が入った。住所はまだだったが、千夏の彼がシュエットという美容室に出勤しているかどうかを報告してくれたのだ。

「チカさんの彼、通称カズさんは、カズヨシさんというらしいのですが、残念ながら、出勤していません。二日まえの月曜日、勤労感謝の日ですね、カズヨシさんは夕方に早退したそうです。昨日の火曜日は美容室が定休日。そして今日は無断欠勤です」

探偵は急いでいたのか、電話の向こうから早口にそういった。

その内容を城峯加代にも伝えると、彼女もやはり不安が増したように見えた。千夏が病室から消えたのも夕方だ。彼が早退したのは千夏が関係していると考えられる。

「住所がわかったら警察に連絡しましょうか」城峯加代がいった。「恋人同士の喧嘩に介入してくれるかわからないけど、彼が仕事を休んでいるとなると、事件性がないともいえないわ」

「でも、やっぱり、本当に殺したりなんてするかな……」

かるく考えているのではない。そこまでしてほしくない、という願望があるのだ。

「そうよね」彼女はひと息つく。同じ気持ちだとみえる。「でも、安否の確認はしたいわ」

「竹内さんは、協力してくれませんか？」

彼女は短くうなって考える仕草をする。昨夜も捜査のじゃまをしたので抵抗があるのだろう。

しかし何秒かして、自分を納得させるようにうなずいてから私を見た。

「うん、そうね。一応、秋人さんにたのんでみる。警察に通報しちゃうと、病院まで聴取にくるものね」それこそ強制退院になりそう、と彼女は苦笑いした。

2

しばらくふたりで黙って外を見ていたのだが、私はふと、手元の携帯電話に目がいった。小さな光を放っている。

メールが受信されたのかと思い、液晶画面を見た。そこには人の名前がフルネームで表示されている。しかしメールではない——着信だ。今、電話がかかってきているのだ。

——鈴木千夏。

城峯加代もその画面に気づいたらしく、私の顔を見た。うそ、と呟く私に、早く出なきゃ、と急かす。

　あわてて携帯電話を耳にあてた。つながったことがわかると、もしもし、と小声を出す。向こうに息遣いがある。いる――千夏がいる。

「だれ」と声がした。確かに、千夏の声だった。向こうからかけてきて、だれ、とはおかしなものだが、今の私はそんなことに気をかけていられなかった。

「千夏っ、なにしてるの？　今どこ？　カズヨシさんは？」千夏だとわかると、一斉に言葉があふれた。

　沈黙が流れた。しばらくして、「ふふふ、沙奈か」と千夏が笑った。口だけで笑ったような、そんな声だ。

　もしもし、と声をかける。

「心配してくれてたんだね、沙奈」と声がした。

「当然でしょ。ねえカズヨシさんは？　大丈夫なの？」

「カズくんの心配も、してくれるんだ」

「無事なの？　なにもしてないよね？」

「優しいね沙奈」棒読みで話す。「すごくすごくすごく優しい」棒読みで語る。

「千夏……」少々不気味だった。いなくなるまえの晩に、ばらばらにしてやる――と口にした千夏と同じ気配がした。一度、城峯加代と顔を合わせる。彼女も不思議そうな顔をしていた。

「殺したよ、カズくん。ばらばらにした」急に千夏がいった。

私は目を見開いた。「殺し……」

――ふふふ。千夏が笑った。ばらばら、といってまた笑う。――ふふふ。

「そんな。千夏、嘘でしょ」

病室にいるのも忘れて、つい声を張る。

「もう終わる」と千夏はいった。「やっと終わるから。だから待ってて。すぐに帰るから、待ってて」

「千夏っ」

そう叫んだ時、城峯加代が携帯電話をつかんだ。すぐに私の手から奪いとると、自分の耳にあてた。つよい力だった。

「もしもし千夏さん」早口で彼女はいった。興奮しているようで、息があらい。「本当なの？彼を殺したなんて、本当なの？」

少しあいだをあけて、「だれ」と声がする。

彼女が唾をのみこんだ音が聞こえた。「城峯加代といいます」

「――シロミネ」

「ええ。二日まえに、この病院へ」

「………」

「千夏さん、私は信じてる。殺人なんて間違ってるよ。人を失う苦しみ、千夏さんだってわかるはずだよ」

　千夏は黙っている。私は携帯電話に顔を近づけて耳を澄ます。本当は人なんて殺していない、そういってほしいと願った。彼は無事だと、そういってほしいと願った。

　――しかし、その願いは叶わず、ぶつん、と小さな音をたてて通話は切れた。あわててかけなおすも、千夏は出ない。

「どうしよう」と私は城峯加代にいった。今にも涙が流れそうだ。

　――殺したよ。ばらばらにした。

　千夏のこの言葉が思い出したくもないのに頭の中で繰り返される。

　――殺したよ。ばらばらにした。――殺したよ……

「沙奈さん落ちついて」彼女は私の肩にそっと手をのせた。私はそれをにぎる。「まだわからないじゃない。彼女は精神状態が不安定なようすだったわ、ただ興奮してるだけかも。それに彼女は、彼を殺して私も死ぬっていっていたのよね。彼女自身が生きているなら、それこそわからないわ。――そうだ、千夏さんはすぐ帰ってくるっていってた。きっともうすぐ帰ってくるのよ。だから待ちましょう。そしたらすべてがわかるわ」

　ゆっくりうなずくと、彼女もうなずき返した。

「それにもうすぐ氷上さんから連絡があるはずよ。そしたら、すぐ秋人さんに駆けつけてもらうから。ね？」

彼女は私の背中をさすった。同じ病気でも、こんなところはやはり歳上だ。しかし、彼女もつらいのだと思う。先ほどの城峯加代はひどく動揺していた。人を殺したという声を耳にしたのだから、あたりまえかもしれない。彼女にとって、殺人の被疑者が生まれることはなにより大きな苦痛なのだ。——信じている。きっとその言葉に祈りをこめただろう。

呼吸を整えながら、うつろな目で窓の外を見た。やはり、星は見えない。

鈴木真里　5

1

竹内刑事と話をしてから、まだ、３０１号室に入っていない。春美の部屋のまえから、住宅街を眺めていた。たくさんの住居に明かりがついたり消えたりするのは、見ていて退屈しなかった。まだ二日しかこの街にいないのに、不思議と愛着がわいている。

手にしている携帯電話の液晶画面を見ると、もう九時だった。二時間近くも、ここに立っていたことになる。寒さはあまり感じていなかった。色々なことが脳内を渦巻いていて、そちらに気をとられているのだ。

脳内に渦巻いているのは、とある『疑問』と、とある『不安』だった。どちらかといえば、『不安』のほうが大きい。しかし、このアパートに帰りつくまでは、『疑問』が勝っていた。『不安』なんて小さなものだった。でも、竹内刑事と会ってから、一気に不安が肥大した。

——出頭してください。彼の言葉が聞こえた。ばかだなあたし、と呟く。そのほうがいいに決まっているのだ。あそこまでわかっているのなら、彼らはなんなく私が犯人だとしらべあげるだろう。証拠なんて腐るほどに持ってくるはずだ。いや、まず、私を目撃したというホームレスに写真を見せれば、その時点でアウトなのだ。黒髪だとかいっていたらしいが、さすがに写真を見せられれば思い出すだろう。

両手首を見た。この手に手錠がされるのも時間の問題だ。今ごろ竹内刑事は、裁判所に逮捕状でも請求しているのだろうか。

彼に居酒屋で、「犯人は茶髪かもしれないしパーマかもしれない」といわれたのを、なぜか今思い出した。あの時はうまくごまかしていたが、考えてみれば、私はずっと疑われていたのかもしれない。

せっかく仲良くなったのにな……と、私は寒空にむかってひとりごちた。私の果たしたかった《復讐》の枠をこえて、彼のことは本当に好きになりはじめていた。気が合ったし、彼は素敵だった。それだけに、残念に思えてしかたがない。

冬の風がここ三階まで枯れ葉を運んできた。私はいよいよ寒くなってきて、春美に電話をかけて玄関をあけてもらった。はじめてこの部屋に入った時と同じように、暖かい。

春美が私の髪を指さした。ストレートヘアで、色も黒になっているのだ。

「真里、思い切ったね」と目を見張る。

私は不安を押し殺して笑った。「春美の真似だよん。いい女になった？」

うん、かわいい、と春美はいくつかうなずいた。そんな彼女を見ていて、二番手を走る『疑問』がふと浮かんだ。しかし結局は『不安』が勝り、『疑問』はどこへやら消え、私の表情は沈んだ。

部屋にいつものように腰を降ろしてから春美が顔をのぞかせる。「真里？　せっかく美容室行ったのに、よろこんでないの？　すごく似合ってるよ？」

「ありがとう。自分でも気に入ってる。春美には感謝してるよ」笑いたいのに口もとが緩まない。

「嫌なこと、あった？」と春美はいった。

「あのね春美」彼女の瞳を見つめる。「話があるの」

つい口から流れおちた。逮捕を目前にする今の精神状態では、黙っていることができなくなった。ひとりで抱えていることが、ひどく、不安になっていた。

どうしたの？　と春美は眉をひそめた。

「あたしさ、人を殺したんだ」心の奥にしまいこんでいた言葉だったが、スムーズに声に出していた。

「は？　え？」

春美は驚くというより、聞こえなかったというような顔をした。

「驚かないで聞いて」と私はいった。「近くの公園でホームレスが殺された事件、知ってるよね」

「あ、ああ、うん、警察が尋ねてきたやつ？　つぎの日に確か、テレビで見た。強盗殺人？　突き飛ばしただとかの？」

私はひとつうなずいた。

「それが？」と春美。

「犯人……あたしなんだ」そういってから財布をテーブルにおく。「この財布、その死んだホームレスのなの」

春美がなんていうか、こわかった。しばらく沈黙になるだろうと予想もしていた。私を罵るだろうか。軽蔑するだろうか。今すぐ出ていってと叫ぶだろうか。――それでもいい。彼女には、話しておくことが礼儀だ。

彼女の反応は早かった。意外にも、春美はくすくすと笑った。

「やだ真里、殺しちゃったの？」口に手をあてて、またくすくすと笑う。

「え、いや、うん」とりみだしたのは私だった。

「どうして？　ホームレスに怨み？」

可笑しそうに訊いてくる。

「いや、通りかかった時に文句いわれてさ。で、そいつが財布を落としたから盗もうと思って、でもそしたら気づかれて、それで揉み合いに……」

なるほど、といわんばかりにうなずいた。「じゃあ、悪いのはホームレスだ」

私は春美の顔をまじまじと見た。「驚かないの？　私がこわくないの？」

「人なんて、すぐ死ぬじゃない」といって春美は席を立った。いつもようにキッチンに歩いて薬缶に火をかける。「突き飛ばしただけで死んだホームレスのほうがこわい」

ああ、そう、と私は呟いた。不思議なもので、いわれてみればそうだ、という感覚にすらなった。

お湯はすぐに沸いた。紅茶でいい？　と春美。うなずくと、朝にのんだアールグレイをふたつ持ってきた。

「話って、人を殺したっていう、それだけ？」

殺人を、それだけ、でまとめていいかはわからなかったが、呆然とした顔であごをひいた。客観的に眺めていれば、春美になにかいうべきことがあるような気がした。しかし、今の私にはわからなかった。殺人犯の私は、なにが異常でなにが正常なのか、判別が鈍くなっているのだろう。ただ、どこか安心した自分がいるだけだった。

電話が鳴った。私のものだ。おそるおそる液晶画面を見る。予想通り、竹内刑事からだった。そうだ。もうひとつ話があったではないか。人を殺した、それだけ――ではない。そのことが刑事にほとんどばれていて、私はじきに逮捕される、という話をまだしていなかった。突き飛ばしただけで死んだホームレスが悪い、では警察は納得してくれないだろう。

覚悟を決めて、携帯電話を耳にあてた。春美が紅茶を啜る音と同時に、「竹内です」と声がした。

「ただいま電話に出れません、ってのはナシ？」

「それは困ります。せっかくデートのお誘いなのに」

「今から？」

「ええ」

「どこに連れて行ってくれるの？」

「サンパークという公園です」

それはロマンチックね、と鼻で笑った。

「来てくれますよね」

私は竹内刑事に聞こえるように、わざとらしいため息をついた。彼は、つぎのデートは事件が終わってから、といっていた。「つまりあなたの中では、事件は終わったのね」

「……やっと」

その言葉がやけに重たく感じられて、胸に手をやった。

「まだだれにも話してません。話がしたいので、ひとりで待ってます」と竹内刑事が続ける。

この期におよんで、まだ出頭をすすめてくれているような気がして、血の気が引いた身体の中には暖かいものを感じた。

目を伏せて、「すぐ向かいます」と口にする。

「デートですから、化粧は忘れずに」彼は優しくいった。

うん、と静かにこたえた。

気がつけば、どちらが切ったかわからぬまま、通話は終わっていた。

「だれから？」春美がいう。アールグレイは空になっている。

「警察」

私はひらきなおってほほえんだ。すると、殺人と聞いても動揺しなかった春美が、まじめな顔をする。

「どうして？」

「じつはさ、とある刑事に疑われてるんだ。いや、もう私が犯人だとわかってるねきっと」紅茶を啜る。刑務所ではこんなに味のいいアールグレイはいただけないだろうな、と考えた。

「今から、その刑事に会ってくる」

「そしたら？」

「捕まっちゃう」と笑った。「色々ありがとね、春美。あんたは恩人だ」

てっきり悲しい顔でもしてくれるかと思ったが、彼女は不愉快そうな表情をして身を乗り出してきた。「それでいいの？　捕まりたくないから、今まで逃げてたんじゃないの？　捕まりたくないから私に相談したんじゃないの？」

　予期しない言葉だった。それは……と言葉が詰まる。

「悪いのはホームレスだよ」春美はそういって近くのクローゼットからカッターナイフを取り出した。私はぎょっとしたが、彼女の表情は柔らかい。「殺しちゃえば？　その刑事も」

　そういって私のまえに差し出す。春美の自然な表情につられて、私はそれを受け取っていた。

「殺、す……」

「そう。悪くもない真里を逮捕するなんて、その刑事こそ悪人だよ。殺しちゃえ。ひとりもふたりも変わらないって」愛らしい笑顔でいう。

　確かに、彼はひとりで待っているといっていた。だれにも話していないともいっていた。

　――彼がいなくなれ、ば……？

　でも、彼を殺す？　竹内刑事を？

　じっとカッターナイフの刃先を見つめた。光沢する刃が赤黒い血で汚れる想像をした。

　殺しちゃえ――と、春美がまたいった。一瞬だよ、ともいう。

　心に黒い靄が立ちこめた。

　私は無言で紅茶をのみきってから、部屋を出た。カッターナイフを忍ばせた鞄を手にしている自分に、われながら恐怖している。

　――もう暗いから足元に気をつけてね。風邪ひかないように。

と、春美が玄関から手をふった。

2

どんなことを考えながら、歩いてきただろう。なにも考えていないはずなどないのに、思い出せない。自分の足音がリズムよく鳴っていたこと以外は、冬の風に流されてしまったのだろうか、なにも残っていない。

南門と書かれた石壁に背をまかせている人影があった。私を見つけると背をはなし、小さく頭を下げる。

「どうもこんばんは。昼間はお付き合い、ありがとうございました」

声が聞こえる距離までくると、竹内刑事がそういった。明るい口調だが、プライベートではなく刑事の面持ちだ。

「いいえ」首をふってから、「こんなすてきな公園にお誘いありがとう」と皮肉をいった。

「まあ、ここではなんですので、中へ」苦笑いを浮かべて、ひらいた手を園内に突き出す。

点在する木をかこむようにしてある木製の椅子に彼は促した。彼が敷いたハンカチの上に私はすわった。この椅子の感覚をおぼえている。ホームレスを殺した日に腰をかけた椅子だ。しかもちょうどこの場所だった。正面に、小さな住居がみっつならんで見える。私は自然と、その場所から目をそらした。

本当に人が通らない公園だ、と竹内刑事は呟いた。

「仲良くベンチでお話っていうわけじゃないんでしょ」と私から切り出した。

「ええまあ」彼はうなずく。「あなたに訊きたいことがあります」

「なにかなあ。まったくわからない」私はすましてみせた。

びゅうと風が流れた。通行したものがたとえ風であっても、サンパークはうれしそうにほほえんだように見えた。

「真里さん、あなたはホームレスから財布を盗みましたね」

刑事がいった。真実をつかんでいる者特有の、はっきりとした語りだ。

「正直にいったら、付き合ってくれるのかな」

刑事はそれにはこたえず、「盗みましたね」と再度いった。

また、風が流れた。

「うん。盗んだ」

いいわけをする気力はなかった。あのツーショット写真を見たホームレスが私だと認めていれば、どの道もう、いい逃れはできない。それに心がずいぶん疲れている。やっとこの質問をされて、安心している自分さえいた。肩がいくぶんかるくなったのがわかる。

「あなたはここを通りかかった時、ホームレスが住居のまえに財布を落としたのを見た。盗もうとした際、見られて揉み合いになった。あなたは財布は盗んだが、自分の財布を落とした」

「刑事ってすごいな。そう、ここにすわってたらむかつくことといわれてさ。それでそいつが財布を落としたから、盗んでやろうと思っちゃったわけ」

「やはりそうでしたか。そしてなるほど、そんな経緯がありましたか」

「え？　うん、だからこんな財布持ってるの」

私が古い財布を出すと、刑事は、「確かにあずかりました」とそれを片手で受け取った。

「あーあ」空にいった。「そんな財布、すればよかったかな」と大口で続ける。

「いいえ、それはいけません」一際はっきりとした声を彼は張った。「そしたら罪を背負ったまま生きていくことになる。私はあなたが居酒屋でその財布を持っているのを見て、多少のヒントを得ました。それがなければ、捜査はさらに困難を極めたでしょう」

「ふふ、意外とくさいことというんだね」上目遣いにいった。

刑事ですから、と彼はほほえむ。

「というかあたし、財布見られてたんだ。どじね」

「どじな犯人は、刑事からは好かれますよ。検挙率をあげてくれますから」

やった竹内さんから好かれた、と、冗談まじりによろこぶ仕草をした。

ちょうど、中年のサラリーマンが急ぎ足で北門から歩いてきた。私たちに不審者を見るような目を向けて、南門側の住宅街に抜けていく。人が通ったところをはじめて見ました、と彼がいった。

あれ、と私は声を出す。「でも私が財布を落としたなんてよくわかったね。あ、やっぱり私、この公園で落としてたの？　でも、だったらすぐにばれるはずよね。ホームレスに盗まれたとしても、亡くなったあとは警察が見つけるだろうし……」

竹内刑事は財布をひとつポケットから出した。品のいい桃色の光沢。それは見覚えのある、エルメスの財布だった。

「あなたにはやはり、こんな財布が似合っている」返します、といって竹内刑事は私の膝の上においた。

どこにあったの？　と訊くと、彼はいった。

「それよりも真里さん、あなたは罪をつぐなわなければならない。大事なことです」

竹内刑事に見られて、どくんと心臓が脈をうった。わかりましたね、といわれて顔を伏せる。

罪……殺人……逮捕。あの男の皮肉る顔が浮かぶ。復讐の二文字が歪む……

すると急に、春美の声が聞こえた。

——殺しちゃえ。一瞬だよ。

心に漂う黒い靄に気づくと、いっきに浸食をはじめた。自分の気持ちに恐怖しながらも、そうだよ、と肯く闇がある。

彼がよそ見をした。殺すなどとんでもないと思っていたはずなのだが、チャンスだ、と叫ぶもうひとりの私がいた。

——殺しちゃえ。一瞬だよ。

その言葉に洗脳されたかのように、鞄の中に、そっと、手を差しこんだ。凶器にふれる感覚があった。

そうだよ殺人は罪だよ。そんなことわかってる。でもね、わかっていてもね、人は捕まりたくないものなんだよ。惨めに笑われたくないんだよ。

彼はこちらを見る気配はない。今なら……殺せる……

「——許して」これは心の中でいった。

私の手はカッターナイフを小太刀のように逆手ににぎり、一瞬のうちに彼に突き立てていた。

——手が動かない。これ以上刺さらないくらいに刺しこんだらしい。手が、ふるえている。いやそうではない、身体が、ふるえている。

竹内刑事と目があった。彼の息があらい。しかし——

鮮血の色はみえない。

「とんでもなく……大きな……罪を犯すところでした」

彼は私の手首をにぎっていた。凶器は、彼に届いていない。刺さっていない。

「見なかったことにします……それはしまってください」彼の声は低く、静かだった。

カッターナイフを地面に落とした。力がふっと抜けた。すると涙が、急にあふれてきた。

竹内刑事がポケットティッシュを差し出してくる。「ハンカチは下に敷いているので、これで我慢してください」

私はそれをにぎった。ぎゅっと強くにぎった。なにも言葉が出てこない。自分のしたことが、おそろしくなった。私は、なんてことを……

風が、嘆きや叫びに似た音を出してうねった。

「泣かないでください。励ましになるかわかりませんが、そのカッターからは刃が出ていない。もし私に届いても、刺さりません」

あ、と私は声を出した。確かに地面にあるカッターナイフからは刃が出ていない。ずいぶんあわてていたらしい。どこまでもドジだ。しかし今回は、そのドジのおかげでいくぶん心がかるくなった。なにやってんだろ、と深い吐息をつく。

「本当にごめんなさい」と地面を見ながらいった。「あたしを……逮捕してください」

彼から返事はない。なので私は彼の顔をうかがった。刑事はまっすぐ、ホームレスの住居を眺めていた。

「さて」彼がきれいな姿勢のまま立ち上がった。「どうやら説明をしなければならないようです。あなたは勘違いをしているようだ。署で話す予定でしたが、まあ聞いてください」

はじめて会った時の、俳優のような語りだ。私は無言で彼を見つめた。涙のせいでひどい顔をしているだろうが、気にしてもいられない。

刑事はカッターナイフをひろって差し出した。受け取る気力がないことがわかると、自分の手で私の鞄に入れた。

「あなたは殺人を犯した」彼はいった。「と、思っているのではありませんか」

「え」と口をあける。そして小さくあごをひく。

「やはりそう思っていましたか。あなたの罪は、窃盗罪、傷害罪。どんなに悪くても、殺人未遂です」

「窃盗……傷害？」鼻をすすりながらこたえる。

こちらへ、と竹内刑事が手を伸ばした。その手をつかんで立ち上がると、彼のうしろに続いてホームレスの住居まで歩く。行きついた場所は、真ん中の住居だ。だれの気配もない。

「彼らは今、『酔夢』という居酒屋でのんでいます。ほら、私と会った居酒屋です。ここをはなれてもらうために、好きなだけのんでこいといってお金を渡しました。まあ、話があるので九時には帰って来てくださいと伝えてあるので、そろそろ帰ってくるでしょうが」

「いったい、どういうこと？」

彼は深い吐息をひとつついた。「不思議でしたよ。どうしてあと一歩、犯人に近づけないのか」

そういいながら地面を指さす。そこには皮財布が落ちていた。

「私の財布です。見えましたか？」

「いいえ」

　ですよね、と彼は財布をひろう。「ホームレスだからといって丁寧にしすぎました。上司にもいわれて、なるべく意見を尊重していたんです。こんな小さなことにしても、早く疑問に思うべきでした」眉の間に皺をよせて続ける。「ホームレスは犯人を見たと証言しているのですが、説明した女性の位置は、今、私たちがすわっていた椅子でした。そこから財布が落ちたのを見て、近づいたんだろうと考えられていたわけです」

「うん、それであってる。私、あそこにすわってたし」

「ですが夕方暗くなってからでは、電灯があるとはいえ、こんな小さなものはどうも見えづらい」そういって財布の土を払う。

「なにいってるの？　あたし……」

「ええ、あなたが財布をひろった時は、まだ明るかったのではないですか？　明るいとはいわなくても、周囲は見えた」

「そうそう」二度三度とうなずく。「夕暮れ時だった。太陽が沈んだばっかりでまだ暮れてなかったから、ふつうにあたりは見えた。四時半くらいだと思うけど」

　寂しい夕暮れに照らされる公園を思い出した。閑古鳥でも鳴きだしそうなあの空間に、私はいた。

「でしょうね。しらべてみるとあの日は、日の入りがちょうど四時半頃でした。本格的に暗くなるのは五時をすぎた頃だ」腕時計を人差し指で叩く。「まあ、ニュースではまだ夕方としか表現していませんからね。あなたは気づかなかった」

「つまり、どういうこと?」

「被害者が頭を打ったとされる時間は、四時半から六時半頃まで。つまりあなたも含まれます。ですが、目撃したホームレスの証言では六時頃とのことでした。後の捜査でその時間に走って逃げる女性が目撃されていたことがわかり、犯行時間は証言通りだと確定しました。よって、あなたが犯人とは考えづらい」

「でも」彼の顔をうかがう。「あたしのいうこと、信じてもらえるの? もしかしたら、暗くても財布を落とすの見えたのかもしれないでしょ?」

「あなたを見ているんです、住民が」彼は南門のほうの民家を指さした。「その住居は、四時半頃に女性を見たといっていたんですよ。写真で確認してみるとあなたで間違いないとのことでした。すみません、財布が見えないなんて、余計なことを挟みました」

「それはいいけど……そう」静かに息をつく。急に犯人ではないといわれて少々混乱している。しかしもちろん、どこか安心した自分がいた。でも——疑問が残る。自分が犯人でないことに異存はないが、どうもおかしい。「でもあたし、確かに突き飛ばしたんですよ? 財布だって盗んだし、ほら証拠にあたしの財布もあったんでしょう?」

エルメスの財布を持ち上げて見せる。

「そのまえに」と彼は人差し指を立てた。「たぶん、もうひとつあなたは勘違いしていることがあります。死んだのは工藤というホームレスで、住居は、となりです」

一番右にある家に、立てていた指を向けた。そこには確かに、花束がならんでいる。しかし……

「あたしが取ったのは、ここ、真ん中の家のホームレスの財布です」そうだ。私が腹を立てて近寄ったのは、まぎれもなく正面にあるこの住居だ。

「ここは、目撃者の山本という男の住居です」

そんなこと……と、私はあ然とする。

その時、足音を聞いた。ここに向かってくる足音だ。見ると、影がふたつ近寄ってくる。

「ちょうど、帰ってきましたね」竹内刑事がいった。「おかえりなさい。おいしい酒はのめましたか」

正面にホームレスがふたり立っていた。私は、その片方に見覚えがあった。あいつだ、椅子にすわっていた時に近づいてきた、あの男だ。

「おまえは――」

山本というらしいホームレスが私を見て細い目をひらいた。髪型を変えているが、わかったらしい。少なからず酔っている足取りだったが、口調に酒気は感じられない。一瞬で醒めてしまったらしい。

こんなことは二度とないと確実にいえるほど長いあいだ、私はホームレスと視線を合わせていた。

――どうしたかわいい姉ちゃん。にやついた顔でそういった、あの男だ。突き飛ばし、頭をうって死んだはずの男が、生きている。

「真里さん、彼らはあの日、五時頃から居酒屋に行っています。もちろん工藤さんも、あなたが突き飛ばした山本さんもです。ようするに、頭などぶつけていなかったんです。あの程度の軽傷ですよ」竹内刑事は山本の頰に貼ってある汚れた絆創膏を指さした。「あなたが公園からいなくなったあとには、だれも死んでいない」

死んでいない、という言葉がやけにはっきりと耳に残った。もう一度聞きたいとすら思える言葉だった。

「あたしが殺したんじゃ……ない」

竹内刑事は私とホームレスのあいだに立った。姿勢を正しているせいもあるだろうが、今までよりずっと背が高く見える。刑事というより、法廷で論を飛ばしあう検事や弁護士といったオーラを彷彿させていた。

彼の目が、私を見た。

竹内秋人　5

1

「さて真里さん」私は鈴木真里を見ていった。呆然としている。今まで殺人を犯したと思っていたのだから、無理もない。「あなたは殺人を犯していない。これが聞けたらもう十分なはずだ。続きを聞きますか？　お疲れなら、向こうの椅子でお待ちください。帰らないでくださいね。一応あなたも、窃盗の罪で署まできてもらわなくてはなりませんから」

彼女は少し考えてから、「聞きたい」と一歩出た。「だってなぜ、あたしが六時にもう一度目撃されているの？　確か黒髪とかいってはいたけど、女性が目撃されてはいるのよね？　え？まさかもうひとり、その工藤という人から財布を盗もうとした人がいたってこと？」

なるほど気になるところだろう。私はひとつうなずいた。

「半分、正解です。真里さんはその頃、『鈴の音』という喫茶店でコーヒーでも啜ってますから、もちろんあなたではない。つまり黒髪の女性は存在したことになる。しかし、その女性と工藤さんが争っていたのは——おそらく嘘だ」

彼女は、喫茶店にいたなんてなんで知ってるんだ、という顔をしたが、それよりも先に、「どうして嘘を？」と訊いてくる。まるで私を責めているかのような口調だ。

「嘘をつかなければならなかったからですよ」鈴木真里に背を向けて山本を見た。「工藤さんが死んだ理由をかくさなければならなかった。そうではないですか？」

山本は煙草に火をつけた。「しおどきかねえ」と松町のほうを見る。彼は黙ってうなずいた。

「まいりましたよ、この事件。おかげで殺されるところでした」鈴木真里を見る。彼女は申し訳なさそうに顔を伏せる。

山本が口をひらいた。

「その子、真里というのかい。その女の写真見せられてから、嫌な予感がしてたんだよ」頭を掻く。口の隙間から煙がもれた。「まったく、俺は短髪で黒髪の女性っていったのに、どうやってその子にたどりついたんだい」

話せば長くなります、とだけ私はいった。

山本が続ける。「女性と工藤が争っていたのは嘘っていったな。なんでわかったんだい」

「もうひとり、ホームレスの財布をねらう女性があらわれた。それは考えづらい」

「確率は、ある」山本はそういったが、少し考えて、「ああ、いよいよあの女、警察を訪ねたのかい」といった。

やはりそうか、と確信を得る言葉だった。待っていたセリフだ。

私は首をふる。「いいえまだです」そういうと彼は訝しげな目をした。「私は、その女、の顔すらしらない。髪型もショートなのかロングなのかも確定していません。まあ、住民のほうが正直でしょうから、長髪でしょうが」

「ああ、そうだよ」山本がうなずいた。「だが……」

山本の気持ちはわかる。そうでもなければ、わかるはずもないのだ。

ちらりと鈴木真里に目をやると、まるで理解できないような顔をしている。気持ちはわからなくもない。私としてもまだ仮説でしかないのだ。

しかし山本の言動から見て、どうやら正しかったようだ。

「確かに、六時頃に逃げる女性が目撃されています。これが財布を盗まれたという話に信憑性を持たせたわけです。が……」こめかみに中指をあてる。「人が『逃げる』という行為に至る時というのは、悪いことをした時だけではないということです」

視界の端にいる鈴木真里は首をかしげたらしかった。

「男と男では満たされないものがある。親友でも、よほど特殊な関係でないかぎり、それは埋められない」忌ま忌ましいが、なぜか昨夜の高校生の顔が浮かんだ。こめかみから指をはなし、駅の方角に向ける。「『酔夢』の店主から聞きましたよ、同性だからセックスはできない、そういっていたらしいですね。どうやら、あなたたちは同性愛者じゃないらしい」

山本が鼻で笑った。自分でいったことに恥じらっているようにも見えた。

「もったいぶりましたが、埋められないものとは、つまり性的な欲求です」

「まさか、女性を襲った？」鈴木真里が声を出す。

私はこっくりうなずいた。「そう考えました。捜査員のしらべで、裏手の民家の人が、女性の悲鳴を聞いた、といっていたらしいです。工藤さんの財布を盗もうとした女性が揉み合いになった際に出した声だと思われていましたが、予想するに、悲痛な叫びだったのではないでしょうか」

「最っ低」と鈴木真里。だが自分も窃盗の罪を負っているからなのか、声は小さい。

「山本さん、これはまだ証拠はない。しかしあなたは、あの女は警察を訪ねたのか、と言った。確かに、襲われた女性が被害届けを出せばあなたの証言はがたがたになる。これは自白とも受け取れる」

山本は黙っている。いいわけを考えているのか、観念しているのかわかりづらい表情だ。松町も、そんな山本を黙って見ている。

「一応聞いておきます。性格上、女性を襲ったのは山本さんひとりだと思っていますが、あっていますか？」

山本が無言でうなずいた。

「あの、竹内さん」うしろから鈴木真里によばれ、ふり向く。「じゃあ工藤って人は……やっぱり殺されたの？」

ひと呼吸おいて、「ええ」とホームレスを見直す。ふたりの表情がぴくりとした。

山本が近くのバケツをひっくり返して腰を降ろした。くわえている煙草を消して、新しいものに火をつける。松町は立ったままだ。どこを見ているかはわからない。

「こう考えれば、筋が通るのですよ」工藤の住居を見た。「工藤さんは住民に好かれるほど人がよかったらしいですね。そんな彼が、酔ったいきおいで女性を襲う山本さんを見たらどうでしょう？　間違いなく止めに入ったでしょうね。女性は無事に逃げ出し、そしてせっかくの獲物を逃がされた山本さんは、工藤さんと口論になり突き飛ばす、そして……。裏手の住民が、ホームレス同士で争っているのかと思った、といっていたらしいです。その通りだったんでしょう」

「あの日は、のみすぎた」山本がやっと口をひらいた。「そのかわいい姉ちゃんが大金落としていくからよ。まったく、馬鹿をやったよ。工藤のやつはホームレスのくせに、いつも正しすぎる。住民にも好かれる。俺は、心のどこかで妬いてたのかもな。あの日はそれが爆発したのさ」

鈴木真里をちらりと見る。かわいいといわれても、さすがにうれしくなさそうだ。

「げ、全額抜かれてる」財布の中身を確認してから彼女はいった。「十万は入ってたのに」

「残りはこれだけさ」と山本は六万円をポケットから出した。「貧乏性だから取っておいたが、つかっちまうんだったな」皮肉に笑う。

山本はお札を差し出すが、鈴木真里が受け取らないので私があずかった。そして代わりに、彼女から渡された古い財布を彼の手に返した。当然、少しもうれしそうではない。

「店主もおどろいていましたよ、あの日はなかなかのんだってね。まあ、勤労感謝の日だからだと思っていたらしいですが」

そういうと山本は鼻で笑った。

「俺も同罪だ」と松町が急に声を出した。

「わかっていますよ」と私はいった。「いつも松町さんは一番安い酒をのむと店主はいっていました。しかし先日、家の中には高級な純米酒や吟醸酒がならんでいた。花向けといっていましたが、おそらく違う。きっと山本さんと工藤さんが争うのを見たんでしょう。しかし金や酒を渡され、黙っていた。申し訳ありませんが、あなたも罪になるでしょうね」

松町はうなずいて二万円をポケットから出した。その顔に曇りはなく、やっと真実を語れたことでうれしそうにすら見えた。

「それより、真里さんにしても山本さんにしても、証拠は？　とか聞かれないのですね」

「そんなドラマみたいなことやってられるかい」山本は煙をくゆらせながらいった。「これでも俺は昔、役者を目指してたな、推理劇をよくやったんだ。警察がそこまでいうときは、いつもすべて、ばれたあとだ。証拠は、なんていったところで刑事さんにニヤリとされるだけさ」

私はふっと笑って、「それを話すのが、刑事の楽しみでもあるのですが」
「残念だったな」煙草を消して立ち上がった。「パトカーをよんでくれ」

2

倉田に連絡を入れて、車をまわした。彼は山本と松町を乗せて、すぐに警察署に向かった。事件が解決したことは倉田にも知らせていなかったため彼は訊きたいことが色々ありそうだったが、あとでのみながら話そうといって納得させた。

私は深い息をついて木製の椅子にすわった。車に同乗しようと思ったが、鈴木真里をひとり残してもいけず、公園に残ったのだ。山本が被害届けは出さないといったので、彼女は署に行く必要がなくなっていた。俺みたいになんなよ、といって車に乗りこむ姿は、役者志望だった頃の影がにじんでいて、なかなか様になっていた。

「竹内さん、なんか色々、ごめんね」鈴木真里が横からいった。

「私こそ。一度は疑ってしまいましたからね」あずかっていた金を彼女に返した。「しかし真里さんも懲りたでしょう。財布なんて盗むもんじゃない」

「道端の十円だってかんべんだよ。今なら間違いなく交番に届けるね」

ミニスカートから伸びる細い足をさすりながら、鈴木真里は疲れ果てた声を出した。

「もちろん、刃物を人に向けてもいけない」と私がいうと、「二度と刃物なんて持ちません」と小さくなる。「それでは料理ができない」と私は笑った。

「そうそう」早く話題を変えたいのか、彼女は声の調子を変える。「私は訊いてあげる。山本ってのが犯人だって、どうしてわかったのか」

ああ、とうなずく。咳ばらいをひとつしてから、「きっかけは財布です」といった。

「財布」と彼女は繰り返した。

「捜査協力として紙幣を渡したんですが、松町さんは財布に入れたのにたいして山本さんはポケットに入れたんです。性格の違いかと思ったんですが、どうも気になりだしましてね……」

最初は、いわゆる勘に近いものだった。私は漠然と、山本の財布もきっと鈴木真里が持っていたような古い財布に違いないと思った。すると、ある考えが自然と生まれた。

鈴木真里がこの公園に来たのはほぼ確実である。そしてアパートで出くわした時の反応から、ホームレスと接触したのも確実だと思える。――山本は、鈴木真里の写真を見て急に、曖昧な証言をやめた。まるで、彼女が疑われては困るように……

閃光のように思考が駆け巡った。

山本は財布を持っていないのではないか――その財布は鈴木真里が持っているものではないのか――

確率は高いように思えた。彼らは事件当日、『酔夢』ではじめて使うような金額の飲食をしている。鈴木真里は古い財布を常用していることから、自分の財布は持っていないことになる。彼女が揉み合いの際に落としたのならば、それが資金源の可能性は十分あるはずだ。ならば、山本が黙っていることにもうなずけるのだ。ホームレスの財布の中身など、たかがしれているだろう。ためらいなく鈴木真里の財布を選ぶはずだ。

まずそれを確かめた。鈴木真里が争った時間はホームレスが居酒屋に行く五時以前だということになる。それについては、思いあたる節があった。南門の近くの民家に、四時半にかわいい女性を見た、と証言する子供のような話しかたをする無愛想な男がいた。時間帯を考えて、それが彼女である可能性は大いにあった。写真を見せると、案の定、それは鈴木真里だったのだ。この後、彼女は『鈴の音』という喫茶店に閉店まで身を潜ませるため、もどってきたということはない。果たして、鈴木真里は殺人は犯していないこととなった。そして彼女が争ったホームレスは、あの日、居酒屋でふたりにご馳走したという山本だということが濃厚になったのだ。

私は咳ばらいをした。

「それを確実なものにするために、山本と松町を『酔夢』に向かわせたんです。留守のあいだに山本の住居をしらべると、お洒落な桃色の財布が出てきました。鈴木真里と書かれた保険証が入っている、あなたの財布です。エルメスとは驚きました」

鈴木真里は長い話を整理するために頭をかかえて、うーん、とうなった。そのあとで、なんとなくわかったかも、とうなずく。つまりあいつが持ってたわけか、ともいった。

「でもさ」と鈴木真里が続ける。「それ、あたしが争ったのは山本だってわかっただけよね。それじゃあ山本って人が工藤って人を殺したってことにはまったくむすびつかないじゃないの。そりゃあ、もうひとり窃盗犯がいたってのは少し考えにくいけど、ありえなくはない」

私はポケットに手を入れた。しかし中は空だった。そういえば、さっき倉田に渡したのだった。「山本の住居からね、もうひとつ財布が出てきたのですよ。白くて汚れた長財布。工藤のものです」

「ああ……なるほど。窃盗犯が持ってるはずの財布を、あの山本ってのが」

「交番に駆けこんだのは松町です。おそらく、そのあいだに盗んだのでしょう。もちろん強盗殺人だと偽装するために」

そこから導き出されるものはなにか、私はそう考えた。「黒髪の女性は実在している。しかし窃盗犯ではない。山本が嘘をつく理由はなにか……直感で、強姦ではないかと。聞いた話によると、あの人はよく卑猥なことを話しているらしいですからね」

あたしも嫁になれとかいわれた、と鈴木真里がいった。私が黒髪の女性について尋ねた時も、そんなやつがいるならぜひとも嫁にもらいたいね、と話していたことを思い出した。

「先ほど話したように」と私は続けた。「工藤が止めに入り、のちに口論になったなら合点がいくんです。そして最初に黒のショートヘアだと嘘をいっていたのも納得できます。襲われた本人こそが発見されては困りますからね。被害者が警察に行かないかぎり、そういっておけば安心だ。住民が見ていることも考えてすべて嘘はつかなかったところは、なかなか見上げたものです。暗かったですから、髪が長いか短いか程度ならあとで見間違っていたといっても納得できます。しかし奇をてらって緑色の髪とでもいってしまえば、食い違いがおきていました。――それに、工藤が死んだ理由を自分の体験と置き換えたこともなかなか上手かった部分です。警察は嘘を見抜くプロだ。それでも違和感がなかったのはつくり話でなかったからですからね。動きがリアルでしたし、話にズレも生じなかった」

喉がからからになってきたので、まあとにかく自白がとれてなによりでした、と話をまとめた。

「刑事の推理にケチはつけたくないんだけどさ」鈴木真里は不思議そうにいった。「結局犯人は山本ってやつだったけど、それを考えてる時、こうは考えなかったの？　女性を襲ったのは工藤で、突き飛ばされて死亡した。それを見つけた山本は、警察が来るまえにしめしめとばかりに財布を取った。――あ、私が争ったのも実は工藤で、私の財布もその時に山本が盗んだってこともありえたわけだ」

「なかなかするどい」私は苦笑した。「確かにそうです。もちろんその可能性も考えました。しかし、考えるだけが捜査じゃない。私はすぐに鑑識さんにお願いして、指紋の照合をしてもらったんです。もちろん、まだ仮説の段階でしたので、どんな意図かは伏せましたが」

私は急遽、鑑識の沼田に連絡を入れ指紋の鑑定を依頼した。財布と、とあるジャケットをだ。

「指紋」と彼女は目を細める。

「あなたの財布には、指紋が残りやすい。しらべてみると、真里さんと山本の指紋しかありませんでした。これであなたが争ったのは山本に確定です。あなたの指紋はアドレスを書いてもらった紙からいただきました」

「じゃあ、工藤って人の件は？　女性を襲ったのは本当にあの山本ってやつなの？」

「『酔夢』の店主がね、工藤は赤い服でお洒落をしていたといっていたんですよ。確かに彼は褐色のセーターを着て死亡していたんです。ですが先ほど、あらためて工藤の住居に入った時、赤いレザージャケットを見つけたんです。もしかして、店主がいってたのはこれではないだろうかと思いましてね。確認しましたら、やはりそうでしたよ。よく考えれば、セーター一枚で外出するには寒いですよね。盲点でした。彼は横になる時に脱いだんでしょう。ジャケットでは寝心地が悪い」

声はつめたい空気に流されていく。静かだ。客のいないホールでトークライブでもしているかのような気分になる。いや、客がひとりだけいる。鈴木真里が、「それで？」と身を乗り出した。

私はひと呼吸おいてから続けた。「女性を襲うなら、当然横になるまえだ。もちろんまだジャケットは着ていたでしょう。しかしです、ジャケットに女性を襲ったと思わせる指紋はなかったのですよ。あれも指紋が残りやすいんです。ついていたものはまず本人、そして山本と松町のものでした。――ああ、彼らの指紋は、身のまわりのものから採取しましてね」

「工藤が松町って人と争ったって可能性は？」

「今は指紋鑑定も進んでいましてね。重なっていても最後についた指紋までわかる場合がある。なのでジャケットをしらべました。確かにいくつか重なっていましたが、最後の指紋は山本のものでした。ちょうど、両手で突き飛ばしたような形で、くっきり残っていましたよ」

鈴木真里が肩をすぼめた。「そこまで調べたんだ。すごいなあ」

「自白がとれなければ提示するつもりでしたが……刑事なんてしてると、人の善意にかけてみたくなるんですよ」

「うまくこたえてくれたわけだ」

「ええ、酒をのませた甲斐があるってものです」そういってから工藤の住居を見る。「まあ、これがわかったのは私の力ではなく工藤さんのおかげですがね……」

先ほど思い出したのだが、南門前に住んでいる主婦がジャケットをプレゼントしたといっていた。あの服はなかなか高価な品に見えたので、おそらく、あれなのだろう。指紋がのこらない服もあるゆえに、これは工藤が住民に優しくしていたからこそ解決できた謎だといえる。そう話すと、彼女は黙ってうなずいた。

私はしばらくホームレスの住居を眺めた。正面にならんで見えるみっつの住居には、もうだれもいない。じきに解体され、この公園から消えていくだろう。サンパークという公園からいよいよ人がいなくなる。――風が鳴いている。私には、それがこの公園が泣いているようにも聞こえるのだった。

「そうそう」と鈴木真里がいった。「酒をのませた甲斐があるとかいってるけど、あのホームレス達を居酒屋に行かせたのはどうして？　気をよくして自白させるため？　警察なら、なんだかんだ理由をつけて中を見せてもらえそうじゃない？　ただでさえ貧乏なのに居酒屋なんて行かせなくても」

ははは、と静かに笑って、確かに、とあごをひく。「まあ、刑務所に行けば、しばらく酒などのめませんからね。最後の晩餐ってやつですよ」

「あら、犯人にも優しいのね」と顔をのぞかれたので、私は、「嘘ですよ」と首をふった。

あれは、戒めと、詫びだった。

「なぜ時効というものが生まれたか知っていますか？」

鈴木真里は、まさか、といわんばかりにはにかむ。

「色々ありますが、その中には、罪を背負って生きていくのは精神的苦痛もあるし人目を気にしなければならないので行動も制限されるために、それは社会的制裁である、という考えかたがあるんです」

これには首をひねりながらも、「ああ……そうかも」と反応をみせる。

「彼らもそうだったでしょう。松町さんの表情なんて、まさにそうでした。最初は嘘をつきましたが、後日には、もしかしたら捕まって楽になりたかったかもしれない。ただいい出せなかっただけかもしれない。そうじゃなくても、心は苦しかったと信じたい。……私は、もっと早く気づいてあげるべきでした。そしたらもちろん彼らだけでなく、亡くなった工藤さんへの餞別にもなりました。貧乏な財布をかるくしたのは、自分への戒めと、お詫びです」

ふうん、と彼女が鼻を鳴らした。「色々考えてるんだ。だから少しもうれしそうにしないのね、竹内さん」

ゆっくりうなずく。「解決してうれしい事件などありませんけどね」と添えた。

どんな事件が解決した時も、うれしくないのは同じだった。事件がひとつ減ったのではなく、犯罪者がひとり増えただけだという考えがいつも心中を渦巻く。まず事件が起こらなければ、解決もないのだから。

「なぐさめてあげようか？　財布ももどってきたし、貧乏刑事にシングル・モルトをご馳走してあげる。あ、それとも、キスがいい？」唇に指をあてる。

酒がいいです、と私がいうと彼女は拗ねた。

「しかしそんな時間はありません。あなたを彼の部屋まで送ったら、すぐに署にもどらなくては」

彼？　と彼女は首をかしげたが、すぐに、「残念」と眉を下げる。

「ただし、必ずごちそうしてもらいます。お忘れなく」

「ふふ。少しはあたしに興味持ってくれたのかな」

「あなたが殺人犯でなくてよかった、とは思ってます」

一歩前進ね、と彼女は片目をとじる。すでに自分がカッターナイフを向けたことなど忘れているようだ。それに、このあきらめの悪さと肝のすわりかたといったら大したものだと思わずにはいられない。私はなぜか、この子はいつか大物になりそうだな、と思った。

3

南門から出て、あのラピスラズリというアパートに向かいはじめた。十一時をまわっている。こんな時間になるとあいかわらず、野良猫すらも見かけない。

空を見ると、昼間よりもますます空が曇ってきていた。まっ黒だ。

「これは雨がきそうだ」と呟く。鈴木真里はそれが聞こえたらしく空を見たが、もうすぐ部屋なので興味なさそうにした。

「そうだ忘れていました」と私はいった。「よかったらおしえてください。あなたはいったい、なに者なんです。あの晩の行動にはなんの意味があったのです」

「なに者って失礼ね。ふつうの女の子よ」忍者みたいにいわないで、と鈴木真里はくすくす笑った。

「わからないんですよ。なぜ彼の家に最初から行かず、民家を点々としたのか」

そういうと彼女は、「かれぇ?」と嫌そうな顔をする。

「カズヨシさんです」と私はいった。

「だれそれ。彼どころか、フラれたばっかりなんですけどー」不機嫌そうに髪をかきあげる。

「あたし、銀座のクラブで働いてたんだけどさ、ある男が、僕が面倒見る、なんていうから住みこむつもりではるばるこの街にやってくれば、妻がいるんですよ。信じられる? おまけに、おまえみたいな髪型とギャルメイクは嫌とか、同棲したら二日で飽きるとか、信じるほうが悪いとか、散々いいやがって。これでも店ではナンバーワンだってのに……」

彼女はぶつぶつと文句を続けているが、「嘘でしょう」と、わりこんだ。

「嘘じゃないですよ」とふくれた。「もちろん親とか友達には止められたよ。騙されてるってね。でも悔しくって、あたしにだって一生面倒見てくれる人がいるってタンカ切って家出してきたんだ。まあ結局そんな結果だから、恥ずかしくて帰れなくなって……まあ、そのまえに全財産失ったから、身動きとれなくなったんだけどさ」

なおもぶつぶつ続ける。私に話しているというよりひとり言のようだ。

そんな横顔に、「しかし今は彼氏がいるじゃないですか」と私はいった。

「もう、いないってば。いたら竹内さんにも近づかないよ。あたし今、復讐してやろうと思って男つくるのに必死なんだから」

「復讐……」と呟く。

鈴木真里はにこりとほほえんだ。「イケメン彼氏つれて、あいつのまえに現れてやるの。素晴らしい復讐でしょ？　そのためにはあたしもさらにイイ女にならなくちゃいけないから、美容室行ったし。昨日は新しい包丁買って千切りの練習までしたんだから」

「どうも話が見えません」と私はこめかみを指先で叩いた。「あなたは男性とあの部屋に住んでいる。それは他人だというのですか？」

彼女は、ああ、とうなずく。「あの子は女性ですよ。泊めてっていったら泊めてくれたんです。まあ服装が男っぽいからね、それで見間違えたんじゃないの？」

「いえ」首をふる。「あの部屋の住民は見たことがありません」

「はい？」と怪訝な顔をされる。

どうも噛み合わないので私はいった。

「実は、部下に一応、あの部屋の借主をしらべてもらったんです。そしたらあの部屋の住民は男性だということがわかりました」

「そんなまさかあ」またまた、という風に手をふる。「だれ？」

「だからカズヨシさんです。サイジョウカズヨシ」私はじれったくなって、西條春美、と、執務手帳に文字を書いて見せる。「読みかたを知らなければ、確かに女性と間違えそうです。しかしあなたは住民を見ているのでしょう?」

それを聞いた鈴木真里が歩みを止めた。黙っているが、口の形は、「あ」といっている。大事なことを思い出した顔だ。

「そうだった……そうなの、あのね」

鈴木真里は鞄に入れてあったらしい雑誌を抜き取った。ページをめくり、あるページまできたところでひらいて見せた。一面に美容師の男性が掲載されている。「私が行った美容室なんだけど」といいながら彼女は男性の名前のところを指さした。

――西條春美。サイジョウカズヨシ、と読みが書いてある。これには少なからずおどろいた。この男が、あの部屋の住民だということになる。

「あまり意識してなかったんだけど、タクシーの中で改めて見てたら名前がわかってさ。泊めてくれたその子、サイジョウハルミっていうの。同じ漢字だし、すごいなーって思ったんだよね」それでええっと、と頭を手で叩く。「あ、でね。美容室に行ってみたら、知ってる男がいたんだ」

鈴木真里は、昨日、部屋に男性がきたことを説明した。なんでも、「カッシーいない?」と尋ねてきたらしい。彼女は部屋を間違ったのだと思い、帰したらしかった。

「確かにその時の男だったから、なんとなくその人にカットお願いしたんだけど、まあそしたら必然的にその時の話になるよね。事情を聞いてみたら、雑誌に載ってたカズヨシさん？　あの部屋に住んでたんだって。カズヨシだからカッシーね。今日は休んでいたみたい。その時はこんなこともあるもんだって笑い合ったんだけど……え？　まだ住んでるって？」

「ええ。その、ハルミさん？　にはなにか訊いてみましたか？」

「まだ訊いてない。それどころじゃなかったのよ、あなたに殺人犯あつかいされてさ」

彼女は皮肉をいうが、私は気にせず「妙ですね」と続けた。「間違いなく、まだその男性はあの部屋に住んでいることになっている」

「うーん」左右に首をひねる。「同じ漢字だし、そっちこそ間違ってるんじゃないの？　春美は最近引っ越してきたってちゃんといってたしね」

「あの部屋は、五年前から住人は変わっていません」

「きっとなにかの間違いよ。それとも、ハルミがそのカズヨシさんだとでも？　確かに服装は男っぽいけど、雑誌の人とはまるで別人だし、どう見ても女だよ。女装とか整形でも説明はつかない。化粧とか手つきとか肌とか、声まで女だもん」

「いえ、やはり妙だ……」この程度のことでしらべ間違いなどはありえない。「案内してくれますか。ハルミさんに会いたい」

それはいいけど、と鈴木真里はうなずいた。刑事に妙といわれ、不安な心情が見えかくれしていた。「確かにちょっと、ふしぎな子ではあるけどさ」と小声で呟いている。

そういえば、あの部屋をはじめてのぞいた時、なにか違和感があった。それはなんだったか……

私は暗い道の先を見た。とにかく行けばわかるはずだ。心の中でそういった。

4

刑事なんて連れてきて嫌な顔されないかなあ、と鈴木真里はぐずぐずいいながら階段をのぼる。私は無言で続いた。三階の301号室まえまで来ると、彼女は携帯電話を耳にあてた。

「あけてもらうときはいつもこうしてんの」と説明した。

十秒ほどがすぎた。鈴木真里がしゃべり出す気配はない。少しずつ眉のあいだに皺が寄っているのがわかる。さらに十秒ほどが経過すると、彼女は携帯電話を耳からはなした。

「出ない。寝てるのかな」

彼女は私に尋ねてくるが、まさかわかるはずもない。

私は扉に近寄ってノブをまわした。鍵がかかっていることを想定してゆっくり手前に引いたが、予想に反して扉はみるみるひらいていく。明るい室内が口をあけた。

「あれ、こんなのはじめて」と鈴木真里がいった。「春美」といいながら、ハイヒールを脱ぎ散らかし中に入って行く。ひとまずその背中を眺めていた。

部屋は1Kらしかった。仕切られたガラス扉をあけて奥のフローリングフロアまで入った鈴木真里は、私のほうをふり向いて、「外出してるみたい」という。そのあとに、お手洗いや風呂場ものぞいて、「うんいない」とあらためていった。

私はますます気になってきて、遠慮なく部屋にあがった。鈴木真里が、ちょっと、とあわてて止めに入ったが、気にせずに奥まで足をすすめる。

「だめだって、怒られちゃう」と、彼女は玄関を見ながらいう。今にもその女性が帰ってくるような気がするのだろう。

「まるで男の部屋だ」と私はいった。最低限の家具、黒が目立つインテリア、サングラス、おいてある本も少年誌が占めている。

「だから男っぽい趣味なんだってば」私の腕を引っ張る。

押し入れの扉をあけた。あたし知らないよ、と鈴木真里はため息を吐く。

「この中を見たことは？」

「あるわけないでしょ他人の部屋だよ？　それにあまり触ると春美に怒られちゃうしさ」

初日にCDをむやみに触って怒られた、という話を彼女はした。

「じゃあ見てみるといい」と私はいった。「男ものばかりだ。下着もね。ブラジャーなんてのもない」

「まさか」といいながら鈴木真里は押し入れに近寄って中を見る。すると眉を寄せて、すぐに私の顔を見た。理解できたらしい。「ここまで男服が好きなのかな」と私が訊くと、さすがに彼女も首をかしげた。

携帯電話が鳴った。鈴木真里が反射的に自分のものを見たが、鳴っているのは私のほうだった。

表示されている名前は――城峯加代だ。

キッチンに移動してから電話を取ると、「わたし、加代」と控え目な声がした。おそらく病室からなのだろう。

「すまないが、今は少し立てこんでいる」

「ごめんなさい。でも、千夏さんが見つかるかもしれないの。彼女は彼を殺したっていってる。まだわからないけど、早く見つけなきゃ」

静かな声だが、興奮の色も見える。しかし彼女のつぎの言葉には、私の中にも沸き立つものを感じた。

――ラピスラズリというアパートの３０１号室。

「千夏さんの彼の部屋はそこらしいの。あのサンパークという公園の近くよ。なんとか行ってみてくれないかしら。わたし不安で……」

私はひとつ深呼吸をした。今、一瞬のうちに組み上がったパズルには、痛々しい真実がまっ赤な文字で書きなぐってある。素手で描いたように雑な文字だ。「彼の名前は」

「名前？　カズヨシ、らしいの」

もうひとつ、深呼吸をした。「――沙奈さんはいるか。変わってくれ」

え、と加代はいったが、ああうん、とすぐに返事をした。どうやらそばにいたらしく、少し携帯が動いた気配があると、桃井沙奈が、もしもし、と声を出した。

「沙奈さん。鈴木千夏さんの容姿をおしえてくれないか」

「容姿？　千夏の？」そう、と私がいうと、彼女は、ええと、と考えてから話した。「長い黒髪で、すごく美人なんだけど、説明っていわれると……」

「それでいい」私はちょっと待ってほしいと告げてキッチンからとなりの部屋に歩いた。鈴木真里はベッドにすわっている。彼女がなにかいおうとしたが、私のほうが早かった。「ハルミさんは黒髪で長髪の子かな」

「は？　なんで知ってるの？　隠しカメラ？」鈴木真里はきょろきょろする。

「そして訊くが、ハルミという名前は彼女が名乗ったのかな」

彼女は首をふりながら指をさした。そこにはクローゼットがあった。サイン色紙が飾ってある。――西條春美さんへ。「あそこに書いてあるのをあたしが見つけたの」

なるほど、と私はうなずいた。脱走中の鈴木千夏にとって、名前などなんでもよかったはずだ。それに、色紙に名前が書いてあるとなれば、その場は認めざるをえない。

「カズヨシさんは」と桃井沙奈にいう。ああはい、と返事があった。「榮舞子というアーティストが好きかい」クローゼットやキッチンをのぞきながら尋ねた。「ウィスキーはアードベック、コーヒーはブレンド、紅茶はアールグレイ。冷蔵庫には……生クリームに卵、生パスタ……予想するにカルボナーラだろうね。これらも好きかな」

それぞれに同意をしめす返答があった。どうやらこの部屋で間違いはないらしい。

「でも竹内さん、どうしてそんなこと。冷蔵庫って……」いよいよ桃井沙奈がそう訊いてきた。

「ちょっとした事情で、今、彼の部屋にいる」私は正直にこたえた。

うそ、と声がした。口のしまらない顔が想像できる。彼女はその事情を訊いてくる気配もなしに、「カズヨシさんは？　千夏は？」と興奮した声を発した。

私は押し入れをさぐりながら、「落ち着くんだ」という。鈴木真里も、「いったいどうしたの」と尋ねてくるが、彼女もなんとか落ち着かせた。探しているもの、いや——探している人がいた。いないことを祈るが、確率はある。

化粧室と風呂場をのぞいてから、部屋にもどった。ベッドの下を見たあとに、しまっているカーテンをひらく。黒いビニール袋が、ベランダに出してあった。

戸をあけると、ある臭いが、鼻をつく。嫌な予感がした。刑事として何回も嗅いだ、死の臭いだ——

鈴木真里が後ろからのぞこうとするので、手で制した。またかける、といって電話も切る。

――そうだった。はじめてこの部屋を尋ねた時、感じた違和感……。それは、かすかにただよっていた、血の臭いだ。

私はしゃがんで袋に手をかけた。

「それ、ただのごみだよ？　あたしが風呂場から運ぶの手伝ったんだもん」鈴木真里が後ろからいった。「散らかってるからって春美が片づけてくれてさ、ふたりで運んだの」

なるほど風呂場か……玄関のすぐ横じゃあないか、血の臭いがするはずだ。

「ふたりで袋に入れたわけじゃあないでしょう」と私はいった。

「それはまあ、一応、客人だし」

舌打ちをした。「――これが、ごみ、か」と呟く。頭の中のパズルに書かれた、最悪の結末が目のまえにある。

鈴木真里がそばに来ようとしたので、「近づくな」と怒鳴った。彼女は驚いてベッドに尻餅をついた。

袋の中に、男性の頭部が入っていた。きれいに血が洗われているので、顔がはっきりとわかる。雑誌で見た――西條春美だ。

ほかの袋もあけてみると、手や足といった部位もみられる。間違いない、殺したのは鈴木千夏だ。腐敗を見るかぎり、彼女がいなくなったという二日まえあたりだろう。自分に処方された睡眠薬を使えば、殺害は可能だ。

別の袋にはノコギリや血で染まった女性の衣服も入っていた。なるほど、自分の服が血で汚れたために、部屋にあった西條カズヨシの衣類を着ていたのだ。

そして桃井沙奈が、こんなことをいっていた。彼女はタクシーにひとりで乗れないほどの対人恐怖症だが、長いあいだひとりでいることにも恐怖を覚える。これなら、偶然尋ねてきた鈴木真里を部屋に招いたことにもうなずける。

――いや、待てよ。

鈴木千夏は、彼を殺して自分も死ぬ、といっていたのではなかっただろうか。彼を殺したあと、なぜ生きていた。そしてここ数日は、なんのためにこの部屋にいたのだろうか。

そして今、彼女はいったいどこに消えた？　やはり自殺を？　いや、ならば二日まえ、この部屋で死んでいるはずなのだ。わざわざこの部屋以外で自殺をする意図も見えない。

「ねえ、あたしにもちゃんと話してよ」鈴木真里がうしろからいった。

私は戸とカーテンをしめてから、「ハルミさんと、どんな話をしました」と訊いた。

訊きたいのはあたしだよ、と彼女は口を尖らせ、「別にこれといってなにも」とぶっきらぼうにこたえる。

「最初から、よく考えて」

なにか理由があるはずなのだ。自殺をするならば、鈴木真理を部屋に入れる必要もなかった。彼女はどんな心境の変化を得て、この世に踏み止まったのだろう。

謎と書かれた風船が、ふたたびふくらんでいく。

「ああ、最初ね。よくおぼえてる」鈴木真里は人差し指をあごにあてた。「玄関あけてくれたと思ったら、春美、包丁持っててさ。まあちょっと抵抗したら、切られちゃって」

そういって手首を見せる。絆創膏が貼られていた。はじめて彼女を見た時も貼ってあったことを思い出す。

「包丁？」刃物をにぎる仕草をする。

彼女はうなずいた。「夜中だったからね。不審だったんでしょ。護身用ってやつ？　おかげで泊めてもらえたから、私としてはラッキーだったけど」

そんなシーンを想像してみた時――風船の裂ける音がした。

「そういうこと、か……」こめかみを小突く。

どういうことよ、と鈴木真里が呆れたものいいをする。

私はキッチンの下にある収納戸をひらいた。「真里さんは昨日、新しい包丁を買ったといってましたね」

「ええ買いましたよ。それがなに？」すでに投げやり口調だ。

「確かに古いものが一本ありますが、新品はないようです」

彼女は怪訝な顔をしてキッチンに来ると収納をのぞいた。「あれ本当だ。ないね。で、それが？」

「…………」

どうやら、すぐに彼女を追わなければならないようだ。

──しかし、どこに行った？　いったい、彼女はどこへ……

どんな小さなヒントでも得たいと思い、部屋の中を歩きまわって見まわした。

その時、あらためてサイン色紙が視界に入った。どくんと心臓がいきおいよく血液を循環させるのを感じる。私はつぎに、ＣＤを見た。アードベックの空き瓶を見た。コーヒー、紅茶、そしてふたたび冷蔵庫をあけて生クリームや卵やパスタも見た。

興奮した女性の声がよみがえる。

──カズヨシさんは？　千夏は？

そんな声が、頭に響いた。

「……あそこ、か」呟く。

携帯電話を出した。メモリーから加代の名前を探して発信ボタンを押す。耳もとでコールが繰り返されはじめた。──十秒が過ぎる。しかし、いっこうに出る気配がない。くそっ、と小さくいった。病室なのだから音は出していないだろう。目の届く場所になければ気づかない。

私は一度電話を切り、すぐに倉田にかけなおした。

「竹内さんですか」こちらは待ち構えていたように出るのが早かった。

「仏さんがある」これは鈴木真里からはなれて小声でいう。「ラピスラズリ３０１に向かってくれ。近場の機動捜査隊をよこしてもいい」

「え？　死体？　なにがあったんです？」

「これもあとで話す。悪いな急ぐんだ」

一方的に切ると携帯電話をポケットに入れた。倉田は警察署だ。待つよりも駅のそばのパーキングエリアに停めてある自分のセダンに乗ったほうが早い。

「真里さん、あなたも来てください。あなたはハルミさんと生活を共にした。あなたの声なら彼女に届くかもしれない」

彼女は両手を上げ、降参のポーズをした。「もうなにがなんだかわからないし」

「車の中で話します」私はそういってから玄関に歩き出した。

時限爆弾が秒読みするかのような効果音が、頭の中で一秒一秒を刻んでいる。

そんなさなか、先ほどのホームレス怪死事件も今やっと終焉した。山本が犯人だとわかっても埋まらないピースがあったのだが、それが今、完成したのだ。ピースとは、
なぜ黒髪の女性は襲われたにもかかわらず警察にこなかったのか、だ。

それがやっとわかった。自分の死を目の前にしている女性は、警察に行く意味などなかったのだ。

――そうか。彼女が病室から消えたことが、すべてのはじまりだったのか……

玄関をあけると、小雨がはじまっていた。

桃井沙奈　5

1

——またかける。

竹内刑事はそんな言葉を残して、電話を切った。ちょっと待って、とたまらず私は声を張ったが、通話後の規則的に続く電子音だけが耳に届いた。

風で窓がゆれた。ぽつぽつと表面に水滴が見える。どうやら雨が降り出したらしい。

「秋人さん、なんて？」

城峯加代に肩をゆすられた。彼女は一度、消灯のために部屋にもどったのだが、氷上という探偵から連絡があったらしく、それを知らせるためにふたたびこの病室に来たのだった。

「今、カズヨシさんの部屋にいるって」と、私は携帯電話を見つめて話した。彼女がなにかいおうとしたので、「どうしてなのかはわからない。またかけるって」と続ける。彼女はやはりそれが訊きたかったらしく、ひらきかけの口をとじた。

城峯加代はあごに手をあてて考える顔をする。しかし答えは見つからないらしく、少しして眉を下げた。私も考えてはみるものの、なにも浮かばない。

廊下で足音がしたので、私たちはあわてて携帯電話を枕の下に放りこみ、城峯加代はかがんで姿をかくした。じっと入口を見ていると部屋のまえを通過したのは患者だったので、私はほっとする。電話をする声が聞こえてしまったのかと思い、はらはらしていた。かがんでいた城峯加代に、大丈夫みたい、というと、彼女は立ち上がった。

ふたりでベッドにならんだ。外を見る。さらに窓には水滴がふえていた。街の光が、ぼやけている。空が、いつもにまして黒い。

「ますます、なんにも見えないわね」と城峯加代。

「はい……」

しばらく黙っていた。雨が窓をぬらす音がかすかに聞こえるような気もするが、気のせいかもしれない。

間を埋めるように小さな吐息をついた——その時。

「ただいま」

うしろから、声がした。私たちは一斉にふり返り、そして立ち上がった。声の主は入口にいたが、何歩か病室の中に歩く。なるほど力のない歩みだ。足音に気づかなかったことにもうなずける。

「──千夏っ」私はその人の名前をよび、一歩踏み出した。

小雨の中を歩いて来たのだろう、長い髪や服がぬれている。たいぶ薄着をしているためか、顔色が悪い。まるで部屋着のまま出てきたみたいに、ロングTシャツ一枚だ。彼女は表情のない顔で、ただいま、ともう一度いった。

「ただいまじゃないよ」といって私は千夏に近寄ろうとした。──が、ぴたりと足を止めた。それどころか、反射的にうしろにひいた。彼女の右手に、金属が光ってる。包丁だと思われる刃物だ。新品のようにずいぶん輝きが鋭い。

「千夏さんそれ……」城峯加代がいった。

千夏の目が、ちらりと彼女を見た。そしてうっすらと口もとを緩ませると、ふふふ、と笑った。「必要だから持ってきたの。よく切れるのよ」

──必要。城峯加代がそういうと、千夏は切れあじを見せつけるようにいきなり自分の右頬を刃先で引っ掻いた。そこから鮮血が流れだし、服に落ちる。千夏の白いTシャツに朱い模様が飾られていく。

「千夏さんやめてっ」と城峯加代はいった。

私はふるえる唇をあけて声を出す。彼女が正気ではないことは見てとれた。「ねえ、もしかしてカズヨシさんは、本当に」

「殺した──ばらばらにして」

早い返事だった。城峯加代が驚いて息をすったのがわかった。千夏の見開いた目が私の瞳を捕らえる。背筋がひえる視線だった。

「そんな」私は顔を歪めた。「嘘っていってよ……嘘だって」

「だってカズくんはいったもの。ばらばらにされても新しい女に会いに行くって。それが見たかったの。まあ結局、うごかなくなっちゃったけど。ふふふ、変よね」

「そんな……そんなの」

「必死だね、沙奈」千夏は口に手をあてて、本当に可笑しそうに笑う。

私はそれに少なからず怒りをおぼえて、「あたりまえでしょ、人の命だよ」と声を張った。

人の命？　千夏はそういってまた笑った。「奪われて当然よ。あいつは裏切ったんだから。あんな獣は殺すべきだよ。うん、そうだ」

千夏は何度かうなずいた。私は瞳に涙の気配を感じた。それは一度瞬きをするだけで頬をつたい、あごのあたりから丸い珠となって落下していった。

千夏の顔が急に真顔になった。彼女の頬には涙の代わりに、朱い雫がつたっている。

「聞かないんだね。なぜ私は生きてるのか。あいつを殺して死ぬっていったのに」

そうだった。確かに千夏はそういっていた。しかし帰ってきた。わざわざ——ここに。

心臓が大きく脈をうつのがわかった。ぞわぞわと恐怖が足もとから這ってくる。

「カズくんはね、私のことわかってくれてたから、抱けなくたっていいっていってくれてたんだよ。キスさえも、しなくていいって。それでも確かに、あの時一度はせまられた。でもね、きっと彼は許してくれると思ってた、理解してくれると思ってた。ずっと……私のそばにいてくれると思ってた」

千夏は刃物を持ち上げて眺めた。頬を鮮血に染めて凶器を見つめる姿は不気味だ。今にも飛びかかってくるような想像をしてしまい、脈拍が落ちつかない。

「でも彼は変わってしまった。ただの獣になった。殺されて当然。……でもね、死ぬまえにね、彼だけが悪いんじゃない気がしたの。考えてみたらカズくんはね、女に変えられてしまったのよ。だから死ぬまえにね、やっぱりその女も殺すべきじゃないかって思ったの。あの優しかった彼を、あんな風にしたんだもの。抱けないと意味はない、病人に惚れるわけがない、そんなことを平気で口にする男にしてしまったもの」

刃物を見ていた視線がこちらを見た。また背筋がひえた。

「女が、変えた?」と、城峯加代がいった。そしてなにかに気づいたのか、私のほうをちらりと見た。彼女は鈍感ではない。

「殺したあとにね、彼の携帯電話を見たの」と千夏がいった。「その女からのメールは毎回消してあったみたいだけど、最後のものだけのこってた。『明日は会えるね。お昼すぎには行けます』ってね。一晩中メールしなきゃ気がすまないのか、『メールできそうなら連絡待ってます』ってのもあとで届いた。ふふふ、もう死んでるのにね。ちなみに名前はなかった。ハートマークが名前として登録してあっただけ」

「あなたはずっと、彼の部屋にいたのね。その、女、を待ってた」

城峯加代がいうと、千夏は小さくうなずいたようにみえた。毛髪の何本かが、血で頬に張りついている。「部屋に来たところを、殺してやろうと思った。彼に会えると思って来た悪女を……」口をふたたび緩ませる。しかし急にまた真顔になって、「でも来なかった」と続けた。

「昼すぎに会えるっていってるのに、何時間すぎても来なかった」

私にはそのあとの流れがわかった。千夏は彼の携帯電話から女にメールをした。内容は『どうして来ないの?』。相手から来たメールは『だって、そんなわけにもいかないでしょ』。きっとその意味は千夏にはわからずに『そんなわけって?』と返す。しかし、女から返事はこなかった。女は、行けない理由を彼は一番わかっているはずなのに、と考えて返信をしなかったのだ。

このやり取りを、千夏は自分視点で口にした。

「今思えば、おかしなものよね。まるで、部屋に行けば危害があるとわかってるみたいだもの。まるで私があの部屋にいるかもしれないと知っているみたいだもの」千夏の声は病室を一気に満たして、そして消えていく。「でもその時はわからなかった。私はただ、あの部屋で待つことにしたの」

千夏の姿がずっとぼやけたままだ。女は今、ものすごく後悔をしている。千夏がいなくなったあの日、自分が女だとばれるのをおそれて彼の家に駆けつけなかったことを。そしてなぜもっと早く、土下座をしてでも打ち明けなかったのかを。そうすれば、彼をうしなわずにすんだかもしれないのに……

千夏が続けた。

「警戒されるのが嫌だったから、おとなしく待っていたのだけど、二日がすぎても来る気配がないから、いよいよその女をよび出すことにしたの。ハートマークの電話番号に、私の携帯から電話した。なんとでもいって、部屋まで来てもらうつもりだった」

ガラスのコップがわれる瞬間から目を反らすように、私はつよく目をとじた。千夏が最初に、だれ、といった意味が今わかった。馴染みのある声を聞き、彼女は液晶画面を見たはずだ。そして表示されている名前を見て、どう思っただろう。——怒り？　いいや、違ったのだ。

——ふふふ、沙奈か。

そんなものは飛び越えて、彼女はただ可笑しかった。あれは、自分はなんて馬鹿な人間なのだろうかと絶望の淵で笑ったのだ。こんなそばに、女、はいたのだから。

おそるおそる目をひらくと、千夏の服の染みが見えた。朱い点はむれをなして、いつしか大きな形を成している。

「もっと早く自分の携帯に登録してみるんだった。他人のアドレスや電話番号なんて、おぼえていないもの」

この声で千夏の顔を見る。目が合った。

「あなただったんだね。沙奈」

ごめんなさい。そう口をうごかしたが、声にならなかった。

「沙奈さん、あなた……なの？」薄々気づいていたであろう城峯加代が訊いてくる。「でもあなたは、千夏さんの彼の名前も、自宅も、知らないって」

「……」

すべて、知っていた。正確にいえば、職場の場所はわからなかったし、名前も覚えていなかった。そして彼の家へは車で一度行っただけなのでその道順こそは知らなかった。だが、彼のことは、ほとんど把握していた。――しかし、口にするのがこわかった。知られてはいけない恋愛だけに敏感となり、彼のことをなにも知らない女性を自然と演じていた。彼と私が千夏のまえで会話することは極端に少なかったため、まさか本当に殺してしまうなんて心にも思っていなかった私は、なにか口にすれば、のちに千夏からなんで知っていたのかを追及されそうな気がしたのだ。

そう、私はあやまちを犯した。千夏の彼に惚れてしまったのだ。私たち病人に向ける屈託のない笑顔、優しい言葉――私はあまり口をきくことはなかったけれど、気がつけば、千夏の彼であるカズくんという男性が病室に来るのを楽しみにしていたのだ。

――そうやって笑顔をつくって病気を追い出そうとする君は素敵だよ。

思い返せば、ある日この言葉を聞いてからかもしれない。素敵なんていわれたのははじめてだった。それにいつも笑顔をつくれば薬のおかげといわれてきた私にとって、彼の言葉は温かかった。

はじめは、ただ淡い恋心を抱いているだけ、そんな程度だった。しかしそれはしだいに大きくなり、私ではなく千夏に会いに来る、という現実に苛立ちをおぼえるようになっている自分に気づいたのだ。気持ちが文字通り先走り、引き返せなくなっていた。

あの日、千夏が悩みを私に打ち明けた時から、闇が巣くった。内容は、彼とは唇もかわしたこともなく、いよいよせまられたが、自分はそれを拒んだという話だった。理由はわからなかった。わからなかったが、恋人同士にとって抱き合い愛し合うことがどれだけ大切かは私にもわかっている。きっと彼は今つらいだろうと想像した。――そんな時、心の影に、ある考えが浮かんだのだ。私は、彼に抱かれることなどなんとも思わない。だったら……

私は後日、千夏の携帯電話から彼の電話番号をしらべて連絡を入れた。相談がある、千夏にはいわないでほしい、そういって彼をよび出した。

「相談って」私を助手席すわらせた彼は車を走らせながらいった。

「静かなところに行きたい。そうだ、カズヨシさんの自宅って静かな住宅街の中だっていっていましたよね」

「まあ確かに。でもなあ、まだ千夏も入れたことないんだぜ」

「お願いします」

上目遣いでいうと、彼は渋々車を自宅に向かわせた。

ラピスラズリという、きれいな瑠璃色をしたアパートの一室が、彼の住居だった。彼は部屋につくとお茶の支度をはじめて、ブレンドコーヒーかアールグレイかを尋ねてきた。しかし私は、お酒の瓶を見つけて、あっちがのみたいといった。

「おいおい、アードベックなんて君にはのみにくいぜ」

「もお、子供あつかいしないで。二十四よわたし。千夏とひとつしか違わないんだから」

「沙奈ちゃん薬のまなきゃいけないだろ。それにウィスキーだぜ、酔い崩れちまう」

「薬なんか平気よ。酔い崩れてもカズヨシさんが家まで送ってくれれば大丈夫。宿泊届け出してあるから、病院に帰るのは明日だもん」

そういってウィスキーの蓋をあけた。匂いをかいだだけで顔をしかめる私を見て、彼は可笑しそうに笑った。

彼は冷凍庫をひらいて、「なら薄い水割りにしなよ。外でかるくのむ時、千夏はいつもそうしてる」と中から氷を取り上げた。気を遣ってくれたわけだが、私は千夏という言葉にむきになってしまい、「わたしロックでいい」と言葉を返した。

理由はわからなくても強がりは見抜けたらしく、「それじゃあ空腹じゃまずいし、カルボナーラでもつくってやるか」と、彼は苦笑いを浮かべながらいった。

しばらく彼の好きな音楽を聴きながら自分の昔話をし、まるでホステスのように彼にお酒をついでいたが、彼が酔いはじめたのを見て肩に頬を寄せた。彼は私の頭を撫でた。この時はすごくうれしかったが、今思えば、私のいじめられた過去を聞いて、なぐさめてくれただけだったと思う。

私はまだ一杯目も終わらないウィスキーに口をつけた。まるで消毒液のような匂いと味のお酒は、罰ゲームだと感じるほどにまったくといって美味しくない。私は顔をしかめながら舐めるだけだった。

「もうやめておきな」といって彼がグラスに手をのばす——その一瞬、彼の顔が私の目の前にきた。

その時、私は、たまらず首に抱きついていた。

「私と付き合ってください。千夏は最低です。あなたと……キスもしないなんて」

彼は驚いたようすだったが、どこか予想もできていたように息をついた。私の肩に手をやり身体を自分からはなす。酔っていても、つよい力だ。

「相談ってのは」と彼はいった。

「それが相談です」

彼はふたたび息を吐く。

「君たちは友達だろう。こんなことはよくないんじゃないのか」

「カズヨシさんのものになれるなら、私は千夏と友達でなんていなくていい。最低だと思いますか？　でも私、あなたのことがそれだけ好きなんです。私は、なにをされてもいい」

「確かに、千夏を抱きたいと思うのは本心だよ。キスを拒否されてショックもあった。でも大事なのはそれだけじゃない。こんなことはだれでもわかってる……」

　正論だが、どこか自分を説得するようなものいいに、チャンスだと思った。

「ずっとそれでいいんですか？」と、私は上着を脱いでから詰め寄った。「本当にずっとそれでいいんですか？　我慢できますか？　それとも私に不満？」

　彼は下着姿の私を見てしかたなさそうに眉を下げる。「沙奈ちゃんは魅力的な子だと思うよ。でもさ、さすがにこれはまずいよ」

「だったら千夏と別れてください。千夏はカズヨシさんのことを心から好きじゃないんです。だから」私は彼の口に唇をあてた。そしてそのまま、ふたたび抱きついた。「だからキスさえもしないんです。私は千夏よりカズヨシさんのことが好きです。わかりますよね？　お願いします。あなたのものになりたいだけなんです」

　このあと、夢中で叫んでいた。千夏について、根も葉もないこともいったと思う。彼の心が揺らいだのは、欲求ではなくそれが理由だったのかもしれない。それを聞いて、彼がどんな気持ちだったのかはわからない。なにかを尋ねられたかもしれない。

服を脱がしたのが、どっちだったかさえもおぼえていない。私は、彼のベッドで朝を迎えていた……

腕に抱きついたまま顔を上げると、彼は目を覚ましていた。じっと天井を見つめていた。

「後悔してないよね」と訊くと、「するぐらないなら、こんなことしないさ」と彼はいった。

「千夏と別れてくれる?」というと、「そうなるだろうな」とこたえた。

この時、私の頭の、どこかのネジがゆるんだ。私はいじめられていた、病室の中にとじこめられていた、ずっと暗い道を歩いてきた。そんな私を抱いてくれた彼が、異常なほど大切に思えたのだ。

——もう、うしないたくない。もういやだ。また、病院にもどるのは……

あのあと、私がいった言葉は自分でもおそろしい。彼を手に入れる——これだけでよかったはずなのに、いざ彼が自分のものになると、昨日までその彼に愛されていた千夏にひどく嫉妬した。少しでも心を奪った千夏が憎くなった。そんな気持ちが暴走して、止められなくなった。

「千夏を少しでも好きでいたらだめ。ああ、千夏の彼だったという過去があるだけでも悔しい。腹が立つ。お願い。彼女を傷つけて。嫌われるくらいに罵って。あなたを好きでいていいのは私だけなの」

彼はもちろんためらいを見せたので、文面は私がつくって後日送信するようにたのんだ。私を抱いたことでうしろめたさがあったのか、彼は同意した。それでもだいぶ迷ったのだろう、それが送信されてきたのは三日後だった。

そのメールを見た千夏は、壊れた。

2

千夏が一歩、こちらに寄った。

「沙奈、あなたきっと色でせまったのよね。どうして彼を変えてしまったの。こんな醜いわたしを愛してくれるのは、彼だけだったのに」

もう一歩寄った。殺される——私は殺される。そう考えた時、城峯加代が私の両肩をささえた。親が子供を庇っているかような姿勢だ。

彼女を見ると、千夏をじっと見据えていた。

「だめ……だめだよ。これ以上、罪を重ねたらだめ。確かに、どんな理由があっても沙奈さんのしたことは間違ってる。でも人は失恋だってするものよ。千夏さん、あなたは奇麗だわ、きっとまた素敵な人があらわれるわ」

千夏は興味なさそうに城峯加代を見た。なんの話をしているのかしら、そんな表情にすら見える。「だれが相手をするというの、こんな入院患者を」

城峯加代はどこか痛いところでもあるかのように目を細めた。

「そうよね」と彼女はいった。「つらいわよね。それがすべての元凶だったのよね」瞳に涙が見える。しかし、彼女は優しい女性だが、ただ感情移入をしているというわけでもなさそうだ。

だったら、と、城峯加代は続けた。「殺されるべき人間は沙奈さんではなく私だわ。そうでしょう千夏さん？　さっきあなたは私の名前を聞いて電話を切った。なにもいわないけど……気づいているんでしょう」

——その時、入口の前に走って姿をあらわした人がいた。息を切らしている——竹内刑事だ。そのとなりにはひとりの女性の姿があるが、こちらは見覚えがない。婦警かと考えてみるけど、どうもそうとは思えない服装と面容だ。

「やはりそうか。千夏さん、あなたはカズヨシさんの女を殺すために生きていた。真里さんが尋ねてきた時、刃物を持っていたのは、彼の女だと勘違いをしたからだ」竹内刑事が荒い息でいう。「そしてその女は、沙奈さんあなただ。きみはカズヨシという男に詳しすぎる。それに安否を確認する時も、カズヨシさんの名前から先に口にしている」

千夏はふり返ろうともせず、私も黙っていた。

城峯加代は竹内刑事と視線を重ねると、一度うなずいてから口をひらく。「カズヨシさんは」

「……死んでいた。おそらく、病院から抜け出したあと、部屋でふたりは会った。彼女は睡眠薬で眠らせて……殺害した」

千夏がふっと笑った。どうやら的を射ているらしい。

「その……ばらばら、に？」城峯加代がおそるおそる尋ねる。

「……」この無言は肯定だとわかった。

眩暈がした。城峯加代が支えてくれていなければ、床に崩れたと思う。

「春美、あんた……」つぎに口をひらいたのは刑事のとなりにいる女性だった。血を流す千夏を見て少なからずおどろいている。どういうわけか、千夏をハルミといったように聞こえた。

千夏が首だけで入口のほうを見る。彼女とは知り合いなのだろうか、反応を見せた。その横顔は、少しだけうれしそうだ。

「あら真里じゃない。それに刑事さん？」女性が無言でうなずくと、くすくす笑った。「やあね、生きてるじゃない。殺しそこねたのね。でもよかった。逮捕はされていないみたい」

私にはまるで理解できないが、どうやら話は通じているらしく、相手は不可解な顔をしていない。

「春美、いや千夏っていうんだって？　もうやめなよ。どうして失恋で人殺しなんか――。あたし、あんたにあこがれてるんだよ。会った日から春美みたいになりたかった。がっかりさせないでよ」

千夏が目を細めた。「ありがとう真里。部屋に入れたのがあなたでよかった。真里は親友だよ。大好き」

そういった顔は、ふだんの穏やかな千夏にもどった気がした。事情はわからないが、どうやら話を聞いていると、あの女性とは交流があり、ハルミという偽名を名乗っていたらしい。

「そんなこといわないでよ。あたしの親友でいてよ。また一緒に、お酒のもう。ほら、料理とか教えてよ」

「真里は料理のセンスないもの」口をかくして笑う。

「春美、嫌だよあたし。あんたが死ぬのも、これ以上だれかを傷つけるのも、そんなの嫌だ。あたしはわかってるよ。刑事を殺せっていったことも、やりかたは雑だけど、私を必死で助けてくれようとしたんでしょ？　でもあたし、まだなににもお礼してないじゃん。泊めてくれたことだってさ、いくらでもお礼するよ。あたしは春美をひとりにしない。何日でも徹夜してあんたのつらい話、聞いてあげるから、ね？　もうここで終わらせよう」

千夏はゆっくり、首をふった。無言だが、つよい意思を感じる動きだ。それだからか、マリという女性は押し黙った。彼女とのあいだになにがあったのかはわからないが、心に染みる言葉だった。それに比べて私は……と、ますます自己嫌悪が深まる。もしかしたら殺されることが正しいのかもしれない、そうすらも思えてきた。

竹内刑事が一歩出た。「鈴木千夏……そうか……千夏、か」その顔は犯人を目のまえにしている刑事とは少し違うようだ。記憶を反芻し、それが完了したかのように、ひと息ついた顔だ。

「思い出した。君の家で見た写真、どこかで見たことがあると思ったが、君だったのか」

マリとよばれた女性は不思議そうに竹内刑事を見たが、すぐにまた、まえを見据えた。

「だれ」と千夏がいう。それ以上近寄らないで、ともいった。

「母親とはよく話をしたが、君とはあまり言葉を交わさなかったからね。あなたの旧姓は、橋本千夏——そうだろ？」

橋本？　と私は呟く。千夏はなにかを思い出したのか、少しだけ瞳を大きくした。

「ああ……お父さんが殺された時に会った刑事さん、ね。竹内さんだったかしら」

竹内刑事は、ああ、とうなずいてから千夏の先、城峯加代を見やる。「どういうことだ。この病院に転院したことと、なにか関係があるのか」

彼女は黙っていた。すると千夏が口をひらいた。

「あなた、城峯加代さんだったわよね。私のお父さんを殺した男の……娘」

え、と私は彼女の顔を見る。

「そうよ」と彼女はいった。「事件のあと、あなたたち家族は姿を消した。でももう一度あやまりたいってわたしずっと思ってて……。それで最近、やっと決意して、探偵に探してもらったの。あなたの母親は再婚して苗字は変わっていたけれど、やっと見つけることができた。そしたら、娘のあなたが心を病んで入院していることがわかって……わたし、その時、あやまるだけじゃすまされないと思った。だってそうでしょ。わたしはあなたの人生を奪った。そして、本当に苦しいのはあなたたちなのに、加害者側のわたしが、こんなざま……」

千夏が鼻で笑った。

「その通りよ。わたしがあれからどんな思いをしたかわかる？　あなたの父親は悪魔だわ。お金ほしさに強盗に入り、見つかれば殺した――。あなたたちは野性の生物のように、相手を殺さなければならないほど困っていたの？　そうしろと神が判断するほど苦しかったの？」

静かな語りだが、悲痛な叫びにも似たものだった。

城峯加代が、千夏にあそこまでこだわっていた真実が、今やっとわかった。自分の家族が奪った幸せ。その被害者の娘、橋本千夏は入院。これだけでも相当なショックだったはずだ。しかもその上、この病院に来てみれば、彼女は病気をコンプレックスとし、罪を犯そうとしている現実を知らされた。すべて自分のせいだと考える城峯加代は、きっと意地でも千夏を犯罪者にしたくなかっただろう。「――人を失う苦しみ、千夏さんだってわかるはずだよ」彼女が私から携帯電話を奪って口にしたあの言葉は、とても大きな意味があったのだ。

一度、しんと静まる。千夏が続けた。

「あれからすべてがおかしくなった。入院した経緯を教えようか？　去年再婚した鈴木という精神科医の男は、わたしを女として見てたの。何回も……襲われた。でも抵抗はできなかった。お父さんが死んでから、わたしはうつで仕事ができなかったし、お母さんも体調を悪くしてた。あいつの資産がなければ、父親のいない私たちは生活ができなかったから。――でも今年ね、また酔ったいきおいで襲われそうになった時、いよいよわたしは抵抗したの。そしたらね、おまえみたいな醜い病人、抱けなきゃ意味がないっていわれたわ」千夏はちらりと私を見る。――彼に、いや、あのメールに異常なまでの殺意をもった理由がわかった。現在の父親と重なったのだ。「それでわたしはおはらい箱。離婚はせずにすんだみたいだけど、家において おくのも嫌になったらしくて、入院させられたの。あいつはもちろん、お母さんもやつのご機嫌をそこねないように、お見舞いにもこない。わたしは居場所をうしなったの。この、病人というレッテルが貼られる、惨めな箱の中以外、すべての」

城峯加代が、泣いている。今にも嗚咽がもれそうだ。私もそんな気分だったが、それさえしてはならない気がした。そんな境遇の彼女に、どうしてあんなことをしてしまったのだろうか。こんな私は善人顔をして泣く権利などあるのだろうか。こう考えていると、みるみる瞳は渇いていく。彼の死にたいする悲しみ、千夏への贖罪、それが混ざり合うと、感情に答えが出ない。

「千夏さんあなたはあの時、私を殺したいって、そういったわ」

城峯加代が鼻をすすりながらこういうと、千夏はひとつうなずいた。

「ええ、今でもそうよ」

その話を思い出す。昨夜、サンパークに向かう途中に話をしていた。あの時は、被害者家族に――と表現していたが、それは、殺された男性の娘、つまり千夏だったのだ。

「彼女は関係ない」竹内刑事がいうと、「黙れ」と千夏は低くうなる。

いいの――と城峯加代の声がした。「だったら殺せばいい。こんな惨めな私なんか殺されて当然よ。わたしは、そのためにこの病院にきたの」彼女は一歩出た。「どんな殺しかたでもいいわ……でも沙奈さんにはなにもしないで、そしてあなたは……生きて」

加代っ、と竹内刑事が叫んだ。今にも飛びかかろうという気迫が見える。入口の向こうには看護師が集まりはじめているのも見えた。皆が、早く警察、と取り乱している。千夏に声をかける者は、だれもいない。

――ふふふ。千夏が笑った。「それはできない」

「お願い……」城峯加代は私を背中にかくす。

「できない」

「……千夏さん、沙奈さんにも家族がいるの。わかるわよね」

「………」

千夏はもうなにもこたえなった。一度、深呼吸をしたかと思うと、

もういいの――と、唇が動く。

いよいよ彼女の復讐が実行される――いよいよあの刃物が私の身体を裂く――そう思った。皆もなにかを感じ取ったらしく、息をのんだのがわかる。

千夏がだらりと垂らしていた手を持ち上げた。両手でしっかりとにぎられた刃物が、胸のあたりで光沢する。今の私は、死、というものが身近に感じられていた。臭いがするほど、そばまで来ているのがわかる。そうか、死、とはこんな形なのか。思わずそう呟きたくなるほどに。

「――刃物をおろせっ」

と、竹内刑事が声を張った。いつのまに出したのか、拳銃を構えている。彼の威勢と、はじめて見る実物に、視線が集まる。千夏も少しだけふり返ってそれを見た。

「悪いな、千夏さん。どれほど、痛いほどに気持ちがわかったとしても、殺人を許すわけにはいかない。刃物をすてるんだ。……加代、沙奈さん、伏せろ」

千夏は真顔で拳銃を見ていたが、「サツジン？」と興味なさそうに呟いて、ふたたび背をむける。

「悪いが脅しじゃない」刑事が背中にいった。「警告する。一歩でもふたりに近づけば、発砲する」

千夏はふり返らない。聞こえていないのではないかと感じられるほどに、まるで動じていない表情をしている。

「秋人さん、だめ、うたないでっ」

城峯加代が叫ぶようにいうが、返事はなかった。遊びじゃないんだ、と、眼が語っている。

「春美、動かないで。もうやめて」マリという女性も声を張った。

しかし――千夏はふり返らない。

だれかが死ぬ。今から、この病室でだれかが死ぬ。それだけはわかった。

鈴木真里 6

1

年末とあって、クラブ『咲音』の座席はすべて埋まっていた。

十二月に入ってからは常に混雑している。クリスマス・イヴがもう三日後に控えていた。

店内にはウィンターバラードをジャズ調にアレンジした曲がゆったりとしたテンポでピアノ演奏されている。

「もう十二月も末なんだね」と割腹のいい中年男がいった。常連客だ。

「ええ。早いものですわ」このクラブのママ、咲紀が静かにいった。私も去年なら、「そうですね」と流れるように相槌を返したと思う。でも今年の私は黙っていた。先月末の数日間が、あまりに長すぎたからだ。

隣に座っている客はさりげなく、スカートから露出した私の太腿をなでた。「リセちゃん、どうだい。クリスマスはふたりで。結婚も視野にいれてさ」

「いけませんわ。わたしには好きな人がいますもの」

「そ・れ・に」悪戯な目でママは睨んできた。「この店のナンバーワンに、まだまだ辞めてもらうわけにはいきませんから、結婚なんて許しません」

「あの時は、すみませんでした」私は頭を下げる。先月いきなり辞めた私を、ふたたび温かく迎え入れてくれたママには心から感謝している。「もう、変な男にはだまされません」

客が笑った。「まあまあ、いいじゃないか。いやあ本当にリセちゃんが帰ってきてよかった。しかもこんなに、ますます美人になってなあ」足をなでながら上機嫌でいう。「黒髪がこんなに似合うなんて。それに思いなしか、女らしくなったんじゃないかな」

「やだわ、社長。そっちはますますお世辞が上手になったんじゃありませんの?」

なつっこくいうと、客は上機嫌なようすで笑った。笑ったあとで、「水割りをもらおうかな」という。

「あら、シャンパンがきたばかりですのに」ママがいう。

客は手をふった。「なあに構わないさ。リセちゃんの水割りがのみたくなったんだ。彼女は腕がいい。――ああ、それより煙草が切れてしまった。あるかな」

「もちろん」とママはいった。ちらりと私を見たので、私は水割りをつくりながら、「相変わらず、ボックスのキャビンを吸っていらっしゃるのですか?」とママに聞こえるようにいった。

「浮気はせんさ。煙草も女もね」と客はこたえる。ママがにこりとしてそばの黒服に耳打ちをした。「腕はなまっていないみたいね」といいたげだった。

その時ちょうど、「リセさん。ご指名です」と、別の黒服が告げにきた。

水割りをのんでいた客はタンブラーを口からはなし、「なんだ、もう行っちゃうのか。君は忙しいなあ」と残念そうな顔をする。

「申し訳ありません。わたしも一緒にのみたいのですが」立ち上がってから丁寧に頭を下げる。それでも彼は不愉快な顔をしていた。しかしママが、「リセは人気もさることながら、新人教育もまかせてありますの。ですからわたしとゆっくりお話しましょう」といい寄ると、すぐに機嫌をよくしたようすだった。

「次はどこかしら」と私は尋ねた。黒服が、あちらです、と平手でさすので、その方向を見る。背広姿の男性がひとり、席から私を眺めていた。

2

「ご指名ありがとうございます。リセです」

客は私の顔やドレスをぽかんと見ている。私は、失礼いたします、といって席に着く。ヘルプには、まだ一週間の新人がついた。私は口うるさくない――教育熱心でないだけだが――ので、ヘルプにつきたがる新人は多い。

「水割りでいいですか?」と新人の目が訴えているので、私は黒服に、「ザ・マッカラン、持ってきて。カスクストレングスにするわ」と告げた。

隣にすわる客と目が合ったので、私はにこりとした。「それで、よろしかったかしら?」と小首をかしげる。

竹内刑事はふっと笑った。「働いている君は、まるで別人です。銀座のクラブとは聞いていましたが、こんなに高級クラブとは」

「あら、だってお客様はお尋ねになりませんでしたもの」と私はすました。

「顔見知りですかあ?」と新人が尋ねてくるので、「告白したら、フラれちゃった人」とこたえる。「え、リセさんでもフラれるんですかあ」と新人は手を口にあてて目を丸くした。どんなもんだい、という顔で竹内刑事を見る。しかし彼はなにも反応は見せない。あいかわらず、つれない。

「どこで知り合ったんですぅ?」

「確か、レバ刺や煮込みを三百円で出す古い立ち飲み屋だったな」愉快そうに竹内刑事はいう。

不思議な顔をする新人を見て私はあわてた。銀座のクラブ『咲音』の私にそんなイメージはない。「カオリちゃん」と私は新人の名前をよび、「彼と大事な話があるの。いいかしら?」

ああはい、と新人は席を立つと頭を下げて去っていった。

「そんな話しかたは疲れませんか」と半ば笑いながら彼はいった。「君なんて、とくに」

私は、まわりにだれもいないことを確認してから、「もう、いきなり来たと思ったら、失礼ね」と彼の肩をぶった。しかしそれから溜息をついて、「でもまあ、確かに疲れるんだよねー」と、正直に白状し、背もたれに身体をまかせる。ちょうどウィスキーが運ばれてきたので、気だるそうな姿勢のまま、「あたしロック」と竹内刑事にいった。

「おいおい、君はホステスだろう」しかたなさそうに笑う。しかし、そういいながらも彼は自分で酒をふたつつくった。

ふたりでカスクストレングスをいっきに空けてから、ひと息ついた。そして今度は私が酒をつくってあげながら――それが当然だが――静かに口をひらく。

「ひさしぶりだね」と、まずいう。「ひと月、は経ってないか」

「二十五日です」

「よくわかったね。ここだって。どうやってしらべたの?」

私はあの晩が明けてから、すぐに東京へ逃げるように帰ってきた。竹内刑事から電話が何回か入ったが、一度も出ていない。結果を知るのがこわかったのだ。私はすべてを忘れたかった。あの街で体験した、すべての出来事を。

「腕のいい探偵がいましてね。鈴木真里という銀座のホステスを捜してくれ、とたのみました」

「探偵?」探偵とは意外だった。「ふうん」

「どんな名前で働いているかはわかりませんでしたが、一緒に撮影した写真もありましたから
ね、見つけるのはすぐでしたよ」
たしかに私は、リセ、という源氏名で働いている。日常生活のなかで突然名前を訊かれたと
きには、相手が男でも女でも、どちらを名乗ろうか、とふと迷ってしまう。
春美に訊かれたときも、そうだった……
「まあ、あたしも竹内さんには会いたかったからいいけどね」
またいっきにタンブラーを空にした。さすがにくらりとくる。でも酔っておきたい。じきに、
彼は口にするはずだ。彼女が……春美が、どうなったのかを。しかし予想はできている。だか
らこそ、あの街から逃げたのだ。
「貧乏刑事が、銀座の高級クラブなんて来て大丈夫?」と、私は話を遠まわりさせた。「あた
しの指名料、安くないよ。一応、これでもナンバーワンだからね」そういって髪を掻き上げる。
「まさか。一介の警部補に払えるわけがない」彼は苦笑する。「刑事が無銭飲食はまずいでし
ょ」とからかうと、「約束したでしょう」と竹内刑事は眉を下げた。私はちゃんとおぼえてい
るので、じらさずに、「そうだったね」とほほえんだ。サンパークの椅子の上で、シングル・
モルトをご馳走すると約束していた。まさかこんな形で実現するとは思ってもいなかったが。
彼も二杯目のカスクストレングスを空にした。それから、「今日来た理由は、わかりますね」
と、いよいよいった。

「あたしと交際したくなったんでしょ?」とふざける。

刑事はゆっくり首をふった。「あなたには知る義務があるからですよ。親友とまでいった春美さんがどうなったのかを」

「——死んだんでしょ」私は言下にいった。早く結末を知ってしまいたかった。「春美は死んだ」

視界に蘇る。彼女の首から鮮血が吹く場面が——。幸い、あそこは病院だった。精神科病院とはいっても最低限の設備は整っている。春美はすぐに治療室に運ばれた。——しかし、素人でも見ればわかった。あの血の量は、致死量だ。私はこわくなり病院から逃げるように去ったので結末は知らないが、助かったとは考えづらい。

ぐっと目をとじた。二度と思い出したくない。そう思っていたのに……

瞳をひらくと、竹内刑事と目が合った。彼は、そっとうなずいた。私は予想していたにもかかわらず目頭が熱くなって視界が歪んだ。しかし今は営業中のため、あわてて笑顔をつくる。深呼吸をすると気分は落ち着いてきて、涙は砂浜に打ち上げた波のようにすっと渇いた。

私は、「献杯だね、今日は」と、あらためてマッカランのロックをふたつつくった。

その杯を五分ほどでのみ干すと、竹内刑事は、さて、と立ち上がった。

「もう帰るの?」と彼の袖を引く。「朝までのもうよ。なんならアフターも付き合うし」

「いいえ、十分贅沢をさせてもらいました」そういいながらまわりを見て、「それに、真里さんとのみたい人はたくさんいるようだ。私ばかりが独占しては、怨みを買う」

「竹内さんは特別っ」と甘えてみせるが、彼に通用しないことはわかっている。

案の定、彼は、「見送りも結構です。それでは」と歩き出した。だが何歩か歩いて、「ああそうそう」とふり返る。

「なあに？」ふくれっ面でこたえる。「惨めなナンバーワンだとでもいいたいの？」

まさか、と笑った。「また、会いに来てもいいですか」

「え」目を輝かせる。「来てくれるの？」

「今月から、警視庁の配属になったんです。もちろん、安月給は変わらないので、なかなか来られませんが」

「それ、すごいじゃない。警視庁なんて」と立ち上がって驚く。同時に、同じ東京に彼がいるということがうれしくもなった。「まかせて。割引してあげる」

彼は人の良さそうな笑顔をつくると、ひとつうなずくと歩いていった。そしてもう、ふり返ることはなかった。

いや——彼は優しいから、もう一度くらいはふり返ったかもしれない。でも、今の私には、それが見えないのだ。

いつの間にか、椅子に座っていた。落ちると表現してもいい、そんな崩れかただったと思う。

「リセ、どうしたの？　どうして泣いてるの？」

どこかから、ママの声がした。

竹内秋人　6

1

　クラブ『咲音』から出るまえに、もう一度ふり返った。鈴木真里は私のほうを見つめていたが、私が頭を下げても無反応だった。きっと、見えていないのだ。二十五日まえの病室だけが、映っているのだろう――

　踵を返すと、あの時の出来事が、私にも思い出された。

　あの病室で急に、予想外のことが起こった。鈴木千夏の目的を、まるで勘違いしていたのだ。彼女は刃物で刺すよりも、切りつけるよりも、もっとどす黒く、傍く冷たい、復讐を選んでいたのだ。

「――でも、なにか勘違いをしているみたいね」と、拳銃を背に、鈴木千夏はひと息ついた。

「勘違い」と城峯加代が復唱する。

「あなたたちにはなにもしないわ。できない、というのは、私に生きろといったことだけ」

「どういう、こと?」怪訝な顔でいう。私も同じことを考えていた。

「なにもしないわよ」と鈴木千夏はもう一度いった。「沙奈を殺したってあなたを殺したって、意味はないもの。――ふふふ、私は、ひとりで、死ぬのよ」

だれも瞬時には理解ができず、口をひらく者はいなかった。

すると、鈴木千夏はゆっくりと光沢する刃を首にあてる。爽やかな顔は変わらない。むしろ快感を感じているほどに明るくなっていく。そこで私はやっと気づいた。復讐の、真実に――。拳銃など、まるで無意味だったということに――

「殺したかったのはね……心よ。城峯加代さん、あなたもいてちょうどよかった。これは呪いよ。あなたたちは……自分が不幸にし……自分のせいで死んでいった私の姿を思い出しながら生きていくの」

――それが私の、復讐。そういった鈴木千夏は急に真顔になった。

「だめ、だめ……だめよっ」

城峯加代が取り乱した。

彼女だけではない。私も、桃井沙奈も、鈴木真里も、それぞれが叫んでいた。やめて、とか、いけない、とか、そんな怒号のような叫びが院内に響いていた――

しかし、言葉など意味がないこともそれぞれがわかっていただろう。鈴木千夏は揺らがない。彼女にもう声は届かない。それはだれから見てもわかったはずだ。

彼女の背中に、すべてが終わる――という文字が浮かんだ時、鮮やかな色を見た。

鈴木千夏の首から朱色が噴いた。

致死量を思わせるほどだが、彼女は少しも痛そうにはしていないようだった。身動きをせず、苦痛の声も出さない。きっと表情も変えていなかったはずだ。

鈴木千夏は、城峯加代と桃井沙奈を見ているようだったが、しばらくして床に崩れた。その時やっと、私は彼女に飛び寄っていた。それくらい、呆気に取られる展開だった。

鈴木千夏は、顔を、全身を、まっ赤に染めて私を見た。私はなにかを叫んでいた気もするが、はっきりおぼえていない。

彼女はあの時、血で塗れた唇で、なにか小声で呟いていた。

皆がそれぞれ叫んでいるため、その呟きが聞こえるはずはないのだが、私にはなぜか、それが編集されたかのように、はっきりと聞こえたのだった。

――きれいな色。私の復讐をゆるしてくれるのね。

私に意味はわからなかった。わからなかったが、最後に彼女が視線をやった先は、窓だった。だから私も自然と、つられるように見たような気がする。

まさか窓に答えが書かれているわけもなく、未だに意味はわかっていない。しかし、確かにきれいだった。

雨水で濡れた窓にはたくさんの街の光がぼやけて混ざり合い、あのアパートのようなきれいな蒼が創られていた。

2

桃色の絨毯が敷かれたお洒落な階段を上がると、地上に出た。冬は本番だ。今週にでも雪になるのではないか、と予報されている。

銀座の街は、あの住宅街とは比べものにならない数の人が流れるように行き交っていた。ここ東京でまた、私は向き合わなければならない。事件は減らず、ただ犯罪者が増え続けるという現実と——

携帯が鳴った。倉田からだった。

「なんだ」といって出る。「もう俺は、おまえの上司じゃないぞ」

「……急に出勤して来ないと思ったら、東京なんて。そんなのずるいですよ。だれも教えてくれなかった。というか、あなた地方公務員でしょ。どうして警視庁に」

ははは、と笑う。「悪いな、特令だったんだ」

「送迎会くらい、あってもよかったでしょうに」

「断ったのさ。寂しくなるからな」

しばらく沈黙が流れた。

「まあ、いいじゃないか」と明るくいう。「もう会えないわけじゃないんだから」

「え?」

「こっちにも、泣いてる女の子がいる。会いたくても、その人にはもう、会えないから」

倉田は押し黙る。意味は伝わったらしい。そしてこれが、もっと嫌な記憶を蘇らせただろう。あの事件の、最終的な結末を……

「出会い、衝撃。——そしてサヨナラ」十秒ほどすぎた頃に倉田はいった。「さっき読み終わった小説のラストに書いてありました。僕は頭が悪いし、上手いことなどいえないので、これを今回の事件の感想にすることにしました。この言葉は、ほとんどの物語をまとめる力がある。そう思ってます」

彼らしい感想だな、と私は思った。「ああ、その通りさ」

「でも、いかにもラストのようなフレーズですが、それが最後の一行ではないんです。それだけだと、あまりに寂しすぎます」

「どうなるんだ」

「主人公はビリヤード場にいて、最後にブレイクショットをうつ」渾身の力で、と倉田は補足した。「きっと主人公は、嫌な記憶をうち砕いたんです。記憶は簡単に消えません、ですが少なくとも、そうしようとしたのではないでしょうか。——理由は、自分はまだ生きているから。ただそれだけ。でもそれだけあれば——うーん、上手くまとめられませんが、わかりますか？」

「ああ」きっと彼は、励ましてくれているのだ。刑事であるからには、沢山の不幸と遭遇する。しかしそれがいくら身近な不幸であろうと、最後には、うち砕かなければならない。理由は、自分はまだ生きているから。ただそれだけ。でもそれだけあれば、同じように生きている人を、ひとりでも多く救えるかもしれない。今度は、救えるかもしれない……

「しかし、ブレイクショットは無理だな。ビリヤードはやらない。さてなにをしようか」

「やっぱり酒でしょう」彼は即答した。「奮発して、マッカランのカスクストレングスなんていかがです。今夜くらい」

ははは、と私は笑った。「それなら俺はもう、元気を出さないとな。今、カスクをやってきたところだ」倉田には見えないだろうが、クラブ『咲音』の蛍光看板を指さす。

「本当ですか？　それはうらやましい」そういった彼の声は一際大きかった。「鈴木真里と一緒に」と私が教えると、ますます大きな声で、「東京は夢の国だ」となった。倉田が頭を抱えているような気がして笑えた。

「……倉田」私は静かにいった。

「なんですか」

「出会いと衝撃はあったが、まだおまえとサヨナラするには早い。――警視庁に、必ず来い」

倉田はなにか言葉を発しようとしたが、それをのみこんで、「必ず」とだけこたえた。

携帯電話をポケットにしまうと、

「こんばんは」

と声がした。そのほうをみると、とある人物が視界に入る。いつもながら、水色のサングラスをかけていた。氷上だ。彼がちょうど仕事で東京に来ているというので、本日、このクラブで鈴木真里を確認できしだい、報酬を支払う約束をしていた。いまから連絡を入れて落ち合うつもりだったが、律儀に店の前で待っていたようだ。

私は現金が入った封筒を差し出す。「また、なにかあればお願いしますよ」

「ぜひ」と彼は封筒を受け取り、中身も確認しないまま懐にしまった。

「色々と世話になりましたね、今回は。加代も、沙奈さんも、きっと感謝をしています」

その名前に、氷上が反応を見せた。「ああ、あのふたり。元気にしていますか」

「……どうでしょうね。まあ、たぶん元気にやってますよ」とこたえる。

含みがあるいいかたに探偵は眉をひそめる。もっともそれについてはなにも訊いてこずに、「ならよかった」とだけ語って銀座の街に消えていった。彼とは、また再会する日がくるような気がする。

私はビルの壁に背をつけて、しばらく人の流れを見つめた。今回の事件を小説に描くなら、このあたりがラストシーンではないだろうか、と、ふと思った。事件は解決しても、なにも救えなかった刑事がひとり、道行く人々を空虚な気持ちで眺めている……

しかし、最後を飾るような洒落たフレーズは思い浮かばない。それに、ラストを飾るような雪がちょうど降りはじめることもない。あっけないものだ。

壁から背をはなした。

――どこかで安い店で、のみ直すか。

と考えて、人の流れにまぎれた。

本作は書き下ろしです。

明利英司（めいり・えいじ）

1985年鹿児島県生まれ。その後宮崎県で育つ。現在は東京都在住。飲食店経営の後、ミステリー小説の執筆活動を始め、『ビリーバーの賛歌』が「島田荘司選第6回ばらのまち福山ミステリー文学新人賞」で優秀作に選ばれる。作品は『旧校舎は茜色の迷宮』と改題され、講談社ノベルスから刊行。デビュー後2作目には同じく講談社ノベルスから、『幽歴探偵アカイバラ』を刊行。そして3作目、さんが出版より刊行された『憑きもどり』が映画化。
現在（2018年）は専門学校、「アミューズメントメディア総合学院（小説・シナリオ学科）」の講師。また、「総合探偵社リライト」の一員として活動している探偵でもある。

瑠璃色の一室

2018年7月28日　第1刷発行

著　者　　明利英司
発行者　　田島安江
発行所　　株式会社 書肆侃侃房（しょしかんかんぼう）
〒810-0041 福岡市中央区大名 2-8-18-501
TEL 092-735-2802　FAX 092-735-2792
http://www.kankanbou.com
info@kankanbou.com

編　集　　田島安江／池田雪（書肆侃侃房）
装丁・DTP　園田直樹（書肆侃侃房）
印刷・製本　シナノ書籍印刷株式会社

ISBN978-4-86385-325-6　C0093